マルタの鷹

ダシール・ハメット

私立探偵、サム・スペードのオフィスに現われた若い女性の依頼は、駆け落ちした妹を連れ戻すことだった。ところが駆け落ち相手の男を見張っていたスペードの相棒が射殺され、その対象の男も惨殺されてしまう。依頼人の女は何か隠している。女の正体は？　彼女を追う謎の男、そしてギャング一味の暗躍……。女は「マルタの鷹」という鷹の彫像をめぐる争いに巻き込まれ、助けてほしいのだとスペードに訴える。血みどろの抗争に介入するスペードの活躍。非情を貫くハードボイルドの、原点にして完成形と言われる傑作の、名手による新訳決定版！

登場人物

サム（サミュエル）・スペード……私立探偵
エフィ・ペリン……スペードの秘書
マイルズ・アーチャー……スペードの相棒の探偵
アイヴァ……マイルズの妻
ブリジッド・オショーネシー……依頼人
フロイド・サーズビー……依頼人の妹の駆け落ち相手
ジョエル（ジョー）・カイロ……レヴァント人
キャスパー・ガットマン……鷹の像を狙う男
ウィルマー・クック……ガットマンの手下
トム・ポルハウス……部長刑事
ダンディ……警部補
ジャコビ……ラ・パロマ号船長
シド・ワイズ……弁護士
ブライアン……地方検事
ルーク……〈ホテル・ベルヴェデール〉の警備係

マルタの鷹

ダシール・ハメット
田口俊樹訳

創元推理文庫

THE MALTESE FALCON

by

Dashiell Hammett

1930

目次

マルタの鷹

ジョーズに捧ぐ

序

　この物語が私の頭の中で書かれたあらすじやメモや、さらにはもっと明確なプロットの助けがあって出来上がったものなら、どのようにして書かれたのか、どうしてこのような形になったのか説明することもできなくはない。しかし、この物語に関して私に思い出せることと言えば、神聖ローマ帝国のカール五世とエルサレムの聖ヨハネ救護騎士修道会とのあいだで結ばれた、奇妙な借款《しゃっかん》協定に関する著述をどこかで読んだこと、拙作「フージズ・キッド」という短篇で、自分としては気に入っていたシーンだったのに、そこをうまく描けなかったこと、もう少しでうまくいきそうだったのに「クッフィニャル島の略奪」という短篇でも同じような失敗をしてしまったこと、さらにこのふたつの失敗とマルタ島の借款をもっと長い話の中で結びつければ、もしかしたら私も幸運に恵まれるかもしれないと考えたこと、それだけだ。

　一方、登場人物の多くについては、どこから生まれたキャラクターなのかよく覚えている。

　若いガンマンのウィルマーは、カリフォルニア州ストックトンでたまたま〝拾った〟男だ。私はそのときサンノゼの宝石店を襲ったショーウィンドウ破りを追っていた。残念ながら、その男がウィルマーの原型というわけではないのだが、実際に原型となった男はまさに〝拾いもの〟だった。すべすべした顔の身ぎれいで小柄な男で、口数は少なく、歳は二十一かそこらだった。本人はまだ十七だと言っていたが、そう主張すれば刑務所ではなく、少年矯正施設に送ってもらえるとでも思ったのだろう。真偽のほどはわからないが、自分の父親はニューヨークの警察の警部補だと言っており、地元の新聞が彼に命名した〝小人の山賊〟という呼び名を本気で自慢していた。前週にストックトンのガソリンスタンドを襲い、その翌日か翌々日、事件を報じるストックトンの新聞をロスアンジェルスで読んで——犯罪者の中には金を払って新聞の切り抜きサーヴィスを受けている者もいるのだろう——この小人の山賊は憤慨したらしい。新聞記事にはガソリンスタンドの店主が述べた彼の人相風体と、店主の談話——今度あのチビに会ったらどういう仕返しをしてやるか——が掲載されていたのだ。そこで、この小人の山賊は車を盗むと、わざわざストックトンに引き返した。本人のことばによれば、自分がまた同じことをやったら、店主はどういう仕返しをするのか見てみたかったのだそうだ。

ブリジッド・オショーネシーにはモデルがふたりいる。ひとりはアーティストで、もうひとりは家政婦を解雇するために調査員を雇いに、ピンカートン探偵社のサンフランシスコ支社にやってきた女性だ。ふたりとも犯罪者ではない。

ダンディ警部補の原型はノースカロライナ州の鉄道の操車場で一緒に働いたことがある男だ。カイロは一九二〇年にワシントン州パスコで私が捕まえた文書偽造の容疑者がモデルで、ポルハウスは元警部だ。ワシントン州のスポケーンではアイヴァの書店でよく本を買った。エフィには一度、サンディエゴで麻薬の密輸を一緒にやらないかと持ちかけられたことがある。ガットマンは世界大戦初期にワシントンDCでドイツのスパイではないかと疑われた男だ——愚かしいことにそうした容疑をかけられた者が当時少なくなかった。いずれにしろ、私の記憶にあるかぎり、あとを尾《つ》けてその男ほど退屈だった男もいない。

スペードにモデルはない。私が一緒に仕事をした私立探偵の大半がかくありたいと願い、少なからぬ探偵が時々自分も彼に近づけたと生意気にも思う対象という意味では、スペードは夢の男だ。今の普通の探偵にも――十年まえの私の同僚にも――シャーロック・ホームズ・スタイルで事件を解決する博学多識な謎解き名人になろうと思う者などいやしない。そんな名人より、どんな状況に置かれても自分の身を処すことのできるタフな策略家になろうとする。相手が犯罪者であれ、罪なき傍観者であれ、依頼人であれ、誰であれ、出会った者を凌《しの》ぐ人間になろうとする。それが探偵というものだ。

一九三四年一月二十四日
ニューヨークにて

（一九三四年刊〈モダン・ライブラリー〉版に寄せられたダシール・ハメット本人による序文）

1　スペード&アーチャー

サミュエル・スペードの顎は長くて骨ばっている。顎の先端はとがってV字を描き、その上に顎より小さくてよく動くV字形の口がある。鼻のふたつの穴も左右に吊り上がっていて、もうひとつ小さなV字がそこにある。黄味を帯びた灰色の眼は水平に位置しているが、鉤鼻《かぎばな》の上の二本の縦皺から濃い眉《まゆ》が左右斜め上に伸びていて、そこでまたV字パターンが現われる。平たいこめかみの上から額の中ほどへ続く薄茶の髪の生えぎわもこれまたV字だ。見るかぎり、陽気な金髪の悪魔といったところだ。

そんなスペードがエフィ・ペリンに声をかける。「ハイ、ダーリン」

エフィは日に焼けた、ひょろっと背の高い娘で、褐色の毛織りのワンピースを着ている。それがぴたりと体にくっつき、なんだか濡れているようにさえ見える。眼は茶色。明るくボーイッシュな顔にどこかいたずらっぽい表情。奥のプライヴェート・オフィスのドアを閉め、閉めたドアにもたれて彼女は言った。「若い女の人が来てる。名前はワンダリー」

「客か?」

「と思うけど。どっちみち会いたくなるはずよ。すっごい美人だから」

「さっさとこっちに追い込んでくれ」スペードは言った。「さっさとさっさと」

エフィ・ペリンはまたドアを開け、受付室に戻ると、プライヴェート・オフィスのドアノブに手をかけたまま言った。「どうぞおはいりください、ミス・ワンダリー」

声がした。「ありがとう」低い声だったが、発音が明瞭できちんと聞き取れた。ドアから若い女がはいってきた。おずおずとした足取りでゆっくりとはいってきた。恥ずかしそうにしながらも、そのコバルトブルーの眼をしっかりスペードに向けていた。品定めするように。

背は高く、すらりとしたしなやかそうな体つきで、体のどこにも角ばったところがない。すっくと伸びた背すじ、高々と盛り上がった胸、長い脚、細い手に細い足。眼の色に合わせた濃淡二種類のブルーをまとっていた。ブルーの帽子の下からのぞいている巻き毛の色は黒みがかった赤毛で、豊かな唇は明るい赤だった。横になった三日月形の笑みをひかえめに浮かべると、白い歯がきらりと光った。

スペードは会釈しながら立ち上がり、机の脇に置かれたオーク材の肘掛け椅子を指の太い手で示した。彼の背は優に六フィートあり、撫で肩のせいで体形は円錐形に見え、体の厚みが幅と同じくらいあった。グレーの上着はプレスしたてだったが、体にフィットしているとは言いがたかった。

ミス・ワンダリーはさきほどと同じくらい低い声で「ありがとう」と応じ、椅子の木の座面のへりに坐った。

スペードはどっかとまた坐り、回転椅子を四分の一まわして若い女と向かい合い、礼儀正しい笑みを向けた。口は開かなかった。顔のすべてのVが長く伸びた。

トントントン、チーン。くぐもったギー。エフィ・ペリンがタイプを打つ音がドア一枚を隔てた隣りの部屋から聞こえていた。近所のどこかのオフィスから電動の機械の鈍い振動音が伝わっていた。スペードの机の上では、吸い殻でいっぱいの真鍮《しんちゅう》の灰皿の中でひしゃげた一本がくすぶっていた。灰色の煙草の灰が、黄色の天板の上にも、緑のデスクマットの上にも、書類の上にも、飛び散っていた。淡黄褐色のカーテンが掛けられた窓が八インチから十インチ開けられていて、かすかにアンモニア臭を帯びた風が中庭から吹き込み、机の上の灰をすばやく動かしたり這《は》わせたりしていた。

ミス・ワンダリーは不安を帯びた眼でそんな灰の動きをじっと見ていた。椅子の座面のぎりぎり端に坐り、足の裏をしっかり床につけていた。今すぐ立ち上がろうとでもするかのように。黒っぽい手袋をはめた手で膝の上の黒っぽいぺしゃんこのバッグをぎゅっと握りしめていた。

スペードは椅子の背にもたれて尋ねた。「どういうご用件かな、ミス・ワンダリー?」

彼女は息をつめて彼を見た。そして、唾を呑み込んで気を落ち着かせると口早に言った。「もしかしてお願い――? 思ったんですけど――わたしは――つまり――」そのあとはよく光る歯で下唇をいじめるように嚙んだ。何も言わなかった。ただ、その眼が語っていた。彼に訴えかけていた。

スペードは笑みを浮かべ、よくわかったというふうに――むずかしいことなど何もないとでもいうふうに――うなずきながら言った。「話してもらえるかな、最初から。そうしてくれりゃ、何をすればいいかわかるかもしれない。思い出せるかぎりさかのぼって話してほしい」

「始まりはニューヨークです」

「なるほど」

「あの子が彼にどこで会ったのかはわかりません。つまりニューヨークのどこなのかは。あの子はわたしより五歳年下です――まだ十七なんです。わたしたちには共通の友人はいなくて、そもそも姉妹としてあまり近い関係じゃありませんでした。ママもパパも今はヨーロッパにいるんだけど、こんなことを知ったらふたりとも死んじゃうわ。だから親たちがこっちに戻ってくるまえにあの子を連れ戻さなくちゃならないんです」

「なるほど」と彼は言った。

「両親は来月の一日には戻ってきます」

スペードの眼が光った。「ということは、あと二週間」

「あの子からの手紙が届いて初めてことの次第がわかったんです。わたしはもう気も狂わんばかりになりました」そう言って、若い女は唇を震わせ、膝の上の黒っぽいハンドバッグを中にはいっているものがつぶれそうなほどぎゅっと握りしめた。「こんなことをしたんじゃないかと思ったので、警察にも届けられませんでした。その一方で、あの子の身に何かあったのではと思うと、やはり、警察に届けたほうがいいんじゃないかともずっと思ってました。相談できる人はいなくて、ほんとうに、どうしていいかわからなかったんです。わたしに何ができます？」

「何も」とスペードは言った。「そんなところに妹さんから手紙が届いた？」

「そうです。わたしは帰ってくるように電報を打ちました。ここの局留めで。住所はそれしかわからなかったんで。そのあとまるまる一週間待ちました。でも、返事は来ませんでした。最初の手紙のあとはひとこともなかったんです。両親が帰ってくる日がどんどん近くなって、それで妹を連れ戻そうと、ここサンフランシスコまでやってきたんです。こっちに来ることは手紙で妹に知らせました。それってやらないほうがよかったでしょうか？」

「もしかしたら。何をすべきかなんてことはそうそう簡単にはわからないものだけれど。いずれにしろ、妹さんはまだ見つかってないんだね？」

「ええ、まだです。〈セント・マーク・ホテル〉に泊まることを手紙で知らせて、一緒に帰る気はなくても、せめて会って話をするぐらいはしてほしいって言ったんです。でも、あの子は来ませんでした。三日待っても来なかった。メッセージをフロントに預けるようなこともしてこなかった」

スペードはうなずいた。金髪の悪魔の頭が上下した。そのあと同情するように眉をひそめ、唇を引き結んだ。

「自分が情けないったらなかったわ」とミス・ワンダリーは言って無理やり笑みを浮かべた。「そんなふうにしてるだけで何もできないなんて――妹に何があったのか、これから何が起ころうとしているのか、それさえわからずただ手をこまねいてるなんて」そこで笑みを引っ込めると、震えてみせた。「わかってる住所が局留めだけだなんて。それでもわたしはまた手紙を書いて、昨日郵便局に行って、暗くなるまで郵便局にいました。でも、妹には会えませんでした。今朝行ってもコリンには会えませんでした。ただ、フロイド・サーズビーには会えたんです」

スペードはまたうなずいて、ひそめた眉を開いた。同時にじっと耳を傾ける顔つきになった。「フロイドはコリンがどこにいるか教えてくれませんでした」と彼女はやるせなさそうに続けた。「コリンは無事で元気にしているということ以外何も教えてくれませんでした。そんな彼のことばをどうして信じられます？　元気にしていようがいまいが、どっちみちそんなことを言うに決まってるわ。でしょ？」

「確かに」とスペードは認めて言った。「しかし、それが嘘だとかぎったものでもない」

「ええ。それがほんとうであったらどんなにいいか」と彼女は語気を強めて言った。「でも、このままじゃ家に帰れません。あの子に会うことも電話で話すこともできないんじゃ。フロイドはわたしにあの子と話をさせたくないのよ。あの子はわたしに会いたがっていないなんて言ってたけれど、そんなこと、信じられないわ。それでも、わたしと会ったことはちゃんと妹に伝えるって約束してくれました。それから妹がわたしに会いたがったら、今夜ホテルに連れてくるとも。会いたがらないのはわかってるけど、とも言ってたけど。それでも、コリンが来なくても自分だけは来るって約束してくれ——」

いきなりドアが開き、彼女は驚いたように手を口にやり、ことばを切った。

ドアを開けた男が中に一歩足を踏み入れて言った。「おっと、失礼！」そのあと慌てて茶色の帽子を脱いでそのままうしろにさがった。

「いや、大丈夫だ、マイルズ」とスペードは男に言った。「はいってくれ。ミス・ワンダリー、こいつは相棒のマイルズだ」

マイルズはまた中にはいってくると、うしろ手にドアを閉め、軽く頭を下げてミス・ワンダリーに笑みを向け、手にした帽子で相手に敬意を示すような曖昧《あいまい》な仕種《しぐさ》をした。背は中ぐらい、がっしりとした体形で、肩幅は広く、首は太く、顎の張った陽気な赤ら顔の男で、短く刈った髪には白いものが交じっていた。見るかぎり、スペードが三十を過ぎているのと同じ程度四十を過ぎていた。

スペードが言った。「ニューヨークに住んでるミス・ワンダリーの妹さんがフロイド・サーズビーという男と駆け落ちをして、今こっちにいる。ミス・ワンダリーはサーズビーとこっちで一度会っていて、今夜もう一度会う約束を取り付けた。もしかしたら、サーズビーはその場に妹さんを連れてくるかもしれないが、連れてこない公算のほうが大きそうだ。ミス・ワンダリーの要望は妹さんを見つけて、男から引き離し、家に連れて帰ることだ」そこでスペードはミス・ワンダリーを見やった。「それでよかったかな？」

「ええ」と彼女はどこかしら曖昧に答えた。最初の戸惑《とまど》いはスペードの愛想のいい笑みとうなずき、相手を安心させるような物腰のおかげで薄らぎはじめていたのだが、それがまた甦り、彼女は顔をうっすらと赤く染め、膝の上のバッグに眼を落として手袋をはめた手でバッグを弄《もてあそ》んだ。

スペードは相棒に目配《めくば》せをした。

マイルズ・アーチャーはまえに出てくると、机の角のあたりに立ち、若い娘が自分のバッグを見ているあいだずっと彼女を見つづけた。その小さな茶色の眼であからさまに彼女を値踏みした。うつむいた彼女の顔から足へ視線を這わせ、また顔に戻した。そして、スペードを見やり、音をたてない口笛で満足のほどを示した。

スペードは椅子の肘掛けから二本の指を立て、制止の仕種を示してから言った。

「さほど面倒はなさそうだね。ホテルにひとり待機させて、サーズビーがホテルを出たらそいつにあとを尾《つ》けさせるよ。サーズビーが妹さんのところに行くまで。それでサーズビーが妹さんをあんたのところに連れてくれば、一緒にニューヨークに帰るよう妹さんを説得すればいい。それがうまくいけば言うことはない。そうはならなくても——われわれが妹さんの無事を確かめたあとも妹さんがサーズビーと離れたがらなきゃ——そのときはそのときで対処はできると思う」

アーチャーが言った。「ああ」太くてしゃがれた声だった。

ミス・ワンダリーはスペードを見上げ、眉間《みけん》に皺を寄せて言った。

「でも、用心してください！」声が震え、神経質そうに唇が引き攣《つ》っていた。「わたしはあの男が怖いんです。あの男が何をするかと思うと。妹はまだすごく若いのに、それでもあの男がニューヨークからこっちに連れてくるなんてよくよくのことです。あの子に――あの子に何かしたりしてないでしょうか?」

スペードは笑みを浮かべ、椅子の肘掛けを軽く叩いて言った。

「そういうことは全部われわれに任せてくれればいい。そういう男の扱いはわかってるから」

「でも、あの男が……?」彼女は固執した。

「悪いことを考えだしたらきりがない」とスペードは結論づけるように言った。「われわれを信用して任せてほしい」

「もちろん信用しています」と彼女は真剣な声音《こわね》で言った。「でも、あの男は危険な男です。それだけは忘れないでください。なんでもやりかねない男なんです。わが身を助けるためなら、コリンだって殺しかねません。まさかそんなことにはなりませんよね?」

「あんたは彼を脅したりしなかった。いや、もしかして――?」

「わたしは両親が帰ってくるまえにあの子を家に連れて帰り、あの子がどんなことをしでかしたのか、両親にはわからないようにしたいだけです。だから彼にはただそれだけ伝えました。それと協力してくれるなら、今回のことは両親にはひとことも言わないって約束しました。でも、協力してくれないなら、彼が罰を受けるようわたしの父親が手をまわすだろうって言いました。そんなわたしのことばを彼が信じたとも思えないけれど」

「そいつには妹さんと正式に結婚しちまうって手もありそうに思うけど」とアーチャーが言っ

た。

若い女は顔を赤らめ、戸惑いを声ににじませて言った。「サーズビーにはイギリスに奥さんがいるんです。子供も三人。コリンはそのことを手紙に書いてきました。だから駆け落ちしなくちゃならなかったんだって」

「まあ、お決まりの手口だね」とスペードは言った。「いつもイギリスってわけじゃないが」そう言って上体をまえに傾《かし》げて、鉛筆とメモ用紙に手を伸ばした。「彼の人相風体《ふうてい》は?」

「ええ、歳はたぶん三十五歳で、背はあなたと同じくらいです。肌は浅黒くて、生まれつきなのか、ただ日焼けしているだけなのかはわからないけれど。髪は黒くて、眉毛が太くて、声は大きくて、怒鳴り散らすようなしゃべり方ね。いつも苛々していて落ち着きがなくて、一目見れば暴力的な男だってわかります」

スペードはメモを取りながら、顔を起こすことなく尋ねた。「眼の色は?」

「青味がかった灰色で、潤《うる》んでいて――と言っても、弱々しい感じはしないけど。そうそう、顎にくっきりとした窪みがあるわ」

「体型は痩せ型、中肉、肥《ふと》ってる?」

「まさに運動選手タイプね。肩幅が広くて、背すじがぴんと伸びていて、動作や仕種は明らかに軍隊式。今朝会ったときにはグレーのスーツを着て、グレーの帽子をかぶってました」

「その男の職業は?」とスペードはペンを置いて尋ねた。

「わかりません。見当もつかないわ」

「何時に会うことになってる?」

「八時すぎ」

「了解だ、ミス・ワンダリー、誰かをそこにひとり遣《や》るよ。いずれにしろ、こうしてくれると助かるんだが――」

「ミスター・スペード、あなたか、ミスター・アーチャーに来てもらうわけにはいきませんか?」彼女は両手を使って懇願するような仕種をした。「あなた方のどちらかに直接引き受けていただくわけにはいかないでしょうか? あなたがお遣りになる方の能力を疑ってるわけじゃありません。でも――ほんとうにあの子に何か起こるんじゃないかって怖いんです。あの男が怖いんです。聞いていただけませんか? もちろんお支払いはそのぶんよけいにいたします」彼女は今にも震えそうな手でバッグを開けると、百ドル札を二枚取り出してスペードの机に置いた。「これで足りますか?」

「もちろん」とアーチャーが横から言った。「おれが引き受けるよ」

ミス・ワンダリーは条件反射のようにアーチャーに手を差し出して立ち上がった。

「ありがとう、ほんとうにありがとう!」と叫ぶように言い、そのあとスペードとも握手を交わすと、さらに繰り返した。「ありがとう!」

「どういたしまして」とスペードは応じて言った。「喜んで引き受けるよ。サーズビーとは階下《した》で会うか、ロビーで会うなら、まわりからよく見える場所にいてくれると助かる」

「わかりました」と彼女は答え、ふたりの探偵にまた礼を言った。

「おれを捜さないように」とアーチャーが彼女に注意した。「おれのほうで捜すから」

スペードは廊下に出るオフィスのドアまでミス・ワンダリーを送った。そのあと机に戻ると、アーチャーはうなずいて、机の上に置かれた二枚の百ドル札を示した。そして、悦に入った低い声で言った。「充分足りる」そう言って、一枚を取り上げてたたむと、ヴェストのポケットにしまった。「彼女のバッグの中にはこいつの兄弟がまだいたな」

スペードも一枚ポケットに入れて椅子に坐った。「まあ、あんまりひどいことはするなよな。どう思った、彼女のこと？」

「すごい上玉じゃないか。なのにひどいことをするなだと？」そこでアーチャーはいきなりげらげら笑いだした。ユーモアのかけらもなかった。「会ったのはおまえがさきかもしれないが、きっちり段取りをつけたのはおれだからな」アーチャーはそう言って踵《かかと》に重心をのせると、前後に体を揺らした。

「彼女となら面倒なことになってもいいってか」スペードはオオカミのような笑みを浮かべた。口の中の奥歯の先まで見えた。「ほんとおまえは頭がいいよ、頭が」そう言って、煙草を巻きはじめた。

2　霧の中の死

暗闇の中、電話のベルが鳴った。三度鳴ったところでベッドのスプリングが軋《きし》み、指が木の板の上を探り、何か小さなものがカーペットを敷いた床の上に落ち、スプリングがまた軋み、電話に応じる男の声が聞こえた。

「もしもし……ああ、そうだ……死んだ？　十五分で行く。ありがとう」

スウィッチの音がして、金メッキをした三本の鎖で天井の中央から吊られたボウル形の照明具が部屋を照らした。スペードはグリーンと白のチェックのパジャマを着ていた。ベッドのへりに腰かけ、裸足の足を床についた。テーブルの上の電話機に顔をしかめてみせ、そのそばに置かれていた箱の中から茶色の紙と刻み煙草の〈ブル・ダーラム〉を取り上げた。

開け放たれたふたつの窓から吹き込む湿った冷たい風に運ばれて、アルカトラズ島の霧笛《むてき》の鈍いうめきが聞こえた。テーブルに伏せて置かれたデューク著『アメリカ著名犯罪集』の表紙のへりの上に、斜めに危なっかしげに置かれた小さな目覚まし時計の針は、二時十五分を指していた。

スペードは太い指でいたって慎重に煙草を巻きはじめた。煙草の袋を振って、丸められた茶色の紙の内側に適量の褐色の葉を落とし、真ん中はいくらか少なめにして、両端に均等に行き渡るように指で均《なら》し、両の人差し指で紙の外側のへりを押さえながら、両の親指で紙を巻き、紙を舐めるときには親指と人差し指で紙の両端を持ち、左の人差し指と親指で紙の端をひねる。と同時に、右の人差し指と親指で、唾で湿った紙の合わせ目に沿って押さえつけ、最後にその右の人差し指と親指で右側の端もひねると、もう一方の端を口に持っていった。

そして、床に落ちていた豚革のケースに入れたライターを取り上げ、口の端にくわえた煙草に火をつけ、立ち上がった。パジャマを脱ぐと、すべらかでクマ並に太い腕、脚、胴があらわになった。そう、毛を剃ったクマのような。胸毛もなかった。彼の肌は子供みたいにピンク色で柔らかかった。

首のうしろを掻き、着替えにかかった。薄手の白いつなぎの下着にグレーのソックス、黒い靴下留め、焦げ茶の靴。靴のひもを結ぶと、電話を取り上げ、グレイストーン局四五〇〇にかけ、タクシーを呼んだ。そして、グリーンのストライプの白いシャツを着て、柔らかい生地の白いカラーとグリーンのネクタイを締めて、昼間着ていたグレーのスーツをまとい、ゆったりとしたツイードのコートを羽織って、ダーク・グレーの帽子をかぶった。煙草と鍵と金《かね》をポケットに突っ込んでいると、アパートメントの建物の玄関のベルが鳴った。

チャイナタウンに向けて下り坂が始まるまえに——ブッシュ通りがストックトン通りの上を越すあたりで——スペードは金を払ってタクシーを降りた。じめじめとして体に沁み込むようなサンフランシスコの薄い夜霧が通りを包んでいた。タクシーを降りた場所から数ヤード離れたところに、男の小さな一団がいて、路地を見ていた。ブッシュ通りの反対側からも女がふたりと男がひとり、やはり路地を見ていた。家の窓にもいくつか顔が見えた。

スペードは鉄柵のあるふたつの昇降口――そこから下に薄汚れた剝《む》き出しの階段が続いている――のあいだの歩道を歩き、欄干《らんかん》まで行くと、濡れた笠木《かさぎ》に手を置いて、立体交差の下を走るストックトン通りを見下ろした。

下のアンダーパスから車が一台まるで吹き飛ばされたような音をたてて飛び出してきた。その車はそのまま走り去った。アンダーパスの出口からさほど離れていないところ――店舗用のふたつの建物のあいだの空地に立てられた映画とガソリンの広告板のまえ――に男がひとりしゃがみ込んでいた。広告板の下を見ようとして、しゃがんだ男の頭はほとんど歩道にくっつきそうになっていた。片手を地面につき、もう一方の手で広告板の緑の枠をしっかりつかみ、なんとも奇怪な恰好をしていた。ほかにふたりの男が広告板の一方の端にぎこちなく立って、広告板と建物のあいだの数インチの隙間から広告板の裏側をのぞき込んでいた。もう一方の建物の側面は窓も何もないグレーの壁で、広告板の裏の空地に面していた。その壁に何本か光線があたって動き、いくつかの人影も映し出された。

スペードは欄干を離れると、男たちが集まっている路地まで歩いた。濃いブルーの地に白で〝バーリット小路〟と書かれた、エナメル加工された標識の下に制服警官がひとり立っていて、片手をまえに突き出して訊いてきた。

「なんの用だ?」

「サム・スペードだ。トム・ポルハウスに電話をもらった」

「ああ、あんただったか」警官は突き出した手をおろした。「すぐにはわからなくて。みんな裏にいる」そう言って、肩越しに親指でうしろを示した。「ひどいもんだ」

「ひどすぎる」とスペードは同意して路地にはいった。

路地にはいっていくらも行かないところに救急車が停まっていた。光のない場所で車体が黒っぽく見えた。路地の左手には腰までの高さの柵が延びていた。荒削りの板を横に並べただけの柵だった。その向こうは急な斜面でその先にストックトン通りの広告板があった。

柵の一番上の板がひとつの支柱から剝《は》がれ、もう一方の支柱から斜面にぶら下がっていた。板の長さは十フィートほどあった。斜面を十五フィートほどくだったところに平たい巨石が露出していた。巨石と斜面のあいだの溝にマイルズ・アーチャーが仰向けに横たわっていた。ふたりの男がそばに立って、ひとりが懐中電灯を死んだ男に向けていた。ほかの男たちは懐中電灯を持って斜面を登ったり降りたりしていた。

そのうちのひとりがスペードに声をかけた。「おい、サム」そう言うと、地面に手をついて斜面を路地まで登ってきた。下からの明かりを受けて男のまえに影ができた。背は高く、樽《たる》のように太い腹をしており、眼は小さく、唇はぶ厚かった。ひげをいい加減に剃った顎が黒ずんでいた。靴も膝も手も顎も茶色い土で汚れていた。

「ここから運び出すまえに見たいだろうと思ってな」と男は壊れた柵をまたいで言った。

「ありがとう、トム。何があったんだ?」スペードはそう言って、片肘を柵の支柱につくと、斜面の下にまた眼を戻し、下の男たちに会釈されると会釈を返した。

トム・ポルハウスは汚れた指で自分の左胸をつついて言った。「ここのポンプを見事に撃ち抜かれてる」そう言ってコートのポケットからずんぐりとしたリヴォルヴァーを取り出してスペードに示した。銃の表面の窪んだ部分に土が詰まっていた。「ウェブリー銃だ。これはイギリスの銃だよな？」

スペードはついていた肘を支柱から離すと、顔を近づけてとくと銃を見た。が、触《さわ》ろうとはせずこう言った。

「ああ、そうだ。ウェブリー・フォスベリー・オートマティック・リヴォルヴァーだ。まちがいない。三八口径で八連発。もう造られてない銃だが。何発撃たれてる？」

「一発だ」トムはまた胸をつついて言った。「柵を突き破ったときにはもう死んでたんじゃないかな」そう言って銃を掲げた。「これを見たことは？」

スペードはいかにも興味がなさそうに言った。「ウェブリー・フォスベリーなら何度も見てるよ」そのあと口早に続けた。「ここで撃たれたのか？　今あんたが立ってるところで、柵を背にして。撃ったやつはこっちに立ってたってことか」スペードはトムの正面にまわり込むと、手を胸の高さに上げて、人差し指をトムに向けた。「こんなふうに撃たれて、マイルズはうしろによろめき、柵を越え、斜面を転げ落ちた。下の巨石のところまで。そんなところか？」

「そうだ」とトムはおもむろに答えた。「コートに焼け焦げができてた」

「死体を見つけたのは？」

「このあたりを警邏《けいら》していたシリングという巡査だ。ちょうどこの路地までやってきたところで、Uターンした車がいたようで、路地の中が照らされ、そのとき柵の一番上の板がはずれてるのが見えた。で、路地にはいってみたら、斜面に横たわってる死体が眼に飛び込んできたってわけだ」

「そのUターンした車については?」

「何もわかっちゃいない。なあ、サム、シリングはその車にまるで注意を払ってなかった。そのときには何も不審なところはなかったんだからな。シリングはパウエル通りのほうから歩いてきたんだが、その間《かん》、路地からは誰も出てこなかったって言ってる。出てきたら見えたはずだってな。となると、犯人は広告板の下をくぐってストックトン通りに出たことになる。だけど、そういう跡はどこにも残っちゃいない。霧で地面が湿っていたが、残っていたのはマイルズが斜面を転げ落ちた跡と、拳銃が転がり落ちた跡だけだ」

「誰も銃声を聞いてないのか?」

「おれたちも今来たばっかりなんだよ、サム。そりゃ誰か聞いてるだろうよ。そういうやつが見つかりゃな」トムは振り返り、柵をまたごうとした。「動かすまえに相棒を見ておくか?」

スペードは言った。「いや、いい」

トムは柵をまたぎかけた足を止めて振り向き、意外そうな面持ちでその小さな眼をスペードに向けた。

スペードは言った。「あんたはもう見たんだろ? おれに見られるものはもうあんたは全部見たんだろ?」

トムはスペードをしばらく見つづけ、最後に疑わしげながらうなずき、止めた足をまた動かして柵をまたいだ。

「マイルズの銃は腰のホルスターに入れられたままだった。発砲されてない。コートのボタンもとめられたままだった。持ってた金は全部で百六十数ドル。仕事中だったのか、サム?」

スペードはいっときためらってから黙ってうなずいた。

トムは尋ねた。「で?」

「フロイド・サーズビーという男を尾《つ》けることになってた」そう言って、スペードはミス・ワンダリーから教えられたサーズビーの人相風体をトムに伝えた。

「尾行の目的は?」

スペードは両手をコートのポケットに突っ込み、眠そうな眼をトムに向けてしばたたいた。

トムは繰り返した。「尾行の目的は?」

「そいつはイギリス人だ、たぶん。だけど、詳しい事情はおれも何も知らない。おれたちの仕事はそいつがどこに泊まってるのか調べることだった」そう言って、スペードは薄い笑みを浮かべ、片手をポケットから出してトムの肩を叩いた。「そうせっつくなよ」そう言って、手をまたポケットに戻した。「マイルズの女房に悪い知らせを伝えてくるよ」それだけ言ってトムに背を向けた。

トムはしかめ面をして口を開けた。が、何も言わないまままた閉じた。そのあと空咳《からせき》をして、しかめ面を解き、荒っぽく同時にやさしさも感じられる声音で言った。

「ひどいもんだよな。こんな逝《い》き方をするなんてな。そりゃおれたちとおんなじようにやつにも欠点はあったよ。でも、いいところもあった」

「だよな」とスペードは同意した。が、その声音には感情のかけらもなかった。彼は路地を出た。


ブッシュ通りとテイラー通りの角にあった終夜営業のドラッグストアにはいり、電話をかけた。

「やあ、ハニー」交換手に番号を告げてしばらく経つとスペードは言った。「マイルズが撃たれた……ああ、死んだ……落ち着いてくれ……ああ……アイヴァに伝えてくれないか？　冗談じゃない、おれは駄目だ。きみがやってくれよ……いい子だ……それと、彼女をオフィスに近づけないでくれ……おれのほうから会いにいくって言っといてくれ……近々……そうだ、だけど、何も約束はしないでくれ。それでいい。きみはほんとにおれの天使だ。じゃあ、よろしく」


スペードが天井から吊り下げられたボウル形の明かりをつけたときには、彼の安物の目覚まし時計はもう三時四十分を告げていた。帽子とコートをベッドに放り、キッチンに行ってワイングラスとバカルディのボトルを持って、また寝室に戻った。バカルディをグラスに注いで、立ったまま飲んだ。グラスとボトルをテーブルに置くと、ベッドの端に腰かけ、グラスとボトルと向き合い、煙草を巻いた。三杯目のバカルディを飲み、五本目の煙草を巻いていると、建物の玄関のベルが鳴った。目覚まし時計の針は四時半を指していた。

スペードはため息をつき、ベッドから立ち上がると、バスルームの脇の電話機のところまで歩き、建物の玄関のドアを解錠するボタンを押してつぶやいた。「あの馬鹿女」立ったまま黒い電話機に向かってしかめ面をした。呼吸が乱れ、頬に鈍い赤味が差していた。

機械音と軋んだ音が廊下から聞こえた。エレヴェーターのドアが開いて閉じた音だ。スペードはまたため息をつき、アパートメントの玄関のドアに向かった。外の廊下に敷かれたカーペットを踏む重い足音がした。男ふたり分の足音だ。スペードの顔が急に明るくなった。その眼から困惑した色が消えた。彼はすばやくドアを開けた。

「やあ、トム」とバーリット小路で話をした、樽のような腹をした背の高い刑事に声をかけた。次いでトムの横にいる男にも声をかけた。「やあ、警部補。はいってくれ」

ふたりとも会釈した。が、ことばは何も発することなく中にはいってきた。スペードはドアを閉め、ふたりを寝室兼居間に入れた。トムは窓辺に置かれたソファに坐り、警部補はテーブル脇の椅子に坐った。

引きしまった体形で、丸い頭をした警部補はグレーの髪を短く刈り込み、髪と同じグレーの口ひげをこれまた短く切りそろえていた。ネクタイには、五ドル金貨をあしらったタイピンをつけ、上着の襟《えり》には、ダイヤモンドを埋め込んだ、凝ったつくりの秘密結社の小さな記章をつけていた。

スペードはキッチンからワイングラスをふたつ持ってきて、来客にそれぞれ注いで自分のグラスにも注ぐと、ベッドの端に腰かけた。おだやかで無関心な顔をしていた。グラスを掲げて言った。「犯罪の成功に」そう唱えて飲んだ。

トムはグラスの中身を飲み干すと、グラスを足元の床に置き、泥で汚れた人差し指で口を拭った。そして、おぼろに思い出された何かをしっかり思い出そうとするかのように、ベッドの脚をじっと見つめた。

警部補は自分のグラスを十秒ほど見つめてから、ほんの少し口をつけると、グラスを脇のテーブルに置いた。そして、慎重な眼で部屋を見まわし、最後にトムを見やった。トムはソファの上でいくらか居心地悪そうに体をもぞもぞさせてから、顔を起こし、スペードに尋ねた。

「マイルズの女房にはもう伝えたのか、サム?」

スペードは答えた。「ああ」

「どんな様子だった?」

スペードは首を振って言った。「女のことはわからない」

トムはむしろおだやかな声音で言った。「よく言うよ」

警部補が両手を膝に置いてまえかがみになり、その緑がかった眼をスペードにひたと向けた。奇妙な凝視だった。まるで機械で焦点が合わされているかのような――レヴァーを引くかボタンを押さないと焦点が合わないかのような――凝視だった。

「おまえはどんな銃を持ってる?」と彼は言った。

「持ってない。あんまり好きじゃなくてね、銃は。もちろんオフィスには数挺あるが」

「その中の一挺でも見せてくれ」と警部補は言った。「今ここにはないのか?」

「ああ」

「確かか?」

「見りゃいい」とスペードは笑みを浮かべ、手にした空のグラスで軽くまわりを示すような仕種をした。「やりたきゃこのぼろアパートを引っ搔きまわしてくれても文句は言わんよ。令状がありさえすりゃ」

トムが横から割ってはいった。「おいおい、サム!」

スペードはグラスをテーブルに置くと、警部補と面と向かい合った。

「何が望みなんだ、ダンディ?」スペードの声は眼と同じくらいきつく冷たかった。

ダンディ警部補の眼はさきほどからずっとスペードの眼をとらえていた。その間《かん》ほんの少し動いただけだった。

トムがソファの上で体をもぞもぞさせ、鼻から深々と息を吐き、哀訴するようなうめき声で言った。「こっちは何も面倒を持ち込みに来たわけじゃないんだから、サム」

スペードはトムを無視してダンディに言った。「なあ、何が望みだ? わけのわからないことを言うなよ。何さまのつもりだ? おれをロープで吊るしに来たのか?」

「よかろう」とダンディは胸によく響く低い声で言った。「坐っておれの話を聞け」

「坐ろうと立っていようとおれの勝手だ」スペードは動かなかった。

「そう意固地になるなって」とトムがまたとりなすように言った。「おれたちで言い争いをして何になる？　おれたちは何もわけのわからんことを言いに来たわけじゃない。知りたきゃ教えてやるよ。おれがあんたにサーズビーのことを訊いたら、あんたはそれにちゃんと答えなかった。まるでおれたちには関係ないことみたいにな。サム、おれたちにそういう態度を取るのはまずいよ。いいことじゃない。そんなことをしてもなんの得にもならない。おれたちにはやらなきゃならない仕事があるんだから」

そこでダンディ警部補がいきなり立ち上がり、スペードに近づき、その四角い顔をスペードの顔のまえに突き出して言った。

「まえに警告したことがあったよな、おまえはそのうち足を踏みはずすんじゃないかって」

スペードは相手を蔑《さげす》むように口をゆがめ、眉を上げ、わざとおだやかな口調でダンディを愚弄して言った。「誰しもときには足を踏みはずすもんだ」

「今回その番がおまえにまわってきたのさ」

スペードは笑みを浮かべ、首を振って言った。「いや、おれはうまくやってるから。心配ありがとう」彼はそこで笑みを引っ込めた。上唇が左側の犬歯《けんし》の上でひくひくと動いた。眼は細められて毒を帯び、声は警部補と同じくらい低くなった。「気に入らないね。何を嗅ぎまわってるんだ？　さっさとしゃべるか、さもなきゃとっとと帰れよ。もう寝かせてくれ」

「サーズビーというのは何者なんだ？」とダンディは言った。

「彼のことはもうトムに話した」

「ほんのちょこっとだけな」

「それはほんのちょこっとしか知らないからだ」

「なんで尾《つ》けてた？」

「おれが尾けてたんじゃない。尾けてたのはマイルズだ。それにはちゃんとした理由があった。サーズビーを尾けることをまともなアメリカの金で頼んできた依頼人がいたからだ」

「その依頼人の名は？」

　平静さがスペードの顔と声に戻った。彼は相手をたしなめるように言った。「そういうことは依頼人の承諾を得ないと話せないことぐらいあんたも知ってるだろ？」

「おれに話すか、法廷で話すか」とダンディは言った。いささか熱くなっていた。「これは殺しだ。それを忘れるなよな」

「忘れないよ、たぶん。ただ、こっちにもあんたに忘れてほしくないことがある、いいかい、ハニー？　それはしゃべろうとしゃべるまいと、おれの勝手だということだ。お巡りさんに嫌われて泣いたことは、そりゃおれにもあったよ。だけど、それは昔の話だ」

　トムがソファから立ち上がり、ベッドの裾に坐り直した。ひげをいい加減に剃った顔は泥に汚れ、皺が刻まれていた。見るからに疲れていた。

「ごねるのもいい加減にしてくれよ、サム」と彼はまたとりなし口調で言った。「おれたちにもチャンスをくれよ。少しは手の内を見せてくれなきゃ、おれたちとしてもマイルズ殺しをどうすることもできない」

「そんなことを頭痛の種にすることはない」とスペードは言った。「おれは自分のことは自分でやるから」

ダンディ警部補は椅子に坐りなおすと、また膝に両手を置いた。その丸い緑の眼が温《ぬく》もりを帯びていた。

「そう言うだろうと思ったよ」と彼は言った。むっつりとしながらも満足げに。「今おまえが言ったことこそおれたちがここに来た理由だ。だろ、トム？」

トムはうなっただけで、はっきりとした返事はしなかった。

スペードは警戒するような眼をダンディに向けた。

「おまえはおれがトムに言ったとおりのことを今言ったんだよ」と警部補は続けた。「おれはこう言ったんだ、〝なあ、トム、サム・スペードは身内の面倒は身内で片づけようとするやつだよ〟ってな。おれはトムにそう言ったのさ」

スペードの眼からそれまで警戒していた気配が消えた。かわりに退屈そうな鈍い眼つきになった。トムのほうを向くと、いかにも心配げに彼は尋ねた。「あんたのボーイフレンドは何を苛々してんだ？」

ダンディは弾《はじ》かれたように立ち上がると、曲げた二本の指の先でスペードの胸を叩きながら言った。

「こういうことだ」指先で胸を叩いて、ことばを一語一語強調しながら続けた。「おまえがバーリット小路を出た三十五分後に、泊まっていたホテルのまえで、サーズビーが撃たれたんだ」

スペードもまた一語一語、強調しながら言った。「その小汚い手をおれからどけろ」

ダンディは手を引っ込めはしたものの、口調を変えることはなかった。「トムの話じゃ、おまえは相棒の死体を見るのも惜しいほど急いでたそうだな」

トムが言いわけがましく言った。「しょうがないだろ、サム、実際、あんたはそんなふうに帰っちまったんだから」

「それにおまえは訃報《ふほう》を女房に伝えにアーチャーの家にも行ってない」と警部補が言った。「おまえのオフィスに電話したら、あの若い女が出て教えてくれたよ。おまえにアーチャーの家に行かされたって」

スペードは黙ってうなずいた。間が抜けて見えるほどおだやかな顔をしていた。

ダンディ警部補は曲げた二本の指をスペードの胸に向け、すばやくおろした。「電話のあるところに行って、あの若い女に電話をかけるのに十分やろう。サーズビーが泊まってた、ギアリー通りとレヴンワース通りの角のホテルに行くのにも十分やろう。まあ、十分で充分だが、かかったとしても十五分だ。それでも、サーズビーがホテルに戻ってくるまで、おまえには十分から十五分の余裕があった」

「それはつまりおれはサーズビーが泊まっていたホテルを知ってたってわけだ」とスペードは言った。「さらに、サーズビーがマイルズを殺してからまっすぐホテルに戻らないことまで知ってたってわけだ」

「おまえが知ってることはおまえにしかわからない」とダンディは頑《かたく》なに言った。「ここへは何時に帰った?」

「四時二十分まえだ。考えごとをしてちょっとばかり歩いたもんでね」

警部補はその丸い頭を上下させて言った。「こっちにもわかってるんだよ、おまえが三時半にはまだ帰っちゃいなかったことは。ここに電話したんでな。どこを、ほっつき歩いてたんだ?」

「ブッシュ通りをちょっと歩いてまた引き返した」

「誰かに会ったか?」

「いや、誰にも」そう言ったあと、スペードはいきなり笑いだした。「坐ってくれ、ダンディ。飲みものがまだ残ってるじゃないか。グラスを持てよ、トム」

トムは言った。「おれはもういいよ、サム」

ダンディは坐った。が、ラム酒を注いだグラスには眼もくれなかった。

スペードは自分のグラスに注いで飲み干すと、空《から》になったグラスをテーブルに置いて、またベッドの端に戻って坐った。

「やっと今自分の立ち位置がわかったよ」そう言って、彼はひとりの刑事からもうひとりの刑事に親しげな眼を向けた。「喧嘩腰になって悪かった。だけど、いきなりやってこられて、あれこれ難癖をつけられちゃ、どうしたって苛立つよ。マイルズがあんなことになったあとだしな。あんたらはずる賢いし。だけど、もうかまわない。あんたらが何を追っかけてるのかやっとわかったから」

トムが言った。「いや、もう忘れてくれ」

警部補は何も言わなかった。

スペードは言った。「サーズビーも死んだんだな?」

警部補はやはり無言だった。トムが答えた。「そうだ」

警部補が腹立たしげに言った。「おまえも当然知ってることだが、念のために言っとくと、サーズビーはひとこともしゃべらずに死んだよ」

スペードは煙草を巻いており、顔を起こすことなく尋ねた。「今のはどういう意味だ? サーズビーが死んだことをおれが知ってたと思ってるのか?」

「今言ったとおりの意味だ」とダンディはぶっきらぼうに言った。

スペードは片手に巻きおえた煙草、もう一方の手にライターを持って、顔を起こすとダンディを見て言った。

「あんたらとしてもおれを逮捕まではできない、そうだろ、ダンディ?」

ダンディは緑の眼に力を込めてスペードを睨んだが、何も言わなかった。

「だったら」とスペードは言った。「あんたが何を考えていようと、そんなことをおれが気にかけなきゃならない理由なんぞこれっぽちもないってことだよな、だろ、ダンディ?」

トムがなだめた。「なあ、落ち着けよ、サム」

スペードは煙草を口にくわえ、火をつけ、煙とともに笑い声をあげた。

「ああ、落ち着くよ、トム。で、おれはどうやってこのサーズビーって男を殺したんだ？　忘れちまってね」

トムはうんざりしたようなうなり声をあげた。ダンディが言った。「背中を四発撃たれてた。たぶん四四口径か四五口径の銃で。ホテルにはいるところを通りの反対側から撃たれたんだ。目撃者はいない。だから今のはあくまで推測だが」

「サーズビーはショルダー・ホルスターにルガーを入れてた」とトムがつけ加えた。「それは発砲されてない」

「サーズビーについてホテルの人間が知ってることは？」

「滞在して一週間になること以外何も知らない」

「ひとりで泊まってたのか？」

「そうだ」

「サーズビーが持ってたものから、あるいは泊まってた部屋から何がわかった？」

ダンディは口をすぼめ、鋭く息を吸い込んでから言った。「おれたちが見つけなきゃならないものが何かあるのか？」

スペードはいい加減に巻いた煙草で曖昧に円を描いて言った。「そりゃそいつの身元がわかるようなものとかだよ。いったいどういうことをしてたのかとか。ちがうか？」

「そういうことはおまえがおれたちに話してくれるんじゃないかと思ってたんだがな」

スペードは大げさなまでの素直さを黄味を帯びた灰色の眼にのぞかせ、警部補を見て言った。「おれはサーズビーには会ったことも見たこともないんだぜ。生きてるサーズビーにしろ、死んでるサーズビーにしろ」

警部補は失望の色もあらわに立ち上がった。あくびをして体を掻きながらトムも立った。

「訊きたかったことはもう訊いたが」とダンディはその眼を緑の小石ほどにも硬くし、眼の上に皺を寄せて言った。口ひげをたくわえた鼻の下を上の前歯に押しつけ、下唇にことばを押し出させるようにして。「おれたちはおまえが話してくれた以上のことを話してやった。だけど、それでかまわんよ。おれがどういう男かはおまえも知ってるだろ、スペード？　おまえが殺《や》ってようと殺《や》っていまいと、ちゃんと公正に扱ってやる。悪いようにはしない。こっぴどくおまえを責め立てようとも思わない。だけど、おまえを挙げるとなったら必ず挙げるからな」

「それでかまわんよ」とスペードは感情のこもらない声で答えた。「ただ、おれが出した飲みものをちゃんと飲んでくれると、おれの気分もよくなるんだがね」

ダンディ警部補はテーブルのほうを向き、グラスを取り上げ、おもむろにグラスの中身を飲み干した。そして言った。「おやすみ」そう言って、手を差し出した。ふたりは儀式のように握手した。トムとスペードも儀式のように握手した。ふたりが帰っていくと、スペードは服を脱ぎ、明かりを消してベッドにはいった。

3　三人の女

翌朝十時にスペードがオフィスに行くと、エフィ・ペリンはもう出勤しており、机に向かって、朝届いた郵便物を開封していた。日焼けした彼女の顔には生気がなかった。手に持っていた数通の手紙と真鍮のペーパーナイフを置くと、あたりを憚《はばか》るように声を落として言った。

「彼女、来てるわよ」

「ここには近づけるなって言っただろうが」とスペードは文句を言った。声を落として。

エフィ・ペリンは茶色の眼を大きく見開き、スペードに負けない苛立ちを声ににじませて言った。「ええ。でも、どうやればいいかは教わらなかった」上と下の瞼《まぶた》が閉じかけ、肩から力が抜けた。「面倒くさいこと言わないでよ、サム」いかにも疲れた声だった。「わたし、彼女のお守りを一晩じゅうしてたのよ」

スペードは彼女のそばに立つと、彼女の頭に手を置いて、分け目から髪を撫でた。「悪かった、エンジェル。そうとは知らな――」

そこでプライヴェート・オフィスのドアが開いた。「おはよう、アイヴァ」とスペードはドアを開けた女に言った。

「ああ、サム！」と女は言った。

彼女は三十をいくつか過ぎたブロンド女性で、顔の可愛さはピークをたぶん五年ほど過ぎていた。ただ、逞《たくま》しさを備えながらも繊細で申し分のない体の線はまだ保っていた。帽子から靴まで黒いものを身に着けているのは急場しのぎの喪服だ。ことばを交わすと、うしろにさがってスペードが部屋にはいってくるのを待った。

スペードはエフィ・ペリンの頭から手を離すと、プライヴェート・オフィスにはいり、ドアを閉めた。アイヴァはすぐに彼に近づき、顔を起こして彼のキスを待った。そして、スペードに抱かれるまえに彼を抱いた。キスが終わると、スペードは彼女から身を離しかけた。が、彼女は離れず、彼の胸に顔を押しつけ、すすり泣きはじめた。

彼は彼女の背中を撫でて言った。「可哀そうに、ダーリン」声音はやさしかった。が、彼自身の机の向かい側に置かれている相棒だった男の机を見やった眼は怒っていた。口角を横に引き、上唇を前歯に押しつけるようにして、苛立たしげに顔をしかめていた。アイヴァの帽子のてっぺんに顎があたらないようにして、彼は言った。「マイルズの兄貴には知らせたか?」

「ええ、フィルは今朝、うちに来た」泣いている上に彼の上着に口を押しつけているので、くぐもった不鮮明な声になった。

彼はまた顔をしかめ、頭を傾げてこっそり腕時計を見た。彼女に左腕をまわして抱いているので、左手は彼女の左肩にあった。シャツの袖が引っぱられ、時計があらわになっていた。十時十分。

アイヴァは体をもぞもぞさせて顔を起こした。白眼に縁どられたブルーの丸い眼は潤んでいた。口は濡れていた。

「もしかして、サム」と彼女はうめくように言った。「あなたがマイルズを殺したの?」

眼が飛び出るほど驚いて、スペードは彼女を見た。骨ばった顎が下に垂れ、あんぐりと口を開けていた。腕を離し、手が届かないところまで身を引き、彼女にしかめ面を向け、空咳をした。

スペードが離れても、彼女は抱き合った姿勢のまま両腕を上げていた。八の字になった眉の下で苦悩が彼女の眼を曇らせていた。閉じかけさせてもいた。柔らかくて濡れた赤い唇は震えていた。

スペードはひとこと鋭く「はっ!」と言って笑うと、薄い黄褐色のカーテンのそばまで行き、彼女に背を向けてそこに佇《たたず》み、カーテン越しに中庭を眺めた。そして、彼女が彼のところまでやってくるまえに振り向き、机に向かい、椅子に坐ると、両肘を机について、顎を両の拳《こぶし》にのせて彼女を見た。半分閉じかけた瞼のあいだで黄味を帯びた灰色の眼が光った。

「いったい」と彼は冷ややかに言った。「誰にそんなすばらしい考えを吹き込まれた?」

「ただ思っただけよ」と彼女は言って口に手をやった。新たな涙が眼にあふれた。彼のほうにやってきて、机のそばに立った。黒い靴は極端に小さく、ヒールも極端に高いのに、履きなれた優雅な足取りだった。「もっとやさしくしてよ、サム」と彼女は言った。

スペードは彼女に向けて大きな笑い声をあげた。その眼はまだ光っていた。「あなたがマイルズを殺したの、サム、もっとやさしくしてよ」そう言って、彼は両手を打ち鳴らした。「まったく」

彼女は白いハンカチを顔にあて、声に出して泣きはじめた。

スペードは立ち上がり、彼女のうしろにまわると、両腕を彼女にまわした。そして、耳とコートの襟のあいだの首すじにキスをして言った。「なあ、アイヴァ、もう泣くな」彼の顔はどこまでも無表情だった。彼女が泣きやむと、彼は唇を彼女の耳に押しつけて囁いた。「ハニー、きみは今日ここに来ちゃいけなかった。それは賢いことじゃない。だから長居はしないでくれ。家に帰るんだ」

彼女は彼の腕の中で振り返り、彼と向かい合って尋ねた。「今夜、来てくれる?」

彼はやさしく首を振った。「今夜は無理だ」

「今夜じゃなくても早く来られる?」

「ああ」

「どれくらい?」

「できるだけ早く」

スペードはアイヴァの唇にキスをすると、ドアのところまで連れていき、ドアを開けた。

「じゃあ、アイヴァ」そう言うと、わざと一礼し、ドアを閉めて机に戻った。

煙草と巻き紙をヴェストのボタンから取り出した。が、巻かなかった。巻き紙を片手に、煙草をもう一方の手に持ったまま、何かを考え込む眼つきで死んだ相棒の机をしばらく見つめた。

エフィ・ペリンがドアを開けて、はいってきた。茶色の眼はそわそわしていたが、声は無頓着《むとんちゃく》に聞こえた。「で？」

スペードは何も言わなかった。何か考え込むような眼を相棒の机に向けたままだった。

エフィは眉をひそめ、机をまわり込んで彼の脇にやってくると、今度はもっと大きな声で尋ねた。「で？　あなたとあの未亡人は今度のことをどう考えることにしたの？」

「彼女はおれがマイルズを撃ったと思ってる」と彼は唇だけを動かして言った。

「彼女と結婚するために？」

スペードはそれには何も答えなかった。

若い娘は帽子を彼の頭から取ると机に置いた。そして、まえかがみになって、動きを止めた彼の指から煙草の袋と巻き紙を取り上げた。

「警察はおれがサーズビーを撃ったと思ってる」と彼は言った。

「誰、その人？」と彼女は束から巻き紙を一枚引き抜き、その上に煙草の葉を落としながら言った。

「おれが誰を撃ったと思う？」とスペードは訊き返した。

彼女はその質問を無視した。彼は自分から言った。「サーズビーというのは、客のワンダリーに頼まれて、マイルズが尾行することになってた男だ」

彼女は細い指で煙草を巻きおえると、紙を舐め、形を整えてから両端をひねった。そして、スペードにくわえさせた。スペードは「ありがとう、ハニー」と言って、彼女の細い腰に腕をまわし、疲れたように頬を彼女の腰にあてて眼を閉じた。

「あなた、アイヴァと結婚するの？」と彼女は彼の薄茶の髪を見下ろして言った。

「馬鹿なことを言うな」と彼はもごもごと言った。火のついていない煙草が唇の動きに合わせて上下した。

「彼女は馬鹿なことだなんてちっとも思ってないと思うけど。当然でしょ？――彼女に対してあなたはあんな振る舞いをしてるんだから」

スペードはため息まじりに言った。「あんな女には出会わなきゃよかったよ」

「今はそう言うかもしれないけど」彼女の声にはいくらか意地悪な響きがあった。「でも、いいときもあったんでしょ？」

「女に対してほかにどうすりゃいいのか、どう言えばいいのか、おれにはわかったためしがなくてね」と彼は不平をこぼすように言った。「それにマイルズってやつはどうにも好きになれなかったし」

「今のは嘘よ」と若い女は言った。「わたしが彼女のことをクソ女だって思ってるのは言わなくてもわかってると思うけど、そりゃわたしもクソ女にだってなるわよ、あんな体を神から授かっていたら」

スペードはもどかしげに彼女の腰に顔をこすりつけた。が、何も言わなかった。

エフィ・ペリンは唇を噛むと、額に皺を寄せ、彼の顔がよく見えるよう上体を傾げて訊いた。

「彼女が殺したんだと思う？」

スペードは体を起こし、腕を彼女の腰から離し、彼女に笑みを向けた。愉快さを素直に伝える笑みだった。そのあとライターを取り出すと、火をつけ、煙草の端まで持っていった。「きみは天使だ」煙越しにそう言った。「可愛くて浅はかな天使だ」

彼女はゆがんだ笑みを浮かべて言った。「あら、そう？　だったら、わたしがこう言ったらどうする？　わたしが悪い知らせを伝えに行ったのは夜中の三時だけど、彼女が家に帰ってきたのはそのほんの数分まえだったって」

「ほんとか？」と彼は訊き返した。口元はまだ笑ったままだったが、眼にははっきりと警戒の色が浮かんでいた。

「玄関のドアの外で待たされたのよ。彼女が着替えるか、着替えを終えるかするあいだ。脱いだ服は椅子に投げ出されていた。帽子とコートがその下になっていた。一番上になっていた袖なしのアンダーシャツにはまだ温もりがあった。彼女は寝てたって言ったけど、それは嘘よ。ベッドのシーツには皺ができてたけど、わざとつくった皺ね。ベッド自体にへこみがなかった」

スペードは彼女の手を取ると、軽く叩いて言った。「きみは優秀な探偵だ、ダーリン。だけど」そこで彼は首を振った。「彼を殺したのは彼女じゃない」

エフィ・ペリンは手を引っ込めて苦々しく言った。「あのクソ女はあなたと結婚したがってる」

スペードは片手と頭を使って苛立っている仕種をしてみせた。

彼女は眉をひそめて尋ねた。「ゆうべ彼女と会ったの？」

「いや」

「ほんとに？」

「ほんとに。ダンディみたいな真似はやめてくれ、ハニー。ダンディみたいな真似はきみに似合わない」

「ダンディはあなたを疑ってるの？」

「まあね。明け方の四時にトム・ポルハウスとおれのところで一杯やりに来たところを見ると」

「あの人たちはほんとうにあなたがそのなんとかいう人を殺したと思ってるの？」

「サーズビーだ」スペードはかなり短くなった吸いさしを真鍮の灰皿に捨てると、新しい煙草を巻きはじめた。

「警察はほんとうにあなたを疑ってるの？」彼女はスペードの返事を聞きたがった。

「知らんよ」とスペードは巻いている煙草から眼を離すことなく答えた。「そういう疑いを持ってはいたよ。だけど、それがどれだけ見当はずれな考えか、おれとしてもどこまで説得できたかはわからない」

「わたしを見て、サム」

スペードは彼女を見て、いきなり笑いだした。いっとき彼女の顔に心配と明るさが入り交じった。

「心配なのよ」と彼女は言った。真剣な表情がまた彼女の顔に戻っていた。「あなたはいつも自分が何をやってるかわかってるって思ってる。でも、うまく立ちまわったつもりでも足を取られることってあるものよ。そのことをいつかあなたも知るようになるかもしれない」

スペードはわざとため息をついてみせ、彼女の腕に頰ずりをして言った。「ダンディにも同じことを言われたよ。でも、そんなことより、ハニー、アイヴァだけはおれに近づけないでくれ。彼女以外のトラブルには自分で対処できるから」そう言って彼は立ち上がり、帽子をかぶった。「外のドアにかかってる〝スペード&アーチャー〟の表示板をはずして、〝サミュエル・スペード〟に替えてくれ。一時間ほどで戻る。戻れなきゃ電話する」

スペードは〈セント・マーク・ホテル〉の紫がかった長いロビーを歩き、めかし込んだ赤毛のフロント係に、ミス・ワンダリーは在室かどうか尋ねた。赤毛の洒落男《しゃれおとこ》はスペードに背を向け、すぐにまた向き直って首を振りながら言った。「今朝、もうチェックアウトされたようです、ミスター・スペード」

「そうか。ありがとう」

スペードはフロントデスクのまえを通り過ぎ、ロビーから少し離れたアルコーヴまで歩いた。そこにはマホガニーの平たい天板の机が置かれ、中年に近い小肥《こぶと》りの男が坐っていた。机のロビー側の端には、マホガニーと真鍮でできた三角柱が置かれ、〝ミスター・フリード〟と名前が彫られていた。

小肥りの男は立ち上がると、机のまわりをまわってスペードに手を差し出した。

「アーチャーのこと、聞いたよ。とんだことだったな、スペード」差し出がましくなることなく、同情のことばを発する訓練を受けている者の口調だった。「今〈コール〉で読んだところだ。知ってると思うが、ゆうべ彼はここにいたんだ」

「どうも、フリード。あいつと話したのか？」

「いや、夕方出勤すると、彼がロビーの椅子に坐ってるのに気づいたけど、あえてことばを交わしにはいかなかった。たぶん仕事中だろうと思ったし。あんたらは仕事中に邪魔がはいるのを嫌うこともわかってたし。それが何か関係があるのか、彼が――ああなったことと？」

「いや、たぶん関係ないとは思うが、まだ何もわかってなくてね。いずれにしろ、ここを巻き添えにはしないようにするよ、できるだけ」

「それは助かる」

「どうってこともない。それよりここの宿泊客のことを訊きたいんだ。訊いてもおれが訊いたことは忘れてくれるよな？」

「もちろん」

「ミス・ワンダリーという女が今朝チェックアウトしてるんだが、彼女についてもうちょい詳しく知りたい」

「来てくれ」とフリードは言った。「何かわかるか見にいこう」

スペードはその場に立ったまま首を振りながら言った。「おれはあんまりめだちたくない」

フリードは黙ってうなずき、アルコーヴを出ると、ロビーを歩きだした。が、途中で立ち止まったかと思うと、スペードのところに戻ってきて言った。

「ゆうべはハリマンがここの警備をしてた。だから、彼もアーチャーを見てるはずだ。この件については よけいなことは言わないよう釘を刺しておこうか？」

スペードは眼の隅でフリードを見て言った。「いや、そういうことはやらないでくれ。そもそもワンダリーと関係がなけりゃ、なんの意味もないことなんだから。ハリマンに別に問題はないが、おしゃべりなやつだ。そういうやつにこっちに隠しごとがあるなんて思わせるのは得策じゃない」

フリードはまた黙ってうなずき、立ち去り、十五分後に戻ってきた。

「チェックインしたのは先週の火曜で、ニューヨークから来たことになってる。トランクは持ってなくて、持ってたのはバッグが何個か。部屋から電話はかけてない。郵便物はあったとしても大した数は受け取ってないみたいだ。髪が黒くて背の高い、三十六歳ぐらいの男と彼女が一緒にいるところを見たのを覚えてたやつがひとりだけいた。今朝は九時半にここを出て、一時間ほどで戻ってくると、勘定をすませて、車にバッグを運ばせた。バッグを運んだボーイの話じゃ、車は〈ナッシュ・モーターズ〉のツーリング・カーで、たぶんレンタカーだったんじゃないかって言ってる。郵便物の転送先はロスアンジェルスの〈アンバサダー・ホテル〉になってる」

スペードは「ありがとう、フレッド」と言って〈セント・マーク・ホテル〉を出た。

オフィスに戻ると、手紙をタイプする手を止めてエフィ・ペリンが言った。「あなたのお友達のダンディが来たわよ。あなたの銃を見たかったみたい」

「で？」

「サムがいるときに来てって言っといた」

「すばらしい。また来たら、見せてやってくれ」

「ミス・ワンダリーから電話があった」

「ある頃だろうと思ってた。なんて言ってた？」

「あなたに会いたいって」彼女は自分の机の上から紙を取り上げ、そこに鉛筆で書かれたメモを読んだ。「彼女はカリフォルニア通りの〈コロネット〉にいるみたい。そこの一〇〇一号室に。〝ミス・ルブラン〟を訪ねてきてほしいって」

スペードは「寄こしてくれ」と言って手を伸ばし、彼女からメモを受け取ると、ライターを取り出して紙の端に火をつけ、すべて燃え尽きるまで持ち、黒い灰になって丸まると、リノリウムの床に落として靴底で揉み消した。

エフィはそれを不満げな眼で見ていた。

彼は彼女ににやりと笑って言った。「こういうものはこうするもんなんだよ」そう言って、また出ていった。

4　黒い鳥

ミス・ワンダリーは〈コロネット〉の一〇〇一号室のドアを開けた。色はグリーンで、ベルトのあるシルクのクレープ生地のワンピースを着ていた。顔を赤らめていた。暗い赤毛は頭の左側で分けられていたが、ウェーヴした髪が右のこめかみに垂れ、どこかしら乱れた感じがあった。

スペードは帽子を取って言った。「おはよう」

彼の笑みに彼女も薄い笑みを浮かべた。が、ほとんど菫色《すみれいろ》と言っていいブルーの眼はどこか戸惑ったままだった。うつむき、おずおずとした低い声で言った。「どうぞ中へ、ミスター・スペード」

彼女はドアがどこも開けっ放しのキッチンとバスルームと寝室のまえを通り、クリーム色と赤の居間に彼を案内し、部屋が散らかっているのを謝った。「何もかもひっくり返ったままで。荷解きもまだ終えてないのよ」

彼女はスペードの帽子を受け取ってテーブルに置くと、クルミ材の小ぶりの長椅子に坐った。スペードは彼女と向き合い、紋織りの布を張った、背もたれが楕円形の椅子に坐った。

もじもじと組み合わせた自分の指を見ながら彼女が言った。「ミスター・スペード、わたし、とってもとってもひどい告白をしなくちゃなりません」

スペードは慇懃《いんぎん》な笑みを浮かべた。うつむいていたので、彼女にはその笑みはわからなかった。いずれにしろ、スペードは何も言わなかった。

「あの話、昨日の……あの話は全部……全部つくり話です」つっかえつっかえそう言うと、彼女はみじめに怯《おび》えた眼で彼を見上げた。

「ああ、あの話か」とスペードは軽い口調で言った。「こっちもまるっきり信じたわけじゃなかったよ」

「えっ?」みじめさと怯えに加えて当惑が彼女の眼に浮かんだ。

「きみの二百ドルは信じたが」

「それはどういう意味です?」彼女には彼のことばの意味がほんとうにわからないようだった。

「きみは払いすぎたのさ。ほんとのことを話してたら、誰もあんなに払ったりしない。こっちとしちゃ、話がほんとうだろうと嘘だろうと、どっちでもいいほどの大金だった」

いきなり彼女の眼が輝いた。長椅子の上でいくらか体を持ち上げるような動きをしてすぐまた坐り直した。そのあとスカートの皺を伸ばすと、まえかがみになって言った。人が人に何かを頼むときの口調になっていた。「ということは、仕事は今でも引き受けて――?」

スペードは手のひらを上にして片手を差し出し、彼女のことばを制した。彼の顔の上半分はしかめられていたが、下半分は笑っていた。「それは事と次第によるよ。ただ、問題は、ミス――それはそうと、きみの名前はワンダリーなのか、ルブランなのか?」

彼女は顔を赤らめ、もごもごと言った。「ほんとうはオショーネシーです――ブリジッド・オショーネシー」

「問題は、ミス・オショーネシー、人がふたりも死んでいるということだ」――彼女は顔をしかめた――「殺人がこんなふうに続けて起こると、誰だって煽《あお》られる。警察も捜査をとことんやっていいんだって思う。誰もが扱いにくくなって、人件費が高くなる。こういうことはそう簡単には――」

彼はそこでことばをいきなり切った。相手が彼の話を聞いておらず、ただ話が終わるのを待っているだけなのに気づいたのだ。

「ミスター・スペード、正直に話してください」彼女の声はヒステリー寸前のところで震えていた。顔はすでにやつれていた。必死な眼のまわりが憔悴《しょうすい》していた。「ゆうべの――ゆうべのことはわたしのせいなの？」

スペードは首を振って言った。「おれの知らないことがまだあるようなら、話はちがってくるが。とりあえず、きみはサーズビーは危険な男だっておれたちに警告したんだからね。きみは妹のことでおれたちに嘘をついた。だけど、それはどうでもいい。そもそもおれたちは、信じちゃいなかった」彼はそこで撫で肩をすくめた。「ああ、きみのせいだとは思っちゃいないよ」

彼女は言った。「ありがとう」とても柔らかな声だった。そのあと首を左右に振って言った。「でもずっと自分を責めると思うわ」そう言って、咽喉元《のどもと》に手をあてた。「ミスター・アーチャーはとても──昨日の午後はとてもしっかりしていて、愉しそうにも──」

「やめてくれ」とスペードはきっぱりと言った。「あいつも昨日今日この商売を始めたわけじゃない。この商売じゃ危険は端《はな》から承知だ」

「彼は──結婚は？」

「してた。一万ドルの生命保険をかけて。子供はいない。でもって、女房はやつのことを嫌ってた」

「そんな言い方──！」と彼女は囁くように言った。

スペードはまた肩をすくめた。「ほんとのことだからしょうがない」そう言って、腕時計に眼をやって立ち上がると、長椅子に移って彼女の横に坐った。「いずれにしろ、今はそういうことを心配してる暇はない」そう言いながらも彼の声は愉しげだった。同時に口調はきっぱりしていた。「今はお巡りや地方検事補やブン屋があちこち嗅ぎまわってる。きみとしちゃどうしたい？」

「わたしを守ってほしい──このことすべてから」か細く震える声でそう言うと、彼女は彼の上着の袖に小さな手を置いて続けた。「ミスター・スペード、警察はわたしのことを知ってるの？」

「まだ知らない。おれとしちゃまずきみに会っておきたかった」

「わたしがそもそもあなたのところに行った理由を警察が知ったら──わたしがついた嘘を知ったら──警察はわたしのことをなんて思うかしら？」

「そりゃ疑いの眼を向けるだろうよ。きみにさきに会うまで向こうの動きを牽制《けんせい》したのはそのためだ。今全部やつらに教える必要はないと思ったのは。まあ、必要とあらば、またおとぎ話をつくりゃいい。聞かされたら安心して眠れそうなおとぎ話を」

「あなたはわたしがゆうべの——ゆうべの殺人に関係してるとは思ってない？」

スペードはにやりとして言った。「そう言えば訊くのを忘れたよ。関係してるのか？」

「いいえ」

「そりゃよかった。それじゃ警察にはどんな話をする？」

彼女は長椅子の彼女の側で決まり悪そうにした。彼のまなざしから逃れようとしても逃れられず、濃い睫毛の奥で眼が揺れた。そんな彼女は小さく見えた。ただただ若くて、打ちひしがれて見えた。

「そもそも彼らがわたしのことを知る必要はあるのかしら？」と彼女は言った。「彼らに知られるくらいなら死んだほうがましよ。ミスター・スペード、今は説明できないけれど、なんとか彼らからわたしを守ってもらえませんか？　彼らの質問に答えなくてもすむように。そんな質問に答えるなんて、わたしには耐えられない。ほんとうにそんなことになるくらいなら死んだほうがましよ。守ってもらえませんか、ミスター・スペード？」

「それはできないことじゃない」とスペードは答えた。「だけど、いったい何が起きてるのかまず知る必要がある」

彼女は椅子から降りると、彼の足元に膝をつき、両手をきつく握りしめて、顔を起こした。

その顔は青ざめ、緊張し、怯えていた。

「わたしはあまりいい人生を送ってこなかった」と若い女は声を大きくして言った。「わたしは悪い女だった。あなたには理解できないくらい――でも、そう、救いようがないほどでもなかった。わたしを見て、ミスター・スペード。あなたにだってわかるでしょ、わたしがそれほどのワルじゃないということは。それはわかるでしょ？　だったら、少しだけ信じてもらえない？　そう、わたしは正真正銘のひとりぼっちなのよ。わたしは怖いの。あなたが助けてくれなきゃ、誰も頼れる人がいないの。でも、わたしのほうもあなたをすっかり信じてるわけじゃないのに、わたしだけ信じろなんていう権利はないわね。それはわかってる。わたしはあなたを信じてる。ほんとよ。でも、言えないのよ。今は説明できないの。説明できるようになったら、ちゃんとするわ。だけど、今は怖いのよ、ミスター・スペード。あなたを信じるのが怖いの。いいえ、そうじゃない。わたしはあなたのことを信じてる。それはほんとよ。でも、わたし、フロイドのことも信じてた。ほかに誰もいなかったから。わたしには誰もいないのよ、ミスター・スペード。あなたにはわたしを助けることができる。それはあなた自身が言ったことよ。あなたにはわたしを救うことができるってわかってなかったら、わたしは逃げ出してたわ、あなたに自分の居場所を教えたりしないで。ほかにも助けてくれる人がいると思ってたら、こんなふうにひざまずいたりなんかしない。でしょ？　ええ、ちゃんとした説明もしないで、勝手なことばかり言ってるのはわかってる。でも、どうか甘えさせて。今は勝手な真似を赦して。あなたは強くて、機転が利いて、そして勇敢な人よ。あなたのその強さとよく利く機転と勇敢さを少しだけわたしのために使ってほしいの。それはできないことじゃないでしょ？　わたしを助けて、ミスター・スペード。どうしても助けが必要なのよ。あなたが助けてくれるかくれなかったら、どこに行って助けてくれる人を探せばいいの？　どれほど本気で助けてくれるかは別としても、そんな人をどこで捜せばいいの？　助けて。やみくもに助けてくれなんて頼む権利なんかないのはわかってる。でも、あなたに頼むしかないのよ。お願い、どうか甘えさせて、ミスター・スペード。あなたにはわたしを助けることができる。だから助けて」

　スペードは彼女の長広舌《ちょうこうぜつ》のあいだずっと息を止めて聞いていた。が、聞きおえると、唇をすぼめて長々と息を吐き出し、肺の空気を空《から》っぽにして言った。「きみには他人の助けなんか要《い》らないよ。だって有能だもの。それもすごく。そのことはなにより眼に表われてる。おれはそう思うね。おまけにこんな台詞《せりふ》を吐くときには声を震わせるのさ――〝お願い、どうか甘えさせて、ミスター・スペード〟」

　彼女は弾かれたように立ち上がった。痛みをこらえるように顔を赤くし、首をまっすぐに伸ばし、スペードの眼をじっと見つめて言った。

「そう言われてもしかたないわね。ええ、そのとおりよ。でも――そう、それはあなたの助けがそれだけ欲しかったからよ。いいえ、欲しいからよ。必要なのよ。とてもとても。嘘はわたしの話し方にあっただけよ。話した中身にじゃなくて」彼女はスペードに背を向けた。まっすぐに伸ばした首から今は力が抜けていた。「あなたが今わたしを信じてくれてないのはすべてわたしのせいよ」

スペードも顔を赤くし、床を見つめながらつぶやいた。「きみは危険な女だ」

ブリジッド・オショーネシーはテーブルまで行き、スペードの帽子を取り上げると、持ってきて差し出した。が、彼のすぐまえまでは差し出さなかった。受け取りたければ取ればいいとでもいった出し方だった。その顔は白く細かった。

スペードは帽子を見て言った。「ゆうべ何があった?」

「フロイドは九時にホテルにやってきて、わたしたちは散歩に出かけた。散歩はわたしから言いだしたのよ。ミスター・アーチャーにフロイドがわかるように。ギアリー通りにあったレストランにはいったわ。そう、夕食を食べてダンスでもしようということで。ホテルに帰ってきたのは十二時半頃で、フロイドとはホテルの玄関で別れた。そのあと中にはいって外を見ると、ホテルの向かいに立っていたミスター・アーチャーが、通りの反対側をくだってフロイドを尾《つ》けはじめたのが見えた」

「くだった? ということはマーケット通りのほうに行ったということか?」

「ええ」

「アーチャーが撃たれたブッシュ通りとストックトン通りの角はまるで反対だが、ふたりはそんなところで何をしてたんだ?」

「それってフロイドが滞在していた近くかしら?」

「いや。きみのホテルから自分のホテルまで帰ろうとしてたんだとしたら、十ブロック近く遠まわりになる。ふたりがホテルのまえから立ち去ったあと、きみは何をした?」

「すぐに寝たわ。今朝、朝食をとりに外に出たら、新聞の見出しが眼に飛び込んできたのよ。記事を読んで——わかるでしょ？　そのあとユニオン・スクウェアに行った。レンタカーの営業所がそこにあるのを知ってたから。そこから車でホテルに荷物を取りに行った。ホテルからはここに直行した。なぜって、泊まっていたホテルの部屋を昨日荒らされたからよ。だからすぐに引越さなくちゃって思って、ここは昨日の午後見つけておいた。で、ここに来て、あなたのオフィスに電話したのよ」

「〈セント・マーク・ホテル〉のきみの部屋が荒らされた？」と彼は尋ねた。

「ええ、あなたのオフィスに行ってるあいだに」彼女はそう言って唇を嚙んだ。「このことは話すつもりはなかったんだけど」

「ということは、その件についちゃおれはきみに何も訊けないってことか？」

彼女はちょっと恥じらうように黙ってうなずいた。

彼は顔をしかめた。

彼女は手に持っていた彼の帽子を少し動かした。

彼は苛立たしげな笑い声をあげて言った。「おれの眼のまえでおれの帽子を弄ばないでくれ。おれには何ができるか、それはもう言ってあったよな？」

彼女は考えを改めたような笑みを浮かべ、帽子をテーブルに戻すと、また長椅子の彼の横に坐った。

彼は言った。「やみくもにきみを信じることもできなくはないよ。それでも、何がどうなってるのかもわからないんじゃ、大したことはできない。たとえば、きみとフロイド・サーズビーの関係ぐらいは知らないと」

「彼とは東洋で出会ったの」ミス・オショーネシーは、スペードとのあいだの長椅子の生地に指を突き立て、8の字を描きながら、おもむろに言った。「サンフランシスコには先週香港から来たのよ。彼は――彼は約束してくれた、わたしを助けるって。なのに、わたしにはほかに助けてくれる人がいないことと、彼を頼りきっていたことを利用して、わたしを裏切ったのよ」

「どんなふうに？」

彼女は首を振っただけで何も言わなかった。

スペードは苛立ちに顔をゆがめて言った。「なんであの男を尾《つ》けさせた？」

「彼はどこまではいり込んでるのか、それを知りたかったのよ。彼は自分の滞在先さえ教えてくれなかった。いったい彼は何をしてるのか、誰と会ってるのか、そういうことが知りたかったの」

「サーズビーがアーチャーを殺したのか？」

彼女はびっくりした顔をスペードに向けて言った。「でしょ？　ちがうの？」

「フロイド・サーズビーはショルダー・ホルスターにルガーを収めていた。だけど、アーチャーが撃たれたのはルガーじゃない」

「フロイドはコートのポケットにリヴォルヴァーを持っていた」と彼女は言った。

「見たのか?」

「ええ、何度も。いつもポケットに入れてた。ゆうべは見てないけど、でも、彼はコートを着るときにはいつもポケットに入れてた」

「どうしてそんなにしょっちゅう銃を持ち歩いてたんだ?」

「彼は銃で生きてたのよ。香港でこういう話を聞いたことがある。彼が東洋に現われたのは、アメリカにいられなくなったギャンブラーのボディガードをしてたからだって。ただ、そのギャンブラーはそれ以来行方知れずよ。その失踪についてはフロイドがよく知ってるはずだってみんなが言っていた。わたしにはほんとうのところはわからないけど。でも、彼がいつも銃を持って出歩くのは知ってる。それと寝るときにはいつも寝室の床に新聞をくしゃくしゃにしてばら撒《ま》くことも。誰も音をたてずに寝室にはいれないように」

「とんだ相手を選んだものだな」

「そういう相手がわたしには必要だったのよ」と彼女はあっさり認めて言った。「わたしに忠実でいてくれるなら」

「ああ、いてくれるなら」とスペードは言い、指で下唇をはさんでむっつりと彼女を見た。両眉が真ん中に引き寄せられ、眉間に縦皺ができた。「実際のところ、どこまでひどいことになってるんだ?」

「それはもうとことん」

「物理的な危険もあるのか?」

「わたしはヒーロージゃない。死ぬよりひどいことはないと思ってる」

「それほどのことなのか?」

「それほどのことよ。しかもそれはわたしたちが今ここに坐ってるのと同じくらい確かなことよ」――彼女はそこで身震いをした――「あなたが助けてくれないかぎり」

彼は唇から指を離すと、その指で髪を梳《す》きながら苛立たしげに言った。「おれはキリストじゃない。何もないところから奇跡は起こせない」腕時計を見た。「一日はどんどん過ぎて、きみはおれに仕事のとっかかりになるようなものすら与えてくれてない。誰がサーズビーを殺した?」

彼女は丸めたハンカチを口に持っていき、ハンカチ越しに言った。「わからない」

「きみの敵か、それとも彼自身の敵か?」

「わからない。彼自身の敵であってほしいと思うけど――わからない」

「彼にどんな助けを期待してたんだ?　どうして香港からわざわざこっちに連れてきた?」

彼女は怯えた眼で彼を見ると、黙って首を振った。その顔は憔悴しきっており、痛々しいほど頑《かたく》なだった。

スペードは立ち上がり、ジャケットのポケットに両手を突っ込んで彼女を睨んだ。そして、怒りもあらわに言った。「これじゃ話にならない。きみには何もしてやれない。きみが何をしてもらいたがってるのかもわからない。きみ自身、自分が何をしたいのかもわかってないんじゃないのか」

彼女はうなだれ、泣きだした。

彼は咽喉の奥から獣の吠え声のような音をたて、帽子を取りにテーブルのところまで行った。「警察へは行かないで。行かないわよね？」

「やめて」彼女は彼を見上げることもなく、咽喉がつまったような小さな声で懇願した。

「行くかだと？」と彼は怒りに満ちた声を張り上げた。「こっちは今朝の四時にやつらに家に押しかけられたんだぞ。なのにやつらを押しとどめた。自分から面倒を背負い込んだんだ。それも必死になって。なんのためにそんなことをしたと思う？　ひょっとしたらきみの力になれるかもしれないなんて、トチ狂ったことを考えたからだ。だけど、もうそれはできない。やる気が失せたよ」

「警察に行くかだと？」そう言って、彼は帽子を頭にのせると、ことさら目深《まぶか》にかぶった。「いちいち行かなくても、おれが何もしなくても、やつらはすぐにうじゃうじゃおれにたかってくるだろう。そうなったらおれとしても知ってることは話すしかない。そうなったら、きみのほうは運を試すしかなくなるだろう」

彼女も長椅子から立ち上がり、彼のまえにすっくと立った。膝は震え、顔は怯え、血の気をなくし、口と頬の筋肉が強《こわ》ばり、それを抑えることができていなかったが、それでもその顔はしっかりスペードに向けられていた。彼女は言った。「よく我慢してくれたわね。少なくとも、あなたはわたしを助けようとしてくれた。でも、もうどうにもならない。どうすることもできない。そういうことね」彼女は右手を差し出した。「あなたがやってくれたことに感謝してる。あとは――あとは運に任せるわ」

スペードはまた咽喉の奥から獣の吠え声のような音をたて、長椅子に坐り直して尋ねた。

「金はいくらある?」

その質問に彼女は驚いた顔をし、下唇を噛んで言った。あまり言いたくなさそうな口ぶりだった。「あと五百ドル残ってる」

「それを寄こせ」

彼女はおずおずと彼を見た。ためらっていた。彼は口と眉と手と肩の仕種で怒りをあらわにした。彼女は寝室にはいると、片手に数枚の紙幣を持ってすぐ戻ってきた。

彼は彼女から金を受け取り、数えて言った。「四百ドルしかないが」

「生活費が要るでしょう」と彼女は片手で胸を押さえ、忍従する声音で言った。

「もっと用意できないのか?」

「できない」

「質屋に持っていくものぐらいあるんじゃないのか」彼は執拗《しつよう》だった。

「指輪があるけど。少しなら宝石も」

「それを質に入れろ」そう言うと、彼は片手を突き出し、彼女の反論を制して続けた。「〈レメディアル質店〉がいい——ミッション通りと五丁目通りの角にある」

彼女は懇願する眼で彼を見た。黄味を帯びた灰色の彼の眼は厳しく容赦がなかった。彼女はゆっくりと片手をワンピースの襟元に入れ、薄い札束を取り出すと、待っている彼の手に渡した。

彼は紙幣の皺を伸ばして数えた――二十ドル札が四枚、十ドル札が四枚、五ドル札が一枚あった。彼は十ドル札二枚と五ドル札一枚を彼女に返し、残りはポケットに入れると立ち上がった。「ここを出たら、きみのために何ができるかあちこちあたってみる。とびきりの知らせを持って帰れるようなら、できるだけ早く戻る。ドアのベルを四回鳴らす――長く短く長く短く――おれだとわかるように。送ってくれなくていい。玄関はどこかわかってる」

　彼はそう言って、部屋の真ん中に彼女を残して立ち去った。彼女はブルーの眼に戸惑いの表情を浮かべて彼を見送り、しばらくその場に立ち尽くした。


　スペードはドアに〝ワイズ、メリカン＆ワイズ〟と書かれた受付室にはいった。交換台のまえに坐っていた赤毛の若い女が声をかけてきた。「こんにちは、ミスター・スペード」

「やあ、ダーリン。シドはいるかい？」

　スペードはそう言って、若い女のそばに立ち、彼女がプラグを差し込み、送話口に向かって話すあいだ、彼女のぽっちゃりとした肩に手を置いて待った。「ミスター・スペードがお見えです」彼女はスペードを見上げて言った。「どうぞ中へ」

　スペードはわかったとばかりに彼女の肩をぎゅっとつかむと、受付室を横切ってぼんやりとした照明の中、廊下に向かった。その廊下の先に曇りガラスのドアがあった。スペードはそのドアを開けて中にはいった。巨大な机の向こう側に、オリーヴ色の肌に、ふけだらけの薄い黒髪に、くたびれた卵形の顔をした小柄な男が坐っていた。机の上には大量の書類が山積みされていた。

小柄な男は火のついていない葉巻の吸いさしを大仰に振って言った。「椅子を持ってきてくれ。ゆうべマイルズがどでかい一発を食らっちまったんだってな?」くたびれた顔にも、いささか甲高《かんだか》い彼の声にも、感情のかけらもなかった。

「ああ。そのことで来たんだ」スペードは顔をしかめ、空咳をしてから言った。「このあと検視官にはくそ食らえとでも言ってやるつもりだが、シド、依頼人の素性であれ秘密であれなんであれ、秘匿特権を盾に身を守ることはおれにもできるんだろうか? 神父とか弁護士みたいに」

シド・ワイズは肩をすくめ、口角を下げて言った。「やってみりゃいい。検視審問は裁判じゃないんだから。権利を訴えるだけでもやってみりゃいい。もっと危ない橋だって渡ってきてるんだから」

「ああ、わかってる。ただ、ダンディがしつこくてな。今回はそう簡単にはいかないかもしれない。帽子をかぶってくれ、シド。一緒に行って、うまく対処してくれる連中に会わせてくれ。今回は危ない橋を渡りたくない」

シド・ワイズは机の上の山積みの書類に眼をやってうなった。それでも椅子から立ち上がると、窓辺のクロゼットまで行った。そして、フックから帽子を取って言った。「大したやつだよ、あんたは、サミー」

スペードはその日の夕方五時十分にオフィスに戻った。エフィ・ペリンは彼の机の椅子に坐って、〈タイム〉誌を読んでいた。スペードは机のへりに腰かけて尋ねた。「何か世間を騒がすようなことは？」

「ここでは起きてない。なんだかカナリアを呑み込んだ猫みたいな顔をしてるけど」

スペードは満足げににやりとした。「これでおれたちにも未来が見えてきた。実のところ、マイルズがどこかでくたばってくれてたら、おれたちにも生き残るチャンスが出てくるんじゃないかっていうのは、おれがずっと思ってたことだが。おれのかわりに花を贈ってくれないか？」

「もう贈ったわ」

「天使としてのきみの価値はもう計り知れないね。そんなきみの今日の女の勘の調子は？」

「どうしてそんなことを訊くの？」

「ワンダリーのことはどう思う？」

「わたしは彼女の味方よ」とエフィはためらうことなく即答した。

「彼女は名前をいっぱい持ってる」とスペードは考える顔つきで言った。「ワンダリーにルブラン。本人は正しいのはオショーネシーだと言ってる」

「電話帳に載ってる名前を彼女が全部持ってても、わたしはかまわない。彼女にはなんの問題もない。あなただってわかってるでしょ？」

「どうかな《アイ・ワンダー》」とスペードは言って眠そうに眼をしばたたかせ、そのあとくっくっと笑い声をあげた。「いずれにしろ、彼女はこの二日で七百ドルも払ってくれた。その点についちゃ、確かになんの問題もないな」

エフィ・ペリンは姿勢を正して言った。「サム、あの人が面倒なことになってるのに、あなたがあの人を失望させたり、あの人の弱い立場を利用してあの人を苦しめたりしたら、わたし、あなたを絶対赦さないからね。あなたを尊敬なんか絶対しないからね。生きてるかぎり」

スペードは笑みを浮かべた。自然な笑みにはならなかった。そのあと彼は眉をひそめた。それも自然にはいかなかった。何かを言いかけ、彼の口が動いた。が、外の廊下に面した受付室のドアが開いた音がして、彼の口はまた閉じた。

エフィが立ち上がり、受付室に出た。スペードは帽子を脱いで、椅子に坐った。エフィは、〝ミスター・ジョエル・カイロ〟と浮き出し印刷された名刺を持って戻ってきた。

「なんだか奇妙な人」と彼女は言った。

「だったら中に入れてくれ、ダーリン」とスペードは言った。

華奢《きやしや》な体形で、中背で、色の浅黒い男。それがミスター・ジョエル・カイロだった。髪は黒く、すべらかでとてもつやつやしていた。そんな見てくれはいかにもレヴァント人（東部地中海沿岸地方の住民の歴史的名称）を思わせた。両側に細長いダイヤをあしらった四角いルビーのタイピンが、ネクタイの深緑の地に映えていた。狭い肩幅にぴたりと合った黒いジャケットを着ていた。その裾がやや肉のついた尻のあたりでラッパ形に開いていた。ズボンは、近頃の流行に照らすと、これまた、よりぴたりと彼の肉づきのいい丸い脚を包んでいた。合成皮革の靴の上部は、淡い黄褐色のスパッツに覆われて見えなかった。セーム革の手袋をはめた手に黒いダービー帽を持って、小股で跳ねるような気取った足取りで、スペードのほうに近づいてきた。白檀《びゃくだん》の香りとともに。

スペードはまず訪問者にうなずき、次に椅子にうなずいて言った。「そこにどうぞ、ミスター・カイロ」

カイロは帽子を手に馬鹿丁寧な一礼をすると、「これはどうも」とやけに甲高い声で言って椅子に坐った。気取った坐り方で、足首のところで脚を交差させると、膝の上に帽子を置いて、淡い黄色の手袋を脱ぎはじめた。

スペードは椅子の背にもたれて尋ねた。「どういうご用件かな、ミスター・カイロ？」愛想はよくてもどこか投げやりな声音だった。前日ブリジッド・オショーネシーに尋ねたときと少しも変わらなかった。

カイロは帽子をひっくり返すと、その中に手袋を入れ、自分の側の机の隅に置いた。左手の中指と小指ではダイヤが光り輝いていた。右手の薬指にはタイピンとおそろいのルビーがあった。こっちもそのまわりにダイヤがあしらわれていた。両手とも見るからに柔らかく、よく手入れされていた。大きくはないが、なんだかしまりがなくて鈍そうで、いかにも不器用そうな手だった。揉み手をしながら、なぜか囁くようにカイロは言った。「赤の他人が申すのもなんですが、このたびのあなたのお仲間のご不幸については、心からお悔やみのことばを述べさせていただきます」

「これはどうも」

「それと、ミスター・スペード、不躾《ぶしつけ》なことをお訊きするようですが――新聞でちらと読んだのですが――このご不幸と、その少しあとにサーズビーとかいう男が亡くなったこととは、なんと言いますか、その、関係があるんでしょうか？」

スペードは何も答えなかった。顔色ひとつ変えなかった。

カイロは立ち上がると、お辞儀をした。「これは申しわけございませんでした」そう言って、坐り直すと、両手を並べて机の隅に置いた。手のひらを下にして。「ただの好奇心とはいえ、私としたことが出すぎた真似をいたしました、ミスター・スペード。私が今日お邪魔したのは、なんと言いますか、まちがった持ち主の手に渡ってしまった、その、なんと言いますか、装飾品を取り返すためです。あなたならきっと手を貸してくださると思って参ったのです」

スペードは眉だけ動かして、ちゃんと聞いていることを伝えた。

「その装飾品というのは彫像です」とカイロは口に出すことばを慎重に選びながら続けた。「黒い鳥の像です」

スペードはまた黙ってうなずき、礼儀正しい興味を示した。

「お金ならきちんとお支払いします。その像の正当な持ち主に代わって。像を取り戻してくださったら、五千ドル払います」そう言って、カイロは机の隅から片手を持ち上げ、不恰好な人差し指の幅広の爪をした指先を宙の一点でぴたりと止めた。「喜んでお約束します――こちらではそういうときになんと言うんでしたっけ？――そうそう、委細かまわず、です」カイロは持ち上げた手を机に戻すと、もう一方の手の横に並べ、その手越しに私立探偵を愛想よく見た。「五千と言えば大金だ」とスペードはしげしげとカイロを見ながら言った。「それは――」

指で軽くドアを叩く音がした。

スペードが「どうぞ」と応じると、ドアが開き、エフィ・ペリンが頭と肩だけ中にのぞかせた。黒っぽい小さな帽子をかぶり、グレーの毛皮の襟付きの黒っぽいコートを着ていた。「今日はもう何もなければ――?」と彼女は訊いた。

「ないよ。おやすみ。出るとき外のドアには鍵をかけておいてくれ」

スペードは椅子の上で上体をひねってカイロのほうを向くと言った。「それはなんとも魅力的な額だ」

エフィ・ペリンが出て、外のドアが閉まる音が聞こえた。

カイロは笑みを浮かべ、上着の内ポケットから銃身が短くて黒くて平たい小型拳銃を取り出した。「頼みますから、両手を首のうしろで組んでください」

5　レヴァント人

スペードは銃には眼を向けなかった。椅子に坐ったまま両腕を上げ、頭のうしろで両手の指を組んだ。その眼に特別な感情は何も浮かんでいなかった。ただカイロの浅黒い顔に向けられているだけだった。

カイロはどこか謝ってでもいるかのような小さな咳をして、いくらか血の気の失せた唇をゆがめ、おずおずとした笑みを浮かべた。その黒い眼は潤んでいて、はにかんでいて、真剣そのものだった。「あなたのオフィスを家捜しさせてもらいます、ミスター・スペード。私の邪魔をしようとしたら、ほんとうに撃ちますよ」

「好きにしろ」その声には顔と同じくらい表情がなかった。

「どうか立ってください」と銃を持った男はぶ厚い胸板の男に銃口を向けて指図した。「あなたが銃を持っていないことを確かめる必要があります」

スペードはふくらはぎで椅子をうしろに押しやりながら立ち上がった。

カイロはスペードのうしろにまわった。そして、銃を右手から左手に持ち替え、スペードの上着の裾を持ち上げ、その下に何か持っていないか確かめた。さらにスペードの背中に銃を押しつけ、手をスペードの腋にまわし、胸を軽く叩いた。そのとき、レヴァント人の顔はスペードの背後、スペードの上げた肘の下から六インチと離れていなかった。

スペードは右に体をひねると同時に肘をすばやく振りおろした。レヴァント人は反《そ》り返って、肘打ちをよけようとした。が、充分反り返ることはできなかった。スペードの右の踵が合成皮革の靴の爪先をしっかり踏みつけていたのだ。小さな男はスペードの肘の軌道から逃れられず、肘打ちを頬骨の下のあたりにまともに食らってよろけた。これでスペードに足を踏まれていなければ、倒れていただろう。スペードの肘は浅黒い仰天顔のまえを過ぎ、そのあとまっすぐ伸ばされ、手が銃に達し、指が銃に触れた。スペードの手の中ではカイロの銃はやけに小さく見えた。

スペードはカイロの爪先を踏んでいた足を離し、カイロと向かい合った。そして、小さな男の上着の襟を左手でつかんだ——ルビーのタイピンが光る緑のネクタイがスペードの左の拳の上にかぶさった——彼は奪い取って右手に持っていた拳銃を上着のポケットにしまった。黄味を帯びたその灰色の眼は暗かった。顔には表情がなかった。ただ、口元に不機嫌の気配がうっすらと浮かんでいるだけだった。

カイロの顔は苦痛と悔しさにゆがんでいた。肘打ちを食らって赤くなった頬以外、よく磨かれた鉛色をしていた。

スペードは襟をつかんだままゆっくりとレヴァント人の向きを変えさせ、それまでレヴァント人が坐っていた椅子のまえに立たせた。苦痛に鉛色に変色していたレヴァント人の顔に怪訝《けげん》な表情が浮かんだ。スペードはにやりと笑った。やさしく、どこか夢見るような笑みだった。スペードの右肩が数インチもたげられ、曲げられた右腕もそれと同時に動いた。しなやかな肩の動きに拳、手首、前腕、曲げられた肘、二の腕が一体となり、拳がレヴァント人の顔に叩き込まれ、彼の顎の片側、口の端、頬骨と顎の骨に瞬時にあたった。

カイロは眼を閉じ、失神した。

スペードはぐにゃりとなったカイロを椅子に坐らせた。カイロは四肢を伸ばし、口を開け、椅子の背に頭を預けて天井を向いた。

スペードは意識を失った男のポケットをひとつひとつ手ぎわよく探った。しまりをなくした男の体を必要に応じて動かし、ポケットの中身を机の上に積み上げ、最後のポケットも調べおえると、自分の椅子に戻り、煙草を巻いて火をつけ、戦利品をひとつひとつ検《あらた》めはじめた。落ち着き払い、急ぐことなく完璧に。

黒っぽい柔らかな革の大きな財布には、さまざまな額面の紙幣で三百六十五USドル、それに五ポンド紙幣が三枚、カイロの名前と写真のあるパスポートにはいくつもの国の査証が押されていた。ピンクがかった半透明の薄紙が五枚たたまれてはいっており、それにはアラビア語と思われる文字が書かれていた。雑に破り取られた、アーチャーとサーズビーの死体が発見されたことを報じる新聞記事の切り抜き。浅黒い顔に、大胆で冷酷そうな眼と柔らかく垂れ下がった唇をした女のはがき大の写真。大判のシルクのハンカチ。ハンカチは年季が入って黄ばんでおり、折り目に沿ってほつれてもいた。ミスター・ジョエル・カイロという名前を浮き出し印刷した名刺が数枚。今夜の〈ギアリー劇場〉のオーケストラ席のチケットが一枚。

財布とその中身のほかには白檀の香りのする派手な柄のハンカチが三枚。〈ロンジン〉のプラチナの懐中時計。その時計にはプラチナと赤金の鎖がついていて、鎖のもう一方の端には洋梨形の何か白い金属でできた、小さなペンダントがついていた。それにアメリカとイギリスとフランスと中国のコインがひとつかみほど。六個の鍵が取り付けられたキーホルダー。銀と縞《しま》瑪瑙《めのう》の万年筆。合成皮革のケースに入れた金属製の櫛《くし》。これまた合成皮革のケースに入れた爪やすり。小さなサンフランシスコのガイドマップ。サザン・パシフィック鉄道の手荷物預かり証。小さな紫色ののど飴が半分ほどはいっている缶。上海の保険代理店のビジネスカード。〈ホテル・ベルヴェデール〉の用箋が四枚。その一枚には小さな端正な文字でサミュエル・スペードのオフィスと自宅のアパートメントの住所が書かれていた。

それらの品の入念な吟味が終わると――何か隠されていないかと懐中時計のケースの裏側まで見た――意識をなくした男の手首を人差し指と親指で持って脈を診た。診ると手を放し、椅子の背にもたれ、もう一本煙草を巻いて火をつけた。煙草を吸いながら、時々意味もなくかすかに下唇を動かしたが、顔自体はじっと動かず、滑稽なほど内省的に見えた。が、そのうちカイロがうめき声をあげ、瞼をぴくぴくさせると、そんな顔がおだやかになり、目元と口元には親しげな笑みまで浮かんだ。

ジョエル・カイロはゆっくりと意識を取り戻した。まず眼を開けた。が、天井の一点に眼の焦点が合うまでにたっぷり一分かかった。口を閉じて唾を呑み込み、そのあと鼻から息を洩らした。片脚を引き、片手を膝に置くと、椅子の背から頭をもたげ、戸惑い顔でオフィスを見まわし、スペードに気づくと、体を起こした。口を開いて何か言いかけた。が、そこで驚いたように顔に手をやった。スペードの拳があたったところが今は赤味がかった痣《あざ》になっていた。

歯の隙間から、カイロは苦しげに言った。「あなたを撃てなくもなかったんですよ、ミスター・スペード」

「試すことぐらいはできた」とスペードは認めて言った。

「私は試さなかった」

「わかってる」

「だったら、銃はもう奪ったのにどうして私を殴ったんです?」

「悪かったよ」と言ってスペードはにやりとした。犬歯や臼歯《きゅうし》まで見せた、オオカミのような笑みだった。「だけど、五千ドルの申し出が嘘っぱちだとわかったときのおれの情けない気持ちも察してくれよ」

「いえいえ、それはちがいます、ミスター・スペード。私の申し出はほんとうでした。いえ、ほんとうです。ちゃんとした仕事のオファーです」

「なんだって?」とスペードはほんとうに驚いて訊き返した。

「問題の像を取り返してくださったら、喜んで五千ドル支払います」カイロは痣のできた顔から手を離すと、とりすまして坐り直し、またビジネスライクになった。「像はここにあるんですか?」

「いや」

「ここにないのなら」——口調は丁重ながら、カイロはどこか怪しむように言った——「どうして暴力まで振るって私に家捜しさせまいとしたんです?」

「人がやってきて強盗まがいのことを始めても、おれはただじっと坐ってりゃいいのか?」スペードは指を振り、机に並べたカイロの所持品を示して言った。「おれの自宅のアパートメントの住所もあった。行ったのか?」

「ええ、ミスター・スペード。像を取り戻してくださったら、喜んで五千ドル支払います。でも、よけいな経費を使わずに像が所有者に戻る可能性があるのなら、まずそれを試してみるのが道理というものです」

「その所有者というのは？」

カイロは首を振って笑みを浮かべた。「その質問に答えるのはどうかご容赦ください」

「そうなのか？」スペードはそう言ってまえかがみになり、強ばった口元に笑みを浮かべた。「おれはあんたの首根っこを押さえつけてるんだぜ、カイロ。あんたは自分からのこのこおれのところにやってきて、自分で自分の首を絞めるような真似をしたわけだ。ゆうべの殺人がらみで、警察に突き出されてもおかしくないような真似をな。なあ、これでもまだおれを相手に芝居をする必要があると思うのか、ええ？」

カイロは落ち着いた笑みを浮かべた。少しも慌ててはいなかった。「行動を起こすまえにあなたのことはかなり詳しく調べさせてもらいました」と彼は言った。「その結果、あなたは実り多いビジネスに関するかぎり、よけいなことなど考えないご仁《じん》だということがよくわかりました」

スペードは肩をすくめて言った。「金はどこにある？」

「像を取り返してくださったら五千ドル――」

スペードは手の甲でカイロの財布を叩きながら言った。「ここには五千ドルなんて金はないんだがな。なのにそんなことを言っていいのかい？　人のところへいきなりやってきて、紫のゾウを見つけてくれたら、百万ドルやるなんてな。なんなんだ、そりゃ？」

「わかりました、わかりました」とカイロは眼を細め、考える顔つきになって言った。「私がほんとうのことを言っている証拠が欲しいということですね?」そう言って、カイロは赤い下唇をこすって言った。「手付金。そういうものが役に立つでしょうか?」

「かもな」

カイロは自分の財布のほうに手を伸ばし、そこでためらい、手を引っ込めて言った。「そこから取ってください——そう、百ドルでは?」

スペードは財布を取り上げ、その中から百ドル抜き取った。そこでふと考える顔つきになって言った。「二百のほうがよさそうだ」実際、そうした。

カイロは何も言わなかった。

「あんたはまずおれが鳥を持ってると思った」とスペードは二百ドルをポケットに入れ、財布を机に放ると、きっぱりとした口調で言った。「だけどそれははずれだ。お次の推理はなんだ?」

「あなたはそれがどこにあるか知っている。正確にはそうとは言えなくても、どこへ行けば手に入れられるか知っている」

スペードは否定も肯定もしなかった。そもそもカイロのことばを聞いてさえいないようだった。かわりに尋ねた。「あんたのボスがまともな所有者だってことを証明できるものは何かあるのか?」

「残念ながら、そういうものは大してありません。それでもこれだけは言えます。所有権を正当に主張できるような証拠を持っている人など誰もいないということです。この件についてあなたも私と同じくらいご存知なら――ご存知ではないと思ったら、こうしてあなたのところになどそもそも参上していませんが――おわかりいただけるはずです。私の依頼主は像を奪われたわけですが、その奪われ方がなにより彼に所有権のあることを示しています、サーズビーなんぞの所有権よりはるかに明確に」

「そのご仁の娘だが――?」とスペードはひょっとしたらと思ってカマをかけた。

カイロの眼と口元で興奮が躍った。顔を真っ赤にして甲高い声で彼は言った。「あんな男に所有権なんかありません!」

スペードはおだやかに曖昧に相槌《あいづち》を打った。「そうだな」

「あの男もサンフランシスコに来てるんですか?」カイロの声から甲高さはいくらかなくなっていたが、興奮した口ぶりは変わらなかった。

スペードは眠そうにまばたきをして持ちかけた。「お互い手持ちのカードはテーブルに出したほうがよくはないか?」

ひとつ身震いをして平静を取り戻すと、カイロは言った。「私はそうは思いません」また温和な声音に戻っていた。「あなたが私より多くのことを知っていたら、私はそのあなたの情報を得て得をします。あなたはあなたで得をする。五千ドルを得るということで明確に。一方、あなたが私より多くのことを知らなかったら、私はそんなあなたを訪ねたことでもうすでに過《あやま》ちを犯していることになります。その場合、今あなたが言われた申し出に従うと、その過ちをさらに大きくすることになります」

スペードはカイロのことばをいい加減に聞きながらうなずいた。そして、机の上のもののほうに手を向けて言った。「あんたのものだ」そのあと、カイロが所持品をポケットに戻しているあいだに言い添えた。「鳥を取り戻すあいだの経費と、取り戻せたら五千ドルを払ってくれるということでいいんだな？」

「まあ、ミスター・スペード、つまり、事前になにがしかお支払いした場合はそれも込みになります――トータルで五千ドルということです」

「わかった。あんたの依頼はまともな依頼だよ」とスペードは真面目くさった顔つきで言った。ただ、目尻には皺ができていたが。「あんたはおれに殺しや盗みの依頼をしてるんじゃない。ただ、彫像を取り返してほしいと言ってるだけだ。できれば、正直なやり方で、合法的な方法で」

「はい、できれば」とカイロは同意した。彼も真面目くさった顔をしていた。ただ眼を除くと。「それと内密に」そう言って立ち上がると、帽子を手に取った。「何か連絡事項があるようなら私は〈ホテル・ベルヴェデール〉にいます。六三五号室です。ミスター・スペード、私たちが手を組むことによって双方に大きな利益のあらんことを心から期待しています」そのあとためらいがちに言った。「私の拳銃は返してもらえますか？」

「もちろん。忘れてた」

スペードは上着のポケットから銃を取り出すと、カイロに渡した。

カイロはいきなりその銃の銃口をスペードの胸に向けた。「机の上に両手を置いてください」とカイロはいたって真剣な口調で言った。「あなたのオフィスを調べさせてもらいます」

スペードは言った。「こりゃたまげた」そのあと咽喉に響く大きな笑い声をあげて言った。「いいとも。好きにやってくれ。邪魔はしないよ」

6　小柄な尾行者

ジョエル・カイロが帰っていってから三十分ばかり、スペードは眉をひそめ、机に向かってじっと動かなかった。そのあと問題を退ける者の口調でつぶやいた。「まあ、金を払うのはやつらなんだからな」そして、机の引き出しからカクテルのマンハッタンのボトルと紙コップを取り出した。紙コップに三分の二ほど注いで飲むと、ボトルを引き出しに戻し、紙コップをくず入れに放り捨て、帽子とコートを身に着け、オフィスの明かりを消して、夜の明かりがともった通りに出た。

洒落たグレーのキャップをかぶった、二十歳《はたち》そこそこの小柄な男が、スペードのオフィスがあるビルのそばの角をぶらついていた。

スペードはサッター通りをカーニー通りに向かって歩いた。カーニー通りに着くと、煙草屋にはいり、〈ブル・ダーラム〉を二袋買って店を出た。通りの反対側の市電乗り場で四人の客が電車を待っており、その中にさっきの若造がいた。

スペードはパウエル通りの〈ハバーツ・グリル〉で夕食をとった。そして、八時十五分まえに店を出ると、同じ若造が近くの紳士服飾店のウィンドウをのぞいていた。

スペードは〈ホテル・ベルヴェデール〉まで行き、フロントでミスター・カイロに会いたいと告げた。カイロは外出中という返事が返ってきた。若造はロビーの反対側の隅の椅子に腰かけていた。

スペードは〈ギアリー劇場〉まで行き、ロビーでカイロを捜したが、見つからなかったので、劇場のまえの歩道で待つことにした。通りを少しくだったところにある〈マークワードのレストラン〉のまえに、ほかの通行人に交じって若造が立っていた。

八時十五分、ジョエル・カイロが姿を現わした。あのひょこひょことした歩き方で、ギアリー通りを歩いてきた。肩に触れられるまでスペードには気づかなかった。スペードとわかると、一瞬、いささか驚いたような顔をしてから言った。「そうか、そうか。チケットを見たんですね?」

「ああ。ちょっとあんたに見せたいものがあるんだ」スペードはそう言って、開演を待つ客たちから少し離れ、歩道の縁石寄りに戻った。「〈マークワードのレストラン〉の近くにいるキャップをかぶった若造だ」

カイロはぼそぼそと言った。「わかりました」そう言って時計を見てから、〈マークワードのレストラン〉があるほうとは反対側のギアリー通りを眺めた。そのあと正面の劇場の看板に眼をやった。『ヴェニスの商人《がんか》』のシャイロックに扮したジョージ・アーリスが描かれていた。カイロはその黒い眼を眼窩の中で横にずらし、キャップをかぶった若造を視野にとらえた。若造は冷ややかで青白い顔をしていた。カールした睫毛が伏せた眼を隠していた。

「誰だ?」とスペードは尋ねた。

カイロは笑みを浮かべて答えた。「わかりません」

「街じゅうおれのあとを尾《つ》けてる」

カイロは舌で下唇を湿してから言った。「だとしたら、私たちが一緒にいるところを見られてしまうというのは、果たして賢いことだったでしょうか?」

「そんなこと、知らんよ」とスペードは言った。「どっちみちもう見られてしまった」

カイロは帽子を取ると、手袋をはめた手で髪を撫でつけた。そして、帽子をまた慎重にかぶり直すと、どこまでも正直な声音で言った。「誓って言います、ミスター・スペード、あんな男は知りません。あんな男とは一切関わりありません。これも誓って言います。あなた以外に助けを頼んだりはしておりません。これも名誉にかけて言います」

「となると、おれたちの競争相手のひとりってことか?」

「かもしれません」

「一応確かめておきたかったんだ。目障りになってきたら、痛い目にあわせなきゃならなくなるかもしれないからな」

「どうぞあなたが最善と思うことをなさってください。あの男は味方じゃありません」

「だったらそれでいい。開演のベルが鳴ってる。じゃ」スペードはそう言うと、通りを渡り、西に向かう市街電車に乗った。

キャップの男も同じ電車に乗ってきた。

スペードはハイド通りで市電を降り、自宅のアパートメントに向かった。アパートメントの中は何もかもがひっくり返っていた。誰かが家捜しをしたのは明らかだった。スペードは顔を洗うと、新しいシャツを着てカラーをつけ、また外に出た。サッター通りまで歩き、西に向かう市電に乗った。若造も乗ってきた。

スペードは〈コロネット〉の五、六ブロック手前で市電を降りると、茶色の高層アパートメント・ビルの入口に立ち、ドアベルのボタンを三つ同時に押した。通りに面した玄関のドアが解錠された音がした。中にはいると、エレヴェーターと階段のまえを素通りし、黄色い壁紙が張られた長い廊下をビルの一番奥まで歩いた。そこにはイエール錠のかけられた裏口のドアがあり、そこから狭い中庭に出られた。中庭はさらに奥の暗い路地に続いており、その路地を二ブロック分歩いた。そして、通りを渡り、カリフォルニア通りに出ると、〈コロネット〉に向かった。まだ九時半にもなっていなかった。

その歓待ぶりを見るかぎり、ブリジッド・オショーネシーには、スペードがまた戻ってくることを百パーセント確信していたわけではなかったようだった。〝アルトワーズ〟と呼ばれる流行りのブルーグレイのサテンのドレスを着ていた。その肩ひもは玉髄《ぎょくずい》みたいな色だったが、ストッキングの色も靴の色も〝アルトワーズ〟だった。

赤とクリーム色の居間はきちんと整えられ、黒と銀のずんぐりした陶器の花瓶に活けられた花が部屋に生気を与えていた。暖炉ではごつごつした樹皮つきの小さな薪が燃えていた。オシヨーネシーが彼の帽子とコートをどこかに置くあいだ、スペードはその炎をじっと見つめた。

「何かいい知らせを持ってきてくれたのね？」居間に戻ってくると、彼女はそう言った。笑みの向こうに不安が透けて見えた。実際、言ったあと彼女は息を止めていた。

「すでに公になっていること以上にこのあと公にしなきゃならないことはないと思う」

「警察がわたしのことを知ることはない？」

「ない」

彼女は嬉しそうな吐息を洩らし、クルミ材の長椅子に坐った。顔も体もリラックスしていた。賞賛のまなざしをスペードに送り、好奇心というよりむしろ驚きをもって尋ねた。「どんなふうに対処したの？」

「サンフランシスコじゃたいていのものが金で買えるか、手にはいる」

「このあとあなたが面倒なことになることもないんでしょ？　どうか坐って」彼女はそう言い、彼のために長椅子のスペースを空けた。

「納得できる面倒は別にかまわない」彼はことさら自慢するでもなくそう言った。

暖炉のそばに立ち、その眼で彼女を観察し、値踏みし、スペードは判断した。観察し、値踏みし、判断するのを隠そうともせず。彼のあけすけな凝視に彼女はほんの少し顔を赤らめたが、以前のようにおずおずとしたところはなくなっていた。ただ、眼から恥じらいが消えることはなかったが。スペードは暖炉のそばに立ちつづけ、彼女の誘いに応じたわけではないことをはっきりと伝えてから、長椅子に向かった。

「きみはほんとうは」坐りながら、彼は言った。「きみがこれまで見せかけてきたような女じゃない。ちがうか？」

「あなたが何を言っているのかよくわからないんだけど」戸惑ったような眼を彼に向け、彼女は囁くような声でそう言った。

「おれはこれまできみが女生徒みたいなふりをしてきたことを言ってるんだよ」と彼は言った。「口ごもってみたり、顔を赤らめてみたり。要するにそういうことだ」

彼女は彼のほうを見ることなく口早に言った。「今日の午後言ったでしょ、わたしは悪い女だったって――あなたには理解できないくらい悪い女だったって」

「今のその台詞こそおれの言いたいことだ」と彼は言った。「今日の午後、きみはおれにそう言った、おんなじことばでおんなじ調子で。そういう真似ができるのは、それはこれまでに何度もやってきたことだからだ」

泣きだしてもおかしくないいっときが過ぎ、いきなり若い女は笑いだした。「よくできました、ミスター・スペード。そう、わたしはこれまで自分が演じてきたような女じゃ全然ないわ。実のところ、歳は八十歳で、信じられないほど邪悪で、仕事は鉄の鋳物工。でも、お芝居だって言われても、わたしはそんなふうにして大人になっちゃったのよ。だから、急にやめろと言われてもそう簡単にはいかない。ちがう？」

「だったらかまわんよ」と彼は彼女を安心させるような口調で言った。「ただ、ほんとうにそこまでうぶなら困るが。それじゃ、おれたちはどこにも行き着けない」

「わかった。そんな真似はしないわ」と彼女は胸に片手を置いて約束した。

「今夜、ジョエル・カイロに会った」とスペードは礼儀をわきまえた新たな話題を提供するかのように言った。

浮かれたところが彼女の顔から消えた。スペードの横顔を見つめる眼には怯えが表われ、そのあとそれは好奇心に変わった。彼は脚を伸ばし、交差させた足を見ていた。何かを考えている顔つきではなかった。

かなり長い間《ま》のあと、彼女は強ばった声音で尋ねた。

「あなたは――彼を知ってるの？」

「今夜会った」スペードは顔を起こすこともなく、軽い調子のまま会話を続けた。「今頃彼はジョージ・アーリスの芝居を見てることだろう」

「彼と話したの？」

「ほんの一分か二分。開幕のベルが鳴るまえに」

彼女は長椅子から立ち上がると、暖炉のところまで行って火を掻き立てた。そのあと炉棚に置かれた装飾品の位置を少し変え、部屋を横切って部屋の隅のテーブルから煙草入れを取り上げた。さらにカーテンの皺を直してから、長椅子に戻ってきた。心配とは無縁の落ち着いた顔をしていた。

スペードは横目で彼女を見て言った。「大したもんだ。いや、ほんとに大したもんだ」

彼女は表情を変えることもなく、落ち着いた声音で尋ねた。「彼はなんて言ってた？」

「何について？」

彼女はちょっとためらってから言った。「わたしについて」

「何も」そう言って、スペードは彼女の煙草の先にライターを持っていった。無表情な悪魔の顔の中で眼が光った。

「だったら彼はなんて言ってたの？」と彼女は半分おどけながらも苛立ちが透けて聞こえる調子で言った。

「黒い鳥のためなら五千ドル払うと言われた」

彼女は驚いたようだった。煙草の端を歯で嚙みちぎった。警戒した眼を一瞬スペードに向け、すぐにまたそらした。

「また暖炉の火を掻き立てたり、部屋の中の整理を始めたりするんじゃないだろうな」とスペードはものうげに言った。

彼女は澄んで愉しげな笑い声をあげ、嚙みちぎった煙草を灰皿に捨て、澄んで愉しげな眼で彼を見た。「しない。それであなたはなんて言ったの？」

「五千ドルと言えば大金だって言った」

彼女は微笑んだ。が、スペードに笑みのかわりにむっつりとした眼を向けられ、戸惑い顔になった。彼女の微笑は薄くなり、やがて最後には消え、傷ついたような、どこか怯えたような表情に取って代わられた。「まさかそんな申し出を真面目に考えてるんじゃないでしょうね?」

「どうして考えちゃいけない? 五千ドルと言えば大金だ」

「でも、ミスター・スペード、あなたはわたしを助けるって約束したのよ」彼女はそう言って、両手を彼の腕に置いた。「わたしはあなたを信じたのよ。なのにあなたは――」彼女はそこまでしか言えず、両手をスペードの上着の袖から離して組んだ。

スペードは彼女の困惑した眼をのぞき込み、微笑んで言った。「きみがおれをどれだけ信用してたかなんて話はやめようぜ。確かにおれはきみを助けるって約束したよ。だけど、黒い鳥の話は何も聞いちゃいない」

「でも、もう知ってるんでしょ? そう、知らなきゃそもそもあなたのほうから話したりするわけがないわね。とにかく今は知ってしまった。でも、あなたは――あなたにはできないはずよ。わたしを見捨てるなんて」彼女の眼は今やコバルトブルーの嘆願そのものだった。

「五千ドルと言えば」とスペードは三度《みたび》同じことばを口にした。「大金だ」

彼女は肩をすくめ、手を上げ、敗北を受け入れるジェスチャーをして、けだるそうな小さな声で言った。「そのとおりよ。大金よ。あなたの忠誠心をお金で買わなくちゃいけないのなら、わたしがあなたに提示できる額よりはるかに高いお金よ」

スペードは笑った。短くて苦々しい笑いだった。「いいことだよ」と彼は言った。「きみのほうからそういう話が出てくるというのは。金のほかにきみはおれに何をくれた？　秘密を明かしてくれたか？　真実を話してくれたか？　きみを助けるために役立つことをおれに教えてくれたか？　おれの忠誠心をただ金だけで買おうとしたんじゃないのか？　おれが自分を売る商売をしてると言うのなら、そうとも、より高い買い手になびいて何が悪い？」

「わたしは持っているお金を全部あなたにあげた」白眼がめだつ眼に涙が光った。しわがれ、震える声で彼女は言った。「わたしはあなたの慈悲にすがって身を投げ出した。言ったでしょ、あなたの助けがなかったら、わたしは途方に暮れてしまうって。ほかに何があるの？」そこで彼女は長椅子の上でいきなり彼に近づくと、怒ったように叫んだ。「わたしの体であなたが買える？」

ふたりの顔は数インチと離れていなかった。スペードは両手で彼女の顔をはさむと、荒々しく蔑むように彼女の唇にキスをした。そのあと椅子の背にもたれて言った。「考えておくよ」その顔は厳しく、怒っていた。

彼女はしばらくじっと坐っていた。彼につかまれた顔から感覚がなくなっていた。

彼は立ち上がると言った。「まったく！　こんなことにはなんの意味もない」二歩歩いて暖炉のところまで行って立ち止まり、歯を食いしばりながら、燃えさかる薪を睨んだ。

彼女は動かなかった。

スペードは彼女のほうを振り返った。彼の眉間の二本の縦皺が赤く深くなっていた。「きみが正直かどうかなんてどうでもいい」努めて自分を落ち着かせてしゃべろうとしていた。「きみがどんなことを企んでいようとそれもどうでもいい。きみの秘密がなんであっても。それでも、きみは自分のやってることがちゃんとわかってる。わかってやってる。それだけは確認しておきたい」

「ちゃんとわかってる。わかってやってる。それだけは信じて。わたしたちは一番正しいことをやってるというのも――」

「だったら証拠を見せろよ」とスペードは命令口調で言った。「見せてくれたら、喜んできみを助けるよ。実際、すでにできるだけのことをしてやってる。必要とあらば、眼を閉じて突進してもいい。だけど、そうするにはもっときみを信じられないと。今以上にもっとずっと。きみにはこれがいったいどういうことなのかちゃんとわかってる。それがおれにもちゃんとわかるようにしてくれ。ただ手探りしてるんじゃなくて、最後にはきっとうまくいくなんてただ信じ込んでるだけじゃなくて、ちゃんとわかってるところを見せてくれ」

「わたしをもう少しのあいだだけ信じてくれない？」

「もう少しとはどれくらいだ？　何を待ってるんだ？」

彼女は唇を嚙んで下を向いた。「ジョエル・カイロと話し合わなくちゃ」ほとんど聞き取れないような小さな声だった。

「今夜でも会える」スペードはそう言って時計を見た。「あいつが見てる芝居はもうすぐはねる。やつが泊まってるホテルに電話すればいい」

彼女は警戒するような眼をスペードに向けて言った。「彼をここに来させるなんて無理よ。

わたしの居場所を彼に知られるなんて。怖すぎる」

「だったらおれの家でいい」とスペードは言った。

彼女はためらった。口元を強ばらせて尋ねた。「あなたの家に彼がやってくると思う？」

スペードは黙ってうなずいた。

「わかった」と彼女は大きな声をあげて飛び上がった。眼が大きくなっていた。輝いてもいた。

「だったらすぐ行く？」

彼女は隣りの部屋にはいった。スペードは部屋の隅のテーブルのところまで行き、音をたてないように引き出しを開けた。中にはトランプが二組、ブリッジの得点表、真鍮のコルク抜き、赤いひもが一巻き、それに金色の鉛筆がはいっていた。彼は彼女が戻ってくる直前に引き出しを閉め、煙草に火をつけた。彼女は黒っぽい小さな帽子をかぶり、グレーのキッドスキンのコートをまとい、彼の帽子とコートを手に持っていた。


ふたりが乗ったタクシーの運転手は、黒っぽいセダンのうしろに車を停めた。黒っぽいセダンはスペードのアパートメント・ビルの玄関のすぐまえに停まっていた。アイヴァ・アーチャーがただひとり運転席に坐っていた。スペードは彼女に帽子を取ってみせ、ブリジッド・オショーネシーとふたりで建物の中にはいった。そして、ロビーに置かれたベンチのひとつのまえで立ち止まると、オショーネシーに言った。「ちょっと待っててくれるか？　長くはかからない」

「全然かまわない」とブリジッド・オショーネシーはベンチに坐りながら言った。「どうぞごゆっくり」

　スペードは建物を出ると、セダンのところまで歩いた。セダンのドアを開けると、アイヴァがまくし立てた。「あなたと話し合わなくちゃ、サム。アパートメントに上がっていい？」彼女の顔は青白く、ぴりぴりしていた。

「今は駄目だ」

　アイヴァは歯嚙みしながらぴしゃりと言った。「誰なの、あの人？」

「一分だけやる、アイヴァ」とスペードは忍耐強く言った。「なんなんだ？」

「誰なの、あの人？」とアイヴァは建物の玄関のほうを頭で示しながら繰り返した。

　スペードは彼女から眼を離し、通りを見た。次の交差点の角に建つ自動車修理工場のまえに、歳は二十歳《はたち》かそこら、洒落たグレーのキャップをかぶった小柄な男が立っていた。壁にもたれ、いかにも所在なげにしていた。スペードは顔をしかめ、執拗なアイヴァの顔に眼を戻して言った。「いったいどうしたんだ？　何かあったのか？　こんな時間に訪ねてきて」

「やっとわたしにもわかってきた」と彼女は不満げに言った。「あなたはまずオフィスに来るなって言った。今度は家にも来るなって言う。それってあなたを追いかけちゃいけないってこと？　そういうことなら、はっきりそう言いなさいよ」

「いいか、アイヴァ、今みたいな態度を取る権利などきみにはひとつもない」

「わかってる、そんなこと。わたしにはどんな権利もないのよ。あなたに関するかぎりどんな権利も。あると思ってたのに。ふりだけでもわたしを愛してくれたんだから、それぐらいの権利は——」

スペードは疲れた声で言った。「今はそういうことを話し合うときじゃない。いったい用はなんだったんだ？」

「ここじゃ話せないわ、サム。中に入れて」

「今は駄目だ」

「どうして？」

スペードは何も言わなかった。

アイヴァは一本の細い線になるほど唇を引き結び、運転席でもぞもぞと体を動かし、怒った顔で正面を凝視しながらエンジンをかけた。

セダンが動きだすと、スペードは「おやすみ」と言ってドアを閉めた。そして、帽子を手に歩道のへりに立ち、見えなくなるまで車を見送ってからまた建物の中にはいった。

ブリジッド・オショーネシーは見るからに嬉しそうな笑みを浮かべ、ベンチから立ち上がった。ふたりはスペードのアパートメントに上がった。

7　宙に書かれたG

スペードは壁に収納できるベッドをたたみ、寝室から居間に変身させた部屋にブリジッド・オショーネシーを入れ、クッション付きの坐り心地のいい揺り椅子に坐らせると、〈ホテル・ベルヴェデール〉に電話した。カイロはまだ劇場から帰っていなかった。スペードはアパートメントの電話番号を伝え、カイロが帰ったらすぐこの番号に電話するようにと頼んだ。

そのあとテーブルのそばに置かれた肘掛け椅子に坐り、なんの準備もなんの前置きもなく、数年まえに北西部で実際に起きたことについて、オショーネシーに話しはじめた。強調することも間《ま》を置くこともなく、淡々とよどみなく語った。ただ、時々言った内容を少しだけ言い直すことがあった。とにもかくにも実際に起きたことがなにより大切だと言わんばかりに。

初めのうち、ブリジッド・オショーネシーはいい加減に聞いていた。明らかに、話そのものよりスペードがいきなり話を始めたことに驚いていた。話の中身よりスペードの話の目的に興味を覚えた。が、話を聞くうち、話そのものが彼女の心をとらえはじめ、いつのまにか一心に耳を傾けていた。

ワシントン州タコマで不動産業を営んでいたフリットクラフトという男の話だ。彼はある日、昼食をとりにオフィスを出たままそれっきり戻らなかった。その日の午後、四時すぎに予定していたゴルフの約束も守らなかった。昼食に出かける三十分まえに自分から言いだして決めた約束だったのに。彼の妻も子供もそれきり彼に会うことはなかった。夫婦仲はとてもよかったように見えたのに。子供はふたり、ふたりとも男の子で、五歳と三歳。タコマの郊外に家を持ち、パッカードの新車を持ち、成功したアメリカン・ライフにつきもののその他の品々もそろっていたのに。

フリットクラフトは父親から七万ドルの遺産を受け継ぎ、不動産業で成功し、失踪した時点で資産は二十万ドル前後と見なされていた。仕事は順調だった。失踪をあらかじめ予定していたとは思えなかった。というのも、かなりの利益が見込める取引き中だったのだ。それは失踪した翌日に完了する予定だった。失踪時、彼が五十ドルか六十ドル以上の金を持っていたことを示すものは何もなかった。ここ数ヵ月の暮らしぶりを見ても、彼が秘密の悪事に手を染めていたことを疑わせるものなど一切なかった。愛人がいたとも思われなかった。そのどちらも可能性としてはゼロでないにしても。

「なのにそいつはただ消えちまったんだ」とスペードは言った。「手を広げたら握り拳がすぐ消えるみたいに」

スペードがここまで話したところで電話が鳴った。

「もしもし」とスペードは送話口に向かって言った。「ミスター・カイロ？……スペードだ。おれの家に来られるか？　今――ポスト通りだ……ああ、おれもそう思うよ」そう言って、スペードはオショーネシーを見て、口をすぼめ、口早に言った。「ミス・オショーネシーがここにいる。あんたと話がしたいそうだ」

ブリジッド・オショーネシーは眉をひそめ、椅子の上で体をもぞもぞさせたが、何も言わなかった。

スペードは電話を切って彼女に言った。「やつは数分で来る。さっきの話だが、一九二二年のことだ。その後、一九二七年になって――おれはシアトルのでかい探偵社で調査員をしてたんだが――ミセス・フリットクラフトがその探偵社にやってきて、こんなことを言ってきた。どうやら誰かがスポケーンで彼女の亭主にそっくりの男を見たらしいんだ。で、おれが現地に行かされた。実際、フリットクラフトにまちがいなかった。チャールズという名でスポケーンにかれこれ二年住んでるという。チャールズはファーストネームで苗字《みょうじ》はピアース。年収が二万から二万五千ドルの自動車関係の仕事をしてた。女房がいて、まだ赤ん坊の息子もいた。スポケーンの郊外に家を持って、シーズンになると、四時を過ぎるのを待って、よくゴルフに行っていた」

フリットクラフトを見つけたらそのあとどうすべきか、スペードは明確な指示を受けていなかった。スペードとフリットクラフトはダヴェンポートのスペードの滞在先で話し合った。フリットクラフトはまるで罪悪感を感じていなかった。最初の家族には充分な資産を残してきていた。彼にとって自分のしたことは完璧に理に適《かな》うことだった。ただ、ひとつだけ気になるのは、そういう自分の思いをスペードに理解してもらえるかどうか、ということだった。この話はほかの誰にも話したことがないそうだった。この理屈を誰かにわかってもらおうとしたこともなかった。今初めてそれを試したということだった。

「おれはすんなり理解できたよ」とスペードはブリジッド・オショーネシーに言った。「だけど、ミセス・フリットクラフトには無理だった。彼女はそんなのはたわごとだと言った。実際、たわごとなのかもしれない。いずれにしろ、すべて問題なく収まった。彼女としてもスキャンダルは避けたかったんだろう。それにフリットクラフトにそんなペテンにかけられちまったあとじゃ——ペテンというのはあくまでも彼女から見たらということだが——もうそんな男に用はなかった。で、ふたりは円満に離婚して、何もかもうまく収まった。

だったらそもそも彼に何があったのか。彼は昼食をとりに行く途中、建設中のオフィス・ビルのまえを通りかかった——まだ骨組みしかできてないような建設現場で、梁《はり》かなんかが八階から十階ぐらいの高さから落ちてきて、彼が歩いていたすぐそばの歩道に激突した。ぎりぎりだった。ぶちあたりはしなかったが、歩道の敷石が欠けて、飛び散り、かけらがひとつ彼の頬にあたった。皮膚がちょっと裂けた程度の傷だったけど、彼と会ったときにもまだその痕が残ってて、彼はこの話をしながら、その傷痕を指で撫でてた。それも愛おしそうに。そりゃもちろん、梁が落ちてきたときには身がすくんだそうだ。だけど、恐怖よりショックが勝《まさ》った。誰かが人生の蓋を開けて、そのからくりを見せてくれたような気がしたんだそうだ。

フリットクラフトはずっと善き市民で、善き夫で、善き父だった。それもまわりからの圧力でそうなったわけじゃなく。まわりと歩調を合わせることが本人にはなにより心地よかったんだよ。親にそんなふうに育てられたのさ。彼が知ってた連中もみんなそんなやつらだった。彼が知ってた人生というのは、おだやかで、秩序が保たれていて、理性的で、ひとりひとりに責任がともなうものだった。ところが、落っこちてきた梁に彼は見せつけられたんだ。人生ってのはもともとそんなものじゃないってことを。彼のような善き市民、善き夫、善き父でも、オフィスとレストランとのあいだで、落下してきた梁に消されちまうことがあるってことを。要するに学んだのさ。人間は誰しもそんな偶然で死ぬことがあるのを。人間はそんなでたらめがよそで起きているときだけ、生きられるんだってことを。

だけど、彼が一番心を掻き乱されたのはそういった不条理じゃなかった。不条理は最初のショックが過ぎると、受け入れられた。彼をひどく混乱させたのは発見だった。それまで彼は物事を賢く秩序立たせる人生を送っていた。なのに気づいたときにはもうそんな人生と自分を切り離してしまっていて、そんな人生にはもう戻れなくなっていた。そういう発見だ。梁の落下地点から二十フィートも行かないうちに彼にはわかったそうだ。今垣間見《かいまみ》た新しい人生に自らを順応させないかぎり、自分に心の平和は決して訪れないだろうって。で、昼食を食べおえた頃にはもう、順応の手だてがわかっていた。人生なんてものは落下してきた梁に、行きあたりばったりに断たれることもある。だったら、行きあたりばったりにどこかへ行くことで人生を変えよう。そう思ったそうだ。家族のことは愛してた。本人はそう言ってた。まあ、通常愛さなきゃならないという程度には。家族にはそれ相応のものを残していく。そんな家族への思いはある。しかし、だからと言って家族がいなくなるのは、耐えがたいほどのことでもなかった。

彼はその日の午後シアトルに向かった」とスペードは言った。「そこから船でここサンフランシスコにやってきた。その後は二年ほどあちこちを放浪して、最後には北西部に流れ着き、スポケーンに腰を据えて身を固めた。二番目の女房は最初の女房とそれほど似てはいなかったが、まるっきり似てないというほどでもなかった。似ている点のほうが多かった。わかるだろ、よくいるタイプだ。ゴルフもブリッジも腕はなかなかのもので、サラダの新しいレシピが好きな女。フリットクラフトは自分のしたことを後悔してなかった。彼にしてみれば充分理に適ったことだった。抜け出たタコマの日常とまったくおんなじ日常を過ごしてることには気づいてもいないみたいだった。そこがこの話で一番おれが気に入ってるところだ。まず彼は梁が降ってくる人生に自分を順応させた。だけど、梁はもう降ってこないとなると、今度は降ってこない人生に自分を順応させた」

「面白い話ね」とブリジッド・オショーネシーは言って、椅子から立ち上がると、スペードのまえに立った。すぐ眼のまえに。その眼は大きく開かれ、どこまでも深かった。「彼がここに来たら、あなたはわたしをどこまでも不利な立場に立たせられる、あなたがその気になれば。いちいち言うまでもないことだけど」

スペードは口を開かずに薄い笑みを浮かべて同意した。「ああ、いちいち言うまでもないことだ」

「でも、あなたはわたしがあなたのことを信じきっていなければ、ここに来なかったことも知ってる」そう言って、彼女は親指と人差し指で彼のブルーの上着の黒いボタンを弄んだ。

スペードは言った。「またそれか！」おどけてあきらめてみせたような口調だった。

「でも、それはあなたも知ってることよ」と彼女は言い募った。

「いや、知らないよ」とスペードは言って、ボタンをくるくるまわしている彼女の手を軽く叩いた。「おれはどうしてきみを信じなきゃならないのか、おれがそれを尋ねたからここにきみもおれも来たのさ。物事をごっちゃにしないでくれ。いずれにしろ、きみはおれを信じる必要はない。おれを説得できればいい。きみは信じられる女だって」

彼女はしげしげと彼を見た。鼻孔がぴくぴくと震えていた。

スペードはいきなり笑いだし、彼女の手をまた軽く叩いて言った。「でも、今はそういうことは心配しなくていい。彼はもう今にも来る。彼とはきみが話をつければいい。で、どういうことになるか見てみよう」

「それをわたしにやらせてくれるの？——わたしのやり方で？」

「もちろん」

彼女は彼の手の下で手のひらを返して指と指が触れ合うようにして、そっと言った。「あなたって天の恵みみたいな人だったのね」

スペードは言った。「でも、やりすぎるなよ」

彼女は微笑みながらも咎《とが》めるような眼をスペードに向け、クッション付きの揺り椅子に戻った。

カイロは興奮した顔をしていた。その黒い眼は全部虹彩になったのかと思うほどで、スペードがドアを半分も開けないうちから、甲高くか細い声が部屋の中に転がり込んできた。

「あの男がこの建物を見張ってます、ミスター・スペード。あの若い男です。あなたが劇場のまえで私に見せた、というか、私のことを向こうに見せたというか、いずれにしろ、あの男です。このことを私はどう理解すればいいのでしょう、ミスター・スペード？　私はあなたを信じてここに来たのです。罠《わな》とかペテンとかそんなことは一切考えずに」

「こっちはこっちであんたを信じて来てもらったんだ」スペードはそう言ったあと思わしげに眉をひそめた。「しかし、おれもあの男が現われることぐらいは考えてもよかったな。ここにはいるところを見られたか？」

「当然でしょう。歩き去ることもできたけれど、私たちが一緒にいるところはもうあなたがあっちに見せてしまってるんですから」

ブリジッド・オショーネシーがスペードのうしろから玄関ホールに出てきて心配げに尋ねた。

「あの若い男って？　いったいなんのこと？」

カイロは黒い帽子を頭から取ると、ぎこちなくお辞儀をして、とりすました声音で言った。

「ご存知ないなら、ミスター・スペードにお訊きください。私もミスター・スペードから聞いただけですから」

「夕方からずっとおれのあとを尾《つ》けている若造だ」とスペードは彼女のほうを振り向きもせず、ぞんざいに肩越しに言った。「はいってくれ、カイロ。こんなところに突っ立って、ここの住人みんなに話を聞かせることはない」

ブリジッド・オショーネシーはスペードの肘の上をつかんで問い質した。「その男はわたしのアパートメントまであなたを尾《つ》けてきたの？」

「いや。撒《ま》いてやった。それでもう一回やり直そうと、ここに来たんだろう」

カイロが腹のまえで黒い帽子を両手で持ち、玄関ホールにはいるのを待って、スペードは玄関のドアを閉めた。全員居間にはいった。帽子を手にしたまま、カイロはぎこちなくもう一度お辞儀をすると言った。「またお会いできて光栄です、ミス・オショーネシー」

「でしょうね、ジョー」と答えて彼女は彼に手を差し出した。

カイロはその手を取ると、儀礼的にまた一礼した。取った手はすぐに放した。

オショーネシーはそれまで坐っていたクッション付きの揺り椅子に戻った。カイロはテーブルのそばの肘掛け椅子に坐った。スペードはカイロの帽子とコートをクロゼットにしまうと、窓ぎわに置かれたソファに腰をおろし、煙草を巻きはじめた。

ブリジッド・オショーネシーがカイロに言った。「鷹についてのあなたのオファーはサムから聞いたわ。お金はどれだけ早く用意できるの？」

カイロは眉をぴくぴくさせて、笑みを浮かべた。「もうできてます」そう言ったあとも彼女に向けてしばらく笑みを浮かべつづけ、そのあとスペードを見やった。

スペードは煙草に火をつけていた。おだやかな顔をしていた。

「現金で？」と彼女は尋ねた。

「ええ、そうです」とカイロは答えた。

彼女は眉をひそめ、舌を唇のあいだからのぞかせ、すぐまた引っ込めて言った。「わたしたちがあなたに鷹をあげたら、今ここでわたしたちに五千ドルくれるってこと?」

カイロは上げた手を左右に振った。「これは失礼。言い方が悪かったようです。今ここにそのお金を持っているわけではありません。銀行が開いている時間なら、いつでもすぐに調達できるということです」

「あら」そう言って、彼女はスペードを見た。

スペードは自分のヴェストに向けて煙草の煙を吐きながら言った。「今のは嘘じゃないんだろう。今日の午後、彼の所持品を調べたときには数百ドルしか持ってなかった」

彼女は眼を丸くした。スペードはそれを見てにやりとした。

レヴァント人は椅子に坐ったまま身を乗り出して言った。隠しきれない熱意がその眼にも声にも表われていた。「明日の朝、そう、十時半にはまちがいなく用意できます」

ブリジッド・オショーネシーは彼に向かって微笑んで言った。「でも、わたしは鷹を持ってないのよ」

苛立ちに血がのぼったのか、カイロの浅黒い顔がよけい浅黒くなった。醜い両手を椅子の左右の肘掛けに置き、華奢な体の背すじを伸ばした。その黒い眼は怒っていた。が、ことばは発しなかった。

彼女はわざとらしい慰め顔をつくって言った。「遅くても一週間以内には手にはいるけど」

「今はどこにあるのです?」とカイロは訊いた。丁寧な口調ながら不信感がはっきりと表われていた。

「フロイドが隠したところに」

「フロイド？　サーズビーのことですか？」

彼女はうなずいた。

「その隠し場所をあなたは知ってるんですね？」とカイロは尋ねた。

「と思うわ」

「だったらどうして一週間も待たなきゃならないんです？」

「たぶん丸々一週間はかからないと思う。あなたは誰のために鷹を買い上げようとしてるの、ジョー？」

カイロは眉を吊り上げて言った。「それはミスター・スペードにも話しました。所有主のためです」

彼女は驚いた顔をして訊き返した。「ということはあなたは彼のところに戻ったの？」

「当然です」

彼女は咽喉で小さく笑って言った。「その場面を是非とも見たかったわ」

カイロは肩をすくめた。「当然のなりゆきでしょうが」そう言って、片手の甲ともう一方の手のひらをこすり合わせた。彼の両の上瞼が降りて、眼に影ができた。「それより私のほうからも訊かせてください。あなたは私にあれを売る気があるんですか？」

「むずかしいところね」と彼女はあっさりと答えた。「フロイドがあんなことになったあとじゃ。だから今ここにないのよ。すぐに誰かに渡せることがわかっていないかぎり、あんなものには触りたくもないわ」

スペードはソファに片肘をつき、ふたりのやりとりを偏《かたよ》りなく見て、偏りなく聞いていた。のんびりとくつろいだ恰好と気楽な顔つきからは、苛立ちも好奇心もうかがえなかった。

「正確なところ」とカイロが声を落として言った。「フロイドに何があったんです?」

ブリジッド・オショーネシーは右手の人差し指の指先で宙に〝G〟という文字をすばやく書いた。

カイロは「なるほど」と言って笑みを浮かべた。その笑みにはいくらか疑念が含まれていた。「彼もこっちに来てるんですか?」

「さあ」と彼女は苛立たしげに言った。

カイロの笑みに含まれた疑念が深まった。「それが何か関係がある?」

意識してか、無意識か、膝の上の手の位置を変え、ずんぐりした人差し指でスペードを指した。

オショーネシーはその指を見て、苛立たしげに首を振って言った。「Gの手下探しなら、それはわたしかもしれないし、あなたかもしれない」

「確かに。それにはもちろん外にいる若者も含まれますね?」

「ええ」と彼女は同意して笑った。「ええ、その若者が、あなたがコンスタンティノープルで仲よくしていたのと同じ若者でなければ」

突然カイロの顔に赤い斑《まだら》が浮かんだ。甲高く有無を言わせぬ声音で彼は言った。「それはあんたがものにできなかった若者のことかな?」

　ブリジッド・オショーネシーは下唇を嚙み、弾かれたように椅子から立ち上がった。顔は青白く強ばり、眼は暗く大きく見開かれていた。二歩でカイロに近づいた。カイロも立ちかけた。彼女は右手を振り上げ、カイロの頰を強く叩いた。指の跡が頰に残った。

　カイロはうめき声をあげ、彼女の頰を横ざまに叩き返した。その拍子に彼女の口からくぐもった叫び声が洩れた。

　スペードはそのときにはもう無表情のままふたりに近づいており、カイロの咽喉をつかんで揺すった。カイロはごぼごぼと咽喉を鳴らし、上着の内ポケットに手を入れた。スペードはその手首をつかみ、上着から離させ、腕を横にまっすぐ伸ばさせた。そして、不器用で軟弱なカイロの指が開き、黒い拳銃が床に落ちるまでねじり上げた。

　ブリジッド・オショーネシーがすかさず銃を拾い上げた。

　咽喉をつかまれ、しゃべりづらそうにしながらもカイロが言った。「あなたは私にこれで二度も暴力を振るった」咽喉を絞められているので、眼玉が飛び出ていたが、眼つきは冷酷で、威嚇《いかく》に満ちていた。

「ああ、そうだ」とスペードはうなった。「ひっぱたかれたら、大人しくひっぱたかれてるもんだ」そう言って、カイロの手首を放すと、ぶ厚い平手でカイロの横づらを容赦なく三発叩いた。

　カイロはスペードの顔に唾を吐きかけようとしたが、口の中が乾ききっており、怒りの形相しかつくれなかった。スペードは今度は口を平手打ちした。下唇が切れた。

ドアベルが鳴った。

カイロは玄関のドアの手前の玄関ホールにすばやく眼を走らせ、焦点を合わせた。その眼はもう怒っていなかった。ただ警戒していた。はっと息を呑んだあと、ブリジッド・オショーネシーもやはり玄関ホールに眼を向けていた。怯えの色が顔に浮かんでいた。スペードはレヴァント人の唇から垂れる血をしばらくむっつりと見ていたが、そのあとうしろにさがり、カイロの咽喉から手を放した。

「誰なの？」とオショーネシーはスペードのそばに寄って小声で尋ねた。カイロがスペードに向けた眼で同じ質問をしていた。

スペードは苛立たしげに言った。「わからない」

ドアベルがまた鳴った。最初より執拗だった。

「静かにしててくれ」スペードはそう言うと居間を出て、うしろ手にドアを閉めた。

玄関ホールの明かりをつけ、ドアを開けた。ダンディ警部補とトム・ポルハウスが立っていた。

「こんばんは、サム」とトムが言った。「まだ寝ちゃいないだろうと思ってね」

ダンディはただうなずいただけで、ことばはなかった。

スペードは愛想よく応じた。「やあ、おふたりさん。誰かを訪ねるのになんともいい時間を選ぶもんだ。今度はなんだ?」

ダンディが静かに口を開いた。「おまえと話がしたくてな、スペード」

「ほう」スペードはドア口に立って動かなかった。「だったらなんでも話してくれ」

トム・ポルハウスがまえに出てきて言った。「こんなところに突っ立って話すことはないだろ?」

スペードはドア口に立ったまま言った。「中にははいれない」かすかに詫びるような口調だった。

スペードと同じ背丈があるトムのごつい顔つきが変わった。抜け目のなさそうなその細い眼にきらめきはまだあった。が、親しげながらどこかしら上から見下ろすような表情になった。

「どうした、サム?」とトムは言い、ふざけながらではあったが、スペードの胸をその大きな手で押した。

スペードはまえに体重をかけてその手を押し返し、オオカミのような笑みを浮かべて言った。

「腕ずくではいろうってか、トム?」

トムは不快げに言った。「おいおい、なんなんだよ」そう言いながらも手はどけた。

ダンディが食いしばった歯の隙間からことばを押し出すようにして言った。「おれたちを中に入れろよ」

スペードの唇が引き攣り、犬歯が見えた。彼は言った。「とにかくはいってもらうわけにはいかない。どうする? 無理にでもはいるか? それともここで話すか? それともとっとと消えるか？」

　トムがうなり声をあげた。

　ダンディがまだ歯を食いしばったまま言った。「ちっとはおれたちにも気を使えよ、スペード。そのほうが身のためだ。場当たり的にうまくやってるつもりなのかもしれないが、そういうことはそう長くは続かない」

「だったらやめさせるんだな、できるなら」とスペードは傲岸《ごうがん》に言い放った。

「今からやってやろう」そう言って、ダンディは両手をうしろにまわし、強面《こわもて》の顔を私立探偵の顔にぐいと近づけた。「おまえとアーチャーの女房でアーチャーをコケにしてたなんて話を聞いたんだよ」

　スペードは笑った。「あんたが今でっち上げた話にしか聞こえない」

「根も葉もないってか？」

「ああ」

「噂じゃ、アーチャーの女房はおまえとくっつきたくて、アーチャーと離婚したがってた。だけど、アーチャーはそれを許さなかった。これならどうだ？」

「どれもこれもないよ」

「こんな噂もある」とダンディは感情のこもらない声で続けた。「そのためにアーチャーはあんなことになっちまったって噂だ」

　スペードはむしろ面白がって言った。「そう欲張るなよ。いっぺんにふたつの殺しをおれにおっかぶせるなよ。あんたの最初の仮説はおれがサーズビーを殺《や》ったというやつだった。動機はサーズビーがマイルズを殺したからだ。マイルズ殺しもおれの仕業だとなると、最初の仮説は成り立たなくなるんじゃないか？」

「おれはおまえが人を殺したなんてひとことも言ってないよ」とダンディは言い返した。「だけど、おまえがそう言うなら、おれがそういう話を持ち出したということでもいいよ。ふたりともおまえが始末したのかもしれん。そう考えることもそりゃできなくはない」

「まあな。おれはマイルズの女房を手に入れるのにマイルズを殺した。さらにサーズビーも殺した。マイルズ殺しをなすりつけるために。なんともすばらしいシステムだ。このあとおれがさらに誰かを見つけてサーズビー殺しをなすりつけられたら、こりゃもう完璧だよ。おれはこのシステムをあとどれくらい続けりゃいい？　サンフランシスコで起こる殺しは今から全部おれの仕業ってことにするか？」

　トムが割ってはいった。「おふざけはもういいから、サム。おれたちだって好き好んでこんなことをしてるんじゃない。こういうことが好きじゃないのはあんたもおれたちも変わらないよ。それはあんただってわかってるだろ？　それでも、おれたちは仕事をしなきゃならない」

「あんたらには、夜中や夜明けに人の家に押しかけて馬鹿げた質問をする以外にも仕事があることを祈るよ」

「ろくでもない嘘八百を聞かされる以外にもな」とダンディが落ち着いた口調で言った。

「そう熱くなるなよ」とスペードは言った。

ダンディは頭から足先までスペードをとくと見てから、まっすぐに眼を見すえて言った。「おまえとアーチャーの女房とのあいだには何もなかったなどと言い張るつもりなら、おまえは救いようのない嘘つき野郎だ。それだけは言っといてやるよ」

トムはその小さな眼に驚きの表情を浮かべた。

スペードは舌先で唇を湿らせて言った。「そのホットニュースをおれに伝えるために、こんな罰《ばち》あたりな時間にわざわざやってきたのか？」

「それもある」

「ほかには？」

ダンディは両の口角を下げて言った。「入れろよ、スペード」そのあとスペードが立ちふさがっているドア口を顎で示して、簡単には引き下がるつもりのないことを示した。

スペードは顔をしかめ、首を振った。

ダンディは今度は口角を上げ、満足げな笑みを浮かべ、トムに言った。「やっぱり何かありそうだな」

トムは重心を一方の足からもう一方に移してもごもご言った。「どうですかね」

「なんの真似だ？」とスペードは言った。「ジェスチャーゲームでもやってるのか？」

「よかろう、スペード、帰るよ」とダンディは言ってコートのボタンをかけた。「だけど、時時来るからな。おれたちに逆らうのはおまえの勝手だ。だけど、まあ、よく考えることだ」

「ああ」とスペードは答えて、にやりとした。「いつでも会いに来てくれ、警部補。忙しくしてないときはいつでも中にはいってもらうから」

いきなり居間のほうから悲鳴が聞こえた。「助けて！　助けて！　お巡りさん！　助けて！」

その声はか細く甲高かった。ジョエル・カイロの声だった。

立ち去りかけていたダンディ警部補は振り向き、またスペードと相対すると、きっぱりと言った。「こりゃはいらないわけにいかないな」

短く揉み合う音、殴る音、押し殺した悲鳴が聞こえた。

スペードは顔をゆがめて笑みのようなものを浮かべた。さすがに面白がってはいなかったが。

「わかった、はいってくれ」そう言って、うしろにさがった。

ふたりの刑事が中にはいると、玄関のドアを閉め、彼もふたりに続いて居間にはいった。

8　三文《さんもん》芝居

ブリジッド・オショーネシーはテーブルのそばの肘掛け椅子の上で身を縮こまらせていた。両の前腕で頬をはさみ、足を椅子の上に上げているので、彼女の顔の下半分は膝に隠されていた。眼は怯え、白眼がめだった。

ジョエル・カイロはスペードが取り上げた銃を片手に持って、彼女のまえに立っていた。もう一方の手は額にあてていた。指のあいだから血が垂れ、眼にはいっていた。切れた唇からもわずかながら血が垂れ、顎に三本の曲線を描いていた。

カイロは刑事たちを見向きもしなかった。眼のまえで身を縮こまらせている女を睨みつけていた。唇が引き攣っていたが、そこから意味のあることばは発せられていなかった。

三人の中で最初に居間にはいったダンディがカイロに近づき、片手を自分のコートの内側の腰にやり、もう一方の手をレヴァント人の手首に置いてうなるように言った。「ここでいったい何をしてる？」

カイロは血に汚れた片手を離した額を見せびらかすように警部補の顔に近づけた。それまで手で隠されていた額には、三インチほどのぎざぎざの傷があった。「この女がやったんです」とカイロは言った。「見てください」

ブリジッド・オショーネシーは足を床におろすと、警戒するように、その眼をカイロの手首をつかんでいるダンディに向け、次にふたりのすぐうしろに立っているトム・ポルハウスに向け、最後にドア枠にもたれているスペードに向けた。スペードは落ち着いた顔をしていた。彼女と眼が合うと、彼の黄味がかった灰色の眼がダーティジョークを言ったあとのように、ほんの一瞬光った。が、その光はすぐに消え、また無表情に戻った。

「あんたがやったのか？」とダンディがカイロの額の傷を顎で示して若い女に言った。

若い女はスペードをまた見た。彼女の眼に表われた懇願に応える気はスペードにはないようだった。ドア枠にもたれ、熱意のない野次馬《やじうま》さながら、あえて礼儀正しく、関心のなさそうな眼を室内の三人の男とひとりの女に向けていた。

そのひとりの女が大きく暗く正直な眼をダンディに向けて言った。「せざるをえなかったのよ」その声は低く、震えていた。「彼が襲ってきたとき、ここにはわたししかいなかったんだから。わたしにはできなかった――遠ざけておこうとしたけど――おめおめと彼に撃たれるわけにはいかなかった」

「この嘘つき女！」とカイロが大きな声をあげ、ダンディに手首をつかまれている腕を振りほどこうとした。無理だった。「この腐れ嘘つき女！」とカイロは言うと、体をひねり、ダンディと向き合った。「彼女はとんでもない嘘をついています。こっちは信義を重んじてきたのに、このふたりに襲われたんです。そのあとあなた方がやってこられて、彼があなた方と話しに行きました。ピストルを持った彼女と私ふたりをこの部屋に残して。すると、彼女はこんなことを言いました、あなた方が帰ったら、私を殺すって。それで私は叫んだんです。あなた方が帰らないように。帰られたら私は殺されてしまうんですから。そのとき彼女にピストルで殴られたんです」

「まずこれを渡してくれ」とダンディは言って、カイロの手から銃を取り上げた。「さて、整理しよう。そもそもあんたはなんのためにここに来たんだ？」

「呼ばれたからです」カイロは頭をめぐらせ、勝ち誇ったようにスペードを見ながら言った。「電話でここに呼び出されたんです」

スペードは眠たそうに眼をしばたたいたが、何も言わなかった。

ダンディが尋ねた。「彼はあんたにどんな用があったんだね？」

カイロは血が出ている額をラヴェンダー色の縞柄のシルクのハンカチで拭い、答えるまで時間稼ぎをした。答えたときには用心が憤りに取って代わっていた。「彼は――彼らは私に会いたがったんです。用件まではわかりません」

トム・ポルハウスが頭を低くして、においを嗅いだ。額を拭いたハンカチから漂った白檀の香りに気づいたのだろう。そのあともの問いたげな眼でスペードを見た。スペードは片眼をつぶっただけで煙草を巻きつづけた。

ダンディが尋ねた。「で、どうした？」

「ふたりが私に襲いかかってきたんです。彼女が最初に私を殴り、そのあと彼が私の首を絞めて私のポケットからピストルを奪ったんです。あなた方がいいときに来てくれなかったら、そのあとどんなことになっていたやら。あなた方の応対に部屋を出たとき、彼は彼女にピストルを持たせて私を見張らせたんです」

ブリジッド・オショーネシーが弾かれたように肘掛け椅子から立ち上がってわめいた。「どうして刑事さんにほんとうのことを話さないの？」そう言ってカイロの頬を平手で叩いた。

カイロは妙な叫び声をあげた。

ダンディはもうカイロの腕をつかんでいない手で若い女を椅子に押し倒してうなった。「いい加減にしろ」

スペードは煙草に火をつけ、煙越しに柔らかな笑みをトムに向けて言った。「彼女は衝動的な女でね」

「そのようだな」とトムは同意して言った。

ダンディが若い女を睨みつけて言った。「何がほんとうだとおれたちに信じさせたい？」

「彼が言ったことじゃないのだけは確かよ」と彼女は答えた。「彼が言ったことはみんなでたらめよ」そこでスペードに眼をやった。「でしょ？」

「なんでおれにわかる？」とスペードは応じた。「騒ぎが起きたときにはおれはキッチンでオムレツをつくってたんだから。ちがうか？」

彼女は額に皺を寄せ、困惑した怪訝《けげん》な眼で彼を見た。

トムが不快げになった。

スペードのことばを無視し、なおも若い女を睨みながら、ダンディが言った。「こいつの言ってることがほんとじゃなければ、なんでこいつは助けを求めて叫んだりしたんだ？　あんたが叫ぶんじゃなくて」

「あら、それはわたしが彼を叩いたら、彼が死ぬほど怯えたからよ」と彼女は答え、さも侮蔑するようにレヴァント人を見た。

カイロは顔の血に汚れていない部分を紅潮させて言った。「まいった、まいった！　また嘘だ！」

彼女がカイロの脚を蹴った。青い靴の高いヒールがカイロの膝小僧のすぐ下にあたった。ダンディがカイロを彼女から引き離し、大男のトムが彼女に近づいて、低く重々しい声で言った。「行儀よくしなよ、ねえちゃん。今みたいなことはもうするな」

「だったら彼にほんとのことをしゃべらせなさいよ」と彼女は挑むように言った。

「ちゃんとやるから」とトムは請け合った。「だから乱暴はもうするな」

ダンディがその厳しい緑の眼を満足げに輝かせ、スペードを見ながら部下に言った。「なあ、トム、いい加減こいつらを署に引っぱってもいいいんじゃないかな?」

トムはただむっつりとうなずいた。

スペードがドア口を離れ、歩きながらテーブルの上の灰皿に煙草の吸い殻を捨てて、部屋の中央に出てきた。笑みも物腰も落ち着いていた。愛想もよかった。「そう事を急《せ》くなよ。全部説明のつくことなんだから」

「そうだろうとも」とダンディはせせら笑いながら同意のことばを口にした。

スペードは若い女に一礼して言った。「ミス・オショーネシー、ダンディ警部補とポルハウス部長刑事を紹介させてくれ」そう言って、ダンディにも一礼した。「警部補、ミス・オショーネシーはおれが雇ってるうちの調査員だ」

ジョエル・カイロが憤慨して言った。「ちがいます。彼女は――」

スペードが大声で、それでも愛想のいい声音でカイロのことばをさえぎった。「つい最近、そう、昨日雇ったんだ。こちらはミスター・ジョエル・カイロ、サーズビーの友人か、知り合いか、何かだ。ミスター・カイロがおれのところに来たのは今日の午後だ。彼の依頼は、サーズビーが殺されたときに持っていたと思われるものを見つけてくれというものだった。ただ、なんだかしゃべり方が胡散臭《うさんくさ》かったんで、おれは関わらないことにした。そうしたら、ミスター・カイロはいきなり銃を抜いた――しかし、まあ、この件はお互い訴え合うような事態になるまではこのままにしておこう。いずれにしろ、このことをミス・オショーネシーと話し合って、おれは思ったのさ。マイルズとサーズビー殺しに関して、ミスター・カイロから何か訊き出せるんじゃないかって。で、ここに来てくれるよう彼に頼んだわけだ。もしかしたら、質問のしかたが少々荒っぽかったかもしれない。でも、彼の怪我は大した怪我じゃないよ。助けを求めて叫ばなければならないようなものじゃない。言っておくと、おれは彼から今度も銃を取り上げなきゃならなかった」

スペードが話すうち、紅潮したカイロの顔に不安が表われはじめた。視線が激しく上下した。スペードの無表情な顔と床とのあいだで焦点を合わせるのに苦労していた。

ダンディがカイロのまえに立って、不愛想に尋ねた。「今の話について言いたいことは?」

カイロは警部補の胸のあたりを見つめたまま、一分近く何も言わなかった。そのあと上げた視線は用心深くておどおどしていた。「なんと言ったらいいか」ともごもご言った。見るからに決まり悪そうにしていた。

「事実を話したらどうだ?」とダンディは促した。

「事実、ですか?」彼の眼は落ち着きがなかったが、かと言って警部補から完全に眼をそらしもしなかった。「私が話すことが事実だと信じてもらえる保証はあるんでしょうか?」

「よけいな話は要らない。このふたりに暴力を振るわれたという宣誓供述書にサインするだけでいい。その供述書はまずまちがいなく信用されて、逮捕状が出される。そのあとはおれたちに任せてくれ。こいつらをブタ箱にぶち込んでやるよ」

スペードが面白がる声音で言った。「さあ、やれよ、カイロ。警部補を幸せにしてやれ。署名しますって言ってやれ。おまえがそうすりゃ、こっちもおまえを訴えてやる。それで三人みんなでブタ箱行きだ」

カイロは咳払いをして、おどおどと部屋を見まわした。誰とも眼を合わせようとしなかった。鼻を鳴らすほどではなかったが、ダンディが鼻息荒く言った。「それじゃ、行くぞ」

カイロは心配と疑問の入り交じった眼でスペードを見た。スペードはおどけるような顔でカイロに片眼をつぶってみせ、クッション付きの揺り椅子の肘掛けに腰かけて言った。「さて、少年少女諸君」そのあと、レヴァント人と若い女ににやりと笑いかけた。その声も笑みもいかにも面白がっていた。「うまくいったな」

ダンディの角ばったいかつい顔にほんの少し陰りが差した。彼は有無を言わせぬ口調で繰返した。「行くぞ」

スペードは浮かべていた笑みを警部補に向けると、椅子の肘掛けの上で体をもぞもぞと動かし、より楽な姿勢になって面倒くさそうに言った。「一杯食わされたのがわからないのか？」

トム・ポルハウスの顔が赤味を帯び、てかって見えた。

ダンディの顔は陰ったままで、表情に変わりはなかった。強ばった口元だけ動いた。「ああ、わからんよ。いずれにしろ、そういう話は署で聞こう」

スペードは立ち上がり、ズボンのポケットに手を入れた。そして、普段以上に上から警部補を見下ろせるよう背すじを伸ばした。笑みには嘲《あざけ》りが込められ、上から見下ろすその態度には自信があふれていた。

「やりたきゃおれたち全員しょっ引いてみろよ、ダンディ」とスペードは言った。「だけど、そんなことをしたら、あんた、サンフランシスコじゅうの新聞で笑い者になるぜ。まさか本気でおれたちが告訴し合うなんて思ったんじゃないだろうな？　おれたちはあんたらをからかっただけだよ。呼び鈴が鳴ったんで、おれはミス・オショーネシーとカイロに言ったんだ、〝またお巡りがやってきた。うるさくてかなわない。ちょっとやつらをからかってやらないか？　やつらが帰りかけたら、ふたりのうちどっちかが悲鳴をあげるんだ。で、芝居を打って、やつらがおれたちの芝居にいつ気づくか試してみようぜ〟ってな。そうしたら――」

　ブリジッド・オショーネシーが椅子の上でまえかがみになって、ヒステリックな笑い声をあげた。

　カイロは驚いたような顔をしていたが、そのあと笑みを浮かべた。意気軒高《いきけんこう》な笑みとはほど遠かったが、それでも顔にしばらく貼りつけられた。

　トムがうなるように不平を言った。「いい加減にしろよ、サム」

　スペードはくすくす笑いながら言った。「だけど、ほんとうにそうだったんだよ。おれたちは――」

「だったら、なんであいつは頭と唇から血を流してる？」とダンディが小馬鹿にしたように言った。「なんで怪我なんかしてる？」

「本人に訊けよ」とスペードは言った。「おおかたひげでも剃ってて切ったんじゃないか?」

尋ねられるまえにカイロが勢い込んで話しはじめた。しゃべりながらも笑みを貼りつかせておかねばならず、顔の筋肉がぴくぴく痙攣していた。「転んだんです。あなた方がはいってきたら、銃を奪い合ってるふりをするつもりで、そんな真似をしてたら、転んでしまったんです。争い合ってるふりをしてる最中に敷物のへりにつまずいてしまって」

ダンディは言った。「馬鹿も休み休み言え」

スペードが横から言った。「信じようと信じまいと、ダンディ、別にかまわない。ここで肝心なのはそれがおれたちの言い分だってことだ。おれたちはこの言い分を変えたりしない。おれたちの言い分を信じようと信じまいと、ブン屋はこれを記事にするだろう。まあ、とりあえず面白い記事にはなるからな。もしかしたら通常以上に。そんな記事が出たらどうする? おまわりをからかうのは犯罪じゃない、ちがうか? あんたとしても何もできない。そもそも何もないんだから、誰のせいにもできない。おれたちがあんたに話したことは全部ジョークだ。こんなことにどんな対処をするっていうんだ?」

ダンディはスペードに背を向けると、レヴァント人の肩をつかんで揺さぶり、うなった。「こんな真似をして逃げられると思うなよ。おまえが助けを求めて叫んだんじゃないのか? だったら大人しく助けられてろ」

「いえいえ」とカイロは唾を飛ばしながら言った。「あれはジョークだったんです。あなた方はお友達だからきっとわかってくれるって言われましてね」

スペードは笑いだした。

ダンディはカイロの手首と首根っこをつかんで乱暴にこづきまわして言った。「どっちみちおまえは銃器不法所持で引っぱってやる。おまえらふたりも一緒だ。これでジョークに最後に笑うのは誰かわかるだろうよ」

カイロはびくついた眼を横に向け、スペードを見やった。

スペードは言った。「自分から笑い者になるような真似はやめろよ、ダンディ。その銃も芝居の小道具の一部だったんだ。それはおれのだ」彼はそこでまた笑った。「悪いが、小さい三二口径だ。そうじゃなけりゃ、サーズビーとマイルズ殺しに使われた銃かもしれん、なんて考えることもできなくはないが」

ダンディはカイロを解放し、踵に重心をのせて半回転すると、右の拳でいきなりスペードの顎を殴った。

ブリジッド・オショーネシーが短い悲鳴をあげた。

その衝撃でスペードの笑みが一瞬消えた。が、消えてもすぐまた彼の顔に戻った。その笑みにはどこか夢見るような風情が加わっており、短く一歩バックステップすると、彼は体勢を立て直した。上着の下でぶ厚い撫で肩の筋肉がうねった。彼の拳が突き出されるまえに、トム・ポルハウスがふたりのあいだにはいった。スペードのほうを向き、体を密着させ、ビヤ樽腹と両腕で、スペードの腕を押さえ込んでトムは言った。

「駄目だ、頼むよ！」懇願口調になっていた。

動きのない長い間《ま》のあと、スペードは筋肉の緊張を解いて言った。「だったら今すぐあいつをここから連れ出せ」笑みはもうなかった。青ざめた、不機嫌な顔になっていた。

ダンディは床の上で足を踏んばり、両の拳を体のまえで握りしめていた。が、表情に表われていた荒っぽさは、上瞼と緑の虹彩のあいだの細い白眼によって和らげられていた。

「こいつらの名前と住所をひかえとけ」と彼はトム・ポルハウスに命じた。

トムはカイロを見た。カイロは口早に言った。「ジョエル・カイロ。〈ホテル・ベルヴェデール〉に泊まってます」

トムが若い女に質問するまえにスペードが答えた。「ミス・オショーネシーにはおれを通じていつでも連絡が取れる」

トムはダンディを見やった。ダンディはうなるように言った。「彼女の住所も訊け」

スペードは言った。「彼女の住所はおれのオフィス気付だ」

ダンディはまえに出てきて、若い女のまえで立ち止まって尋ねた。「どこに住んでる?」

スペードはトムに言った。「こいつをここから連れ出せ。もうたくさんだ」

トムはスペードの眼を見た。容赦がなく、ぎらついていた。トムはもごもごと言った。「落ち着けよ、サム」そのあとコートのボタンをかけ、ダンディのほうを見て言った。「さて、これでいいですか?」さりげなさを装っているのは明らかだった。そう言うなり、返事も待たずドアのほうに向かいかけた。

ダンディは渋面をつくった。が、躊躇《ちゅうちょ》していることは隠しきれなかった。

カイロもいきなりドアのほうに向かいかけて言った。「私も帰ります。ミスター・スペード、私の帽子とコートをお渡しいただけませんか?」

スペードは尋ねた。「なんでそう急ぐ?」

ダンディが不快げに言った。「みんなお芝居だったんじゃないのか? それでもこいつらと残るのが怖いのか?」

「いえいえ、とんでもない」とレヴァント人はそわそわして言った。ダンディにもスペードにも眼を向けることなく。「でも、もう夜も遅いですし。私も帰ります。よければ、途中までご一緒させてください」

ダンディは緑の眼をきらめかせ、唇をきつく結んだ。が、何も言わなかった。

スペードは玄関ホールのクロゼットにカイロの帽子とコートを取りに行った。その顔に表情はなかった。レヴァント人がコートを着るのを手伝いながらトムに言った。「銃は置いていくように警部補に言ってくれ」その声にも表情はなかった。

ダンディは自分のコートのポケットからカイロの拳銃を取り出すと、テーブルに置いた。そして最初に出ていった。次にカイロが続き、トムはスペードのまえで立ち止まると、ぼそぼそと低い声で言った。「自分が何をやってるのか、それはちゃんとわかってるんだろうな?」返事はなかった。トムはため息をつき、先に行ったふたりのあとに続いた。スペードは玄関ホールの角まで行き、トムがドアを閉めるのを見届けた。

9　ブリジッド

　居間に戻ると、スペードはソファの端に腰をおろした。膝に肘をつき、両頬を両手にのせて床を見つめた。肘掛け椅子から弱々しい笑みを彼に向けるブリジッド・オショーネシーには見向きもしなかった。鬱屈《うっくつ》した眼をしていた。眉間に皺が深く刻まれ、息をするたび鼻孔が外に内に動いた。

　ブリジッド・オショーネシーは彼が彼女のほうを見もしないことがはっきりすると、笑みを引っ込め、いよいよ不安げに彼を見つめた。

　激しい怒りが突然彼の顔を赤く染めた。彼は荒っぽく耳ざわりな声で話しはじめた。怒った顔を両手で支え、床を睨みつけて、休むことなく五分間ダンディを罵《のの》りつづけた。猥褻《わいせつ》で冒瀆《ぼうとく》的なことばで繰り返し罵った。荒っぽく耳ざわりな声で。

　そのあと顔から手を離し、若い女のほうを見ると、ばつの悪そうな笑みを浮かべて言った。「子供っぽいか、ええ？　わかってる。だけどな、くそ、やられたのにやり返さないなんてことはおれにはありえないんだよ」そう言って、彼は慎重に顎を指で撫でた。「まあ、パンチそのものは大したことはなかったが」そう言って笑い、ソファの背にもたれ、脚を組んだ。「こっちが手に入れたものを考えりゃお安いもんだ」そう言いながらも、いっとき眉をひそめて渋面をつくった。「と言っても、さっきのことをおれが忘れることはないが」

若い女はまた笑みを浮かべると、坐っていた椅子を離れ、ソファに移り、スペードの横に坐って言った。「あなたってわたしが知ってる中で一番激しい人よ。いつもさっきみたいに高飛《たかび》車《しゃ》なの？」

「いいか、おれは殴られっぱなしになったんだぜ」

「それはそうだけど、相手は警官よ」

「いや、そういうことじゃない」とスペードは説明した。「頭が空っぽになって、おれに手出ししたのは、やつが自分の手札を過信したからだ。あそこでおれがやり返してたら、やつとしても引っ込みがつかなくなって、お巡りの仕事を最後まで遂行せざるをえなくなってただろう。おれたちは本署に連れていかれ、三文芝居を繰り返さざるをえなくなってただろう」そこで彼は若い女をじっと見て訊いた。「カイロに何をした？」

「何も」そう言って、彼女は顔を赤らめた。「わたし、刑事たちが帰るまで彼を大人しくさせておこうと思って、ちょっと脅しただけよ。そしたらすっかり怯えちゃったのか、あるいは意固地になっちゃったのか、叫びはじめたのよ」

「で、銃で殴ったのか？」

「しょうがなかったのよ。彼のほうからわたしに襲いかかってきたんだから」

「きみは自分のしてることがまるでわかってない」そう言って、スペードは笑みを浮かべたが、その笑みだけでは心の内の不快感は隠しきれていなかった。「まえにも言っただろ？　きみはあてずっぽうと運任せで手探りで生きてる」

「悪かったわ」と彼女は言った。さすがに後悔しているのか、その顔も声もおだやかだった。

「ああ、少しは悪く思ってもらわないとな」彼はポケットから煙草の袋と巻き紙を取り出し、紙巻き煙草をつくりはじめた。「カイロとの話し合いはもうすんだんだろ？　次はおれに話してくれ」

彼女は指先を口にあてると、眼を大きく見開きながらも何を見るともなく部屋の反対側を見やり、そのあと眼を細めてちらりとスペードを見た。彼は煙草を巻くのに忙しかった。「ええ、もちろん」と彼女は答えると、口から指を離して、青いドレスの皺を膝まで伸ばし、膝を見つめて眉をひそめた。

スペードは巻き紙を舐めて紙と紙をくっつけ、ライターを探しながら尋ねた。「どうした？」

「実を言うと」と彼女は言って、そこでことばを切った。「彼と話をつける時間はなかった」一語一語ことばを慎重に選ぶ口調になっていた。膝を見つめて眉をひそめるのはそこでやめ、素直に澄んだ眼でスペードを見た。「話を始めようとしたら邪魔がはいった」

スペードは煙草に火をつけ、口の中の煙を吐いて笑った。「彼に電話して戻ってくるように言ったほうがいいのかな？」

彼女は首を振った。笑みはなかった。首を振りながらも、スペードの眼をずっと見つづけようと眼を左右に動かした。彼の胸の内を探るような眼つきだった。

スペードは腕を彼女の背中にまわして伸ばし、反対側の彼女の白くてすべらかな剝き出しの肩を手のひらで包んだ。彼女は彼の腕の中に体を倒した。彼は言った。「さあ、聞いてるぞ」

彼女は首をめぐらして彼に微笑みかけると、わざと横柄な口調で尋ねた。「聞くためにはわたしの肩に手を置いておく必要があるの?」

「いや」と彼は答え、彼女の肩から手を離すと、腕を彼女の背後におろした。

「あなたって予測不能」と彼女はぼそっと言った。

彼はうなずき、愛想よく言った。「まだ聞いてるから」

「もうこんな時間!」と彼女は大きな声をあげ、指を振り、本の上に危なっかしくのっている目覚まし時計を示した。不恰好な針が二時五十分を指していた。

「ああ、確かに慌ただしい夜だったよ」

「行かなくちゃ」そう言って、彼女はソファから立ち上がった。「もう最悪ね」

スペードは立ち上がらなかった。首を振って言った。「きみが話すまで今夜は終わらない」

「でも、時間を見てよ」と彼女は抗議した。「あなたに話しはじめたら何時間もかかりそう」

「何時間かかろうとかまわない」

「わたしは囚人なの?」と彼女はわざと陽気に言った。

「それに外にはあの若造がいる。まだ家に帰って寝たりしてないだろう」

彼女の陽気さが消えた。「まだいると思う?」

「たぶん」

彼女は震えてみせた。「確かめてくれない?」

「それぐらいできなくはない」

「だったら――やってくれる？」

スペードはいっとき彼女の心配げな顔をじっと見てから、ソファから立ち上がって言った。「いいとも」クロゼットから帽子とコートを取り出した。「十分ほどで戻るよ」

「気をつけて」と彼女は言って、玄関ホールのところまで見送った。

彼は言った。「ああ、そうするよ」そう言って出ていった。


スペードはポスト通りに出た。人影はなかった。東に一ブロック歩いて通りを渡り、通りの反対側を西に二ブロック歩いてまた通りを渡り、彼のアパートメントのある建物まで戻ってきた。途中、自動車修理工場でふたりの整備工が車を直していた以外、誰も見かけなかった。

スペードがアパートメントの玄関のドアを開けると、ブリジッド・オショーネシーは玄関ホールの角に立っていた。まっすぐ下に垂らした手にカイロの拳銃を持って。

「まだいたよ」とスペードは言った。

彼女は唇の内側を噛み、ゆっくりとうしろを向いて居間に戻った。彼女のあとからスペードも居間にはいると、椅子の上に帽子とコートを置いて言った。「これで話す時間ができた」そう言ってキッチンにはいった。

レンジにパーコレーターをのせ、細長いフランスパンをスライスしていると、彼女がドア口までやってきた。そして、心ここにあらずといった眼で彼を見つめた。右手にまだ持っている拳銃の胴部と銃身を左手の指で弄びながら。

「テーブルクロスがそこにある」スペードはそう言って、食器戸棚をパン切りナイフで指し示した。その食器戸棚が仕切りになって、キッチンの一隅が朝食用スペースになっていた。

彼女がテーブルの準備をし、彼はスライスしたフランスパンにレバー・ソーセージをのせたり、パンのあいだに冷たい牛肉の塩漬けをはさんだりした。準備が整うと、コーヒーを注ぎ、ずんぐりしたボトルからブランデーをコーヒーに垂らし、テーブルについた。ふたりで長椅子に並んで坐った。彼女は彼女の側の長椅子の隅に拳銃を置いた。

「食べながら話してくれ」とスペードは言った。

彼女はしかめ面をして不平を言った。「あなたってほんとにしつこい人ね」そう言ってサンドウィッチにかぶりついた。

「ああ、それと荒っぽくて予測不能な男だ。なあ、誰もが熱くなってるその鳥――鷹だかなんだか知らないが――それはなんなんだ?」

彼女はビーフとパンを咀嚼《そしやく》し、呑み込み、サンドウィッチのへりにできた小さな三日月形を見ながら尋ねた。「わたしが話さなかったら? あなたに何も話さなかったら? あなたはどうする?」

「鳥についてか?」

「今度のことすべてについて」

「別に驚かないよ」スペードはそう言って笑った。両の犬歯の先端が見えた。「次にどうすりゃいいかはわかってるから」

「どうするの？」そう言って、彼女は注意をサンドウィッチからスペードの顔に移した。「教えてよ。どうするの？」

彼は首を振った。

からかうような笑みを顔に浮かべて、彼女は言った。「何か荒っぽくて予測不能なこと？」

「たぶん。だけど、この期《ご》に及んで隠し立てすることに意味があるとも思えない。どのみち少しずつ明らかになる。そりゃおれの知らないことはいっぱいあるだろう。だけど、知ってることもある。推測できることもある。今日みたいな日をもう一日過ごしたら、おれはすぐにきみが知ってるより多くを知るようになるだろうよ」

「もうそうなってると思う」と彼女はまたサンドウィッチに眼を戻して真剣な顔つきで言った。「でも、ああ！――ほとほとうんざりしてきちゃった。こんなことを話さなくちゃならないってこと自体もううんざり。あなたとしてももうちょっと待ったほうがよくない？　あなたが今言ったように、わたしが言わなくても、あなたは自然と知ることになるかもしれないし。でしょ？」

スペードは笑い声をあげた。「どうなるかおれにはわからんな。そこはきみが自分で考えないとな。ただ、言っておくと、おれはだいたい自分のマシンに、荒々しくて予測不能な自在スパナをぶち込んで結果を見る。そのとき部品が飛んできても怪我をしない自信がきみにあるなら、おれのほうはそれでかまわない」

彼女は肩をもぞもぞと動かした。居心地が悪そうに。しかし、何も言わなかった。ふたりはしばらく押し黙った。スペードは無表情のままだった。彼女のほうは何かを考える顔つきになっていた。最後に彼女が低い声で言った。「わたしはあなたが怖い。それはほんとうよ」

彼は言った。「いや、それはほんとうじゃない」

「ほんとうよ」と彼女は同じ低い声で強く言った。「わたしには怖い男がふたりいる。今夜、その怖い男ふたりに会った」

「きみがカイロを怖がるのはわかるよ」とスペードは言った。「つまるところ、やつはきみの手の届かないところにいるからな」

「あなたはそうじゃないの？」

「ああ、おれは彼とはちがうからな」そう言って、スペードはにやりと笑った。

彼女は顔を赤らめた。そのあと灰色のレバー・ソーセージをのせたパンを取り上げ、自分の皿に置いた。そして、白い額に皺を寄せて言った。「黒い像よ。もう知ってるかもしれないけど。すべすべしていて黒光りしている鳥の像。鷹だか隼《はやぶさ》だかの。大きさはこれぐらい」そう言って、両手を一フィートほど離した。

「なんでそんなものにそれほど値打ちがあるんだ？」

彼女はブランデー入りのコーヒーを一口飲んでから言った。「わからない。誰も教えてくれなかった。ただ、それを手に入れるのを手伝ったら、五百ポンド払うって言われた。でも、そのあとカイロと別れると、サーズビーはわたしに七百五十ポンドやるって言った」

「ということは、その像には七千五百ドル以上の価値があるということか?」

「いいえ、それよりもっとずっとよ」と彼女は言った。「彼らはわたしと山分けするようなふりさえしなかった。わたしは手伝いにただ雇われただけよ」

「なんの手伝いに?」

彼女はカップをまた取り上げた。スペードは遠慮のない黄味を帯びた灰色の眼を彼女の顔からそらすことなく、煙草を巻きはじめた。彼らの背後ではレンジにかけられたパーコレーターが沸き立っていた。

「それを持っていた男からそれを手に入れる手伝いよ」と彼女はカップをまたもとに置きながらおもむろに言った。「ケミドフというロシア人から」

「どうやって?」

「それは重要なことじゃないわ」と彼女は言って答を拒んだ。「知ったところであなたにはなんの役にも立たない」――彼女は横柄な笑みを浮かべた――「そもそもあなたには関係のないことよ」

「それがコンスタンティノープルでのことか?」

彼女はためらってからうなずいて言った。「そう、マルマラ海」

スペードは持っている煙草を彼女に向けて振りながら言った。「続けてくれ。それでどうなった?」

「それですべてよ。今話したとおりよ。仕事を手伝ったら五百ポンドくれるって彼らは約束した。だからわたしは手伝った。ところが、ジョー・カイロが像を持ち逃げしようとしていることがわかった。わたしたちには何も残さず、自分だけで持ち逃げしようとしてることが。だから、わたしたちは先手を打ってまったく同じことを彼にしてやった。でも、そんなことをしてもわたし自身の状況は少しもよくならなかった。フロイドにはわたしに約束した七百五十ポンドを払うつもりなんてさらさらなかったからよ。なぜって、ふたりでこっちに来たときにはもうわたしにはそのことがわかっていた。彼はニューヨークへ行って、それを売り、その分けまえをくれるって言ってたけど、それがほんとうの話じゃないのはわたしにもわかった」怒りに彼女の眼の色が紫に変わった。「それであなたのところに来たのよ。鷹がどこにあるのか見つけるのを手伝ってもらおうと思って」

「手に入れてたらそれからさきはどうするつもりだった？」

「フロイド・サーズビーと対等に交渉できる立場に立てていたでしょうね」

スペードは眼をすがめるようにして彼女を見て言った。「きみとしちゃ、サーズビーがきみに約束した額より多い金を確実に手に入れたかった。像を持ち込むあてはどこかにあったのか？　やつがあてにしていた額を手に入れるあてはきみにもあったのか？」

「そんなものはなかった」と彼女は言った。

皿に落とした煙草の灰に顔をしかめながら、スペードは言った。「どうしてそんな像にそんな高値がつくんだ？　当て推量はしてるんだろ？　想像するぐらいはできるはずだ」

「いいえ、見当もつかない」

スペードはしかめ面を彼女に向けて言った。「それはなんでできてるんだ？」

「陶器か黒い石か。わからない。触ったことはないのよ。何分か見ただけ。わたしたちが最初に手に入れたときにフロイドが見せてくれたの」

スペードは皿の上で煙草の火を揉み消し、ブランデー入りコーヒーを一口飲んだ。しかめ面が消えていた。ナプキンで口を拭き、ナプキンを丸めてテーブルに落とし、いかにもさりげなく言った。「きみは嘘つきだ」

彼女は立ち上がり、テーブルの端に佇んだ。赤味が差した顔の中で暗い眼が当惑していた。

「ええ、わたしは嘘つきよ」と彼女は言った。「わたしはずっと嘘をついてきた」

「そういうことは自慢するもんじゃない。子供じゃあるまいし」と彼は陽気な声で言い、テーブルと長椅子のあいだから出た。「きみの物語にも少しは真実が含まれてるのか？」

彼女はうなだれた。黒い睫毛が濡れて光った。「いくらかは」と囁くような声で言った。

「どれぐらい？」

「そんなに――そんなに多くはないけど」

スペードは彼女の顎の下に手をやり、顔を上向かせた。そして、彼女の濡れた睫毛に笑い声を浴びせて言った。「おれたちの夜はまだ長い。ブランデー入りコーヒーをもっとつくるよ。最初からやり直しだ」

彼女の瞼が下がった。「ほんとうにもうくたびれきってるの」声が震えていた。「もう何もかもに疲れたわ。自分にも。嘘をつくことにも、嘘を考えつくことにも。何が嘘で何がほんとうかわからないことにも。せめて――」

そう言って、彼女は彼の頬に両手を押しあてると、開いた口を強く彼の口に押しつけた。体も強く彼の体に押しつけた。

スペードの腕が彼女を抱いた。抱き寄せた。青い上着の袖に包まれた腕の筋肉が盛り上がった。彼の片手が彼女の頭をそっと抱えた。指が赤毛に半分埋もれた。その指が這った。手が彼女のすらりと細い背中を降りた。眼は黄色に燃えていた。

10　〈ホテル・ベルヴェデール〉のロビーの長椅子

スペードは上体を起こした。朝の始まりが夜をただの薄い靄《もや》へと変容させていた。彼の横で熟睡しているブリジッド・オショーネシーの寝息が聞こえた。スペードはそっとベッドを離れ、寝室も出て、バスルームで服を着た。それから寝ている若い女の服を点検し、彼女のコートのポケットから平たい真鍮の鍵を取り出して外に出た。

〈コロネット〉に着くと、建物にはいり、鍵を使って彼女のアパートメントにはいった。見るかぎり、彼にこそこそしたところはなかった。大胆で迷いがなかった。ただ、聞こえるかぎり、ほとんど音をたてていなかった。できるかぎり抑えていた。

若い女のアパートメントの明かりをすべてつけた。そして、壁から壁まで部屋を調べた。彼の眼にも太い指にも慌てたところはなかった。ひとつところに長くとどまることもまごつくことも後戻りすることもなかった。インチ刻みで探り、吟味し、確かめた、プロの正確さで。すべての引き出し、食器戸棚、小さな物入れ、箱、鞄、トランク——鍵がかかっていようといまいと——すべてが開けられ、その中身は眼と指を使った検査にさらされた。衣服も一着ずつ調べられた。何かが隠されていないかふくらみを手で確かめた。指ではさみ、紙がこすれる音がしないかどうかも調べた。ベッドも寝具を剝がした。敷物の下も家具の下もひとつひとつ見た。巻き上げられたブラインドの中に何か隠されていないか、ブラインドを降ろした。窓の外に何か吊り下げられていないか、窓から身を乗り出して下を見た。化粧台の上の白粉《おしろい》とクリームの容器にはフォークを突き刺した。スプレーや瓶は光にかざして見た。皿も鍋も食べものも食品入れも調べた。新聞紙を広げてくず入れを空《から》にした。トイレの水洗タンクの上蓋を開け、水を流し、タンクの中をのぞき込んだ。バスタブの排水口を覆っている金網も洗面台もシンクも洗濯用のシンクも調べた。

黒い鳥は見つからなかった。黒い鳥となんらかの関連がありそうなものも何も見つからなかった。唯一見つかった書類の類いは、ブリジッド・オショーネシーが一週間近くまえに払ったひと月分の家賃の領収書だけだった。彼が手を休めて眺めるだけの興味を覚えたのは、化粧台の鍵のかかった引き出しにはいっていた多彩色の箱の中身だけだった。その箱には、両の手のひらにのる程度の量のそこそこ高価そうな宝飾品がはいっていた。

家捜しが終わると、彼はコーヒーをいれて飲んだ。そのあとキッチンの窓の錠をはずし、ポケットナイフで錠の端に小さな疵《きず》をつくると、非常階段に出られる窓を開けた。そして、居間の長椅子の上から帽子とコートを取り、はいってきたのと同じようにアパートメントを出た。

帰り道、腫れぼったい眼をした小肥りの店主が、寒さに震えながら営業を始めようとしていた食料品店で、オレンジと卵とロールパンとバターとクリームを買った。

こっそりアパートメントに戻った。が、玄関ホールのドアを閉めるまえにオショーネシーが叫んだ。「誰なの?」

「朝食を調達してきた若きスペードだ」

「ああ。びっくりするじゃないの!」

彼が閉めていった寝室兼居間のドアは開いており、彼女はベッドの端に腰かけていた。右手を枕の下にやって震えていた。

スペードは買ってきたものをキッチンテーブルに置き、寝室にはいると、彼女の隣りに坐り、すべらかな彼女の肩にキスをして言った。「あの若造がまだ仕事をしてるかどうか見がてら朝食を買ってきた」

「まだいた?」

「いや」

彼女はため息をついて彼にもたれた。「起きたらあなたがいなくて、誰かがはいってくる音がしたんで、死ぬほど怖かったわ」

スペードは顔に垂れた彼女の赤毛を指でうしろに梳いて言った。「悪かったよ、ダーリン。

まだ寝てるだろうと思ったもんでね。あの銃は一晩じゅう枕の下に置いてたのか？」

「いいえ。それはあなたも知ってるでしょ？　怖くて跳ね起きて慌てて手に取ったのよ」

スペードは彼女が風呂にはいり、着替えをするあいだに――平たい真鍮の鍵を彼女のコートのポケットに戻し――朝食をつくった。

彼女は『エン・キューバ』を口笛で吹きながらバスルームから出てくると言った。「ベッド、直しておく？」

「すばらしい。卵ができあがるのにはあと二、三分かかる」

彼女がキッチンに戻ったときには、朝食はもうテーブルに並べられていた。昨夜と同じように坐り、ふたりともしっかり食べた。

「さて、黒い鳥の件だが――？」ややあってスペードが食べながら切り出した。

彼女はフォークを置くと、彼を見て眉をひそめ、口をきゅっとすぼめて抗議した。「よりにもよって今朝そんな話をすることはないでしょ？　話したくない。いいえ、話さない」

「聞かん気の強い娘だねえ、きみも」と彼は残念そうに言って、ロールパンを口に放り込んだ。


スペードとブリジッド・オショーネシーは歩道を渡ってタクシー乗り場に行った。スペードのあとを尾けていた若い男の姿はどこにもなかった。タクシーが尾けられている気配もなかった。タクシーが〈コロネット〉に着いたときにも、見るかぎり若者もいなければ、あたりをぶらついている者もいなかった。

ブリジッド・オショーネシーはスペードを入れようとしなかった。「こんな時間にイヴニングドレス姿で朝帰りするだけでも充分ひどいのに、男性の連れまでいるなんて。誰にも顔を合わせたくないわ」

「今夜、夕食でもどうだ?」

「いいわよ」

ふたりはキスをし、彼女は〈コロネット〉の中にはいった。スペードは運転手に言った。

「〈ホテル・ベルヴェデール〉に行ってくれ」

ホテルに着くと、スペードを尾《つ》けていた若い男がロビーに置かれた長椅子に坐って、新聞を読むふりをしていた。そこからだとエレヴェーターが見渡せた。

フロント係に尋ねると、カイロは不在とのことだった。スペードは眉をひそめ、下唇を指でつまんだ。黄色い光の点が彼の眼の中で躍りだした。「ありがとう」低い声でフロント係に礼を言い、フロントデスクから離れた。

そのあとぶらぶらと歩き、ロビーを横切り、エレヴェーターが見える長椅子のところまで行くと、新聞を読むふりをしている若い男のそばに坐った。一フィートと離れていない隣りに。

若い男は新聞から眼を上げなかった。かなり近いところから見ると、若い男は明らかにまだ二十歳《はたち》にもなっていなそうだった。背丈に合わせて顔も小さかった。ごく普通の顔だちで、肌がやけに白かった。ひげもさして生えておらず、また血の気もないので頬の白さが一層きわだっていた。着ているものは新しくもなく、仕立ても生地も並以上のものではなかったが、若者の着こなしと相俟《あいま》って、すっきりとして、男っぽい硬派の雰囲気を醸《かも》していた。

スペードは半円に丸めた茶色の巻き紙に煙草の葉を振り落としながら、さりげなく尋ねた。

「やつはどこにいる?」

若い男は新聞を下げてあたりを見まわした。わざとのろくさく。このような状況ではむしろ自然なすばやい動きを抑制してしまっていた。いささか長めの睫毛の奥から、ハシバミ色の眼でスペードの胸のあたりを見ていた。顔と同じように色のない落ち着いた冷ややかな声で若い男は言った。「なんだって?」

「やつはどこにいる?」スペードは煙草を巻くのに忙しかった。

「やつって?」

「例のゲイだ」

ハシバミ色の眼がスペードの胸のあたりから栗色のネクタイの結び目のところまで上がり、そこで止まった。「何をしてるつもりだ、おっさん?」と若い男は言った。「おれをからかってるのか?」

「からかうときは教えてやるよ」とスペードは答え、巻き紙を舐め、愛想よく若い男に笑いかけた。「ニューヨークから来たのか?」

若い男はスペードのネクタイを見つめるだけで答えなかった。スペードは今訊いたことに男がそうだと答えたかのようにうなずいて続けた。「ボームズ法(一九二六年に施行されたニューヨーク州の犯罪常習者取締法)に追い払われたクチか?」

若い男はなおもスペードのネクタイを見つづけ、新聞をもたげると、読むふりに戻り、口の端からことばを吐き出すように言った。「消えな」

スペードは煙草に火をつけ、いかにもくつろいだ様子でうしろにもたれ、愛想よく若い男に言った。「今度の件を片づけるには、おまえさんはおれと話をする必要があるんだよ。おまえさんじゃなくてもおまえさんらの誰かが。おれがそう言ってるとGに伝えな」

若い男は新聞をおろして、スペードと向かい合った。冷たいハシバミ色の眼はネクタイに向けられたままで、小さな手はともに腹の上に手のひらを下にして置かれていた。「いつまでもごちゃごちゃぬかしてやがると、いい加減痛い目を見ることになるぜ」そう言ってさらに続けた。「それもたっぷり」その声は低くて抑揚がなく威嚇的だった。「消えなって言ってんだよ。だから消えな」

スペードは、眼鏡をかけたずんぐりした男と脚の細いブロンドの若い女が声の聞こえないところまで歩き去るのを待って、くすくす笑いながら言った。「今みたいな台詞は、マンハッタンの七番街じゃご大層に聞こえるのかもしれないが、おまえさんが今いるのはロームヴィル（もともとはロンドンを指すスラング。ここではニューヨークのこと）じゃない。おれの根城《ねじろ》だ」スペードは煙草を吸って吐いた。煙が青白く細長くたなびいた。「なあ、やつはどこだ？」

若い男は単語をふたつ口にした。ひとつ目は耳ざわりな短い音の動詞で、ふたつ目は〝ユー〟だった。

「そういうことばを使って歯を折られるやつもいる」スペードの口調は相変わらず愛想がよか

った。が、顔からは表情が消えていた。「こういうところにいたけりゃ、もうちょっと品よくしないとな」

若い男はまた同じ単語をふたつ吐いた。

スペードは長椅子の脇に置いてあった丈のある石壺の灰皿に煙草の吸い殻を捨てると、手を上げて、少しまえから葉巻売り場の脇に立っている男の注意を惹《ひ》いた。男はうなずくと、彼らのほうにやってきた。中背の中年、血色の悪い丸顔の男だった。体つきは引きしまっており、黒っぽい服をこざっぱりと着こなしていた。

「やあ、サム」と男は近づくと言った。

「やあ、ルーク」

ふたりは握手を交わし、ルークが言った。「なんていうか、マイルズのことは災難だったな」

「ああ、運がなかった」スペードは脇に坐っている若い男を頭を振って示して言った。「あんたのロビーをこんな安っぽいチンピラにうろつかせるのにはなんかわけでもあるのか？　道具で服がふくらんでるのが見え見えじゃないか」

「なんだって？」とたんにルークの顔が引きしまった。抜け目のない茶色の眼を若い男に向けて言った。「うちになんか用があるのか？」

若い男は立ち上がった。スペードも立ち上がった。若い男はふたりの男のネクタイを交互に見た。ルークのネクタイは黒だった。ふたりのまえだと、若い男はまるで小学校の生徒のように見えた。

ルークが言った。「なんにもないなら、出てってくれ。出たらもう二度と戻ってくるな」

「ふたりとも覚えてろよ」若い男はそんな捨て台詞を吐いて出ていった。

ふたりは男を見送った。スペードは帽子を脱いで額の汗をハンカチで拭った。

ホテルの警備係が尋ねた。「なんだったんだ?」

「知らないよ」とスペードは言った。「たまたま眼にとまっただけだ。それよりジョエル・カイロのことについて何か知らないか——六三五号室の」

「ああ、あいつか」と言ってホテルの警備係はにやりとした。

「ここには何日泊まってる?」

「四日だ。今日が五日目」

「どう思う?」

「別に、サム。やつに含むところはないよ。見た目以外には」

「ゆうべはここに戻ってきたかどうか、調べてくれないか?」

「わかった」そう言って、ホテルの警備係は立ち去った。スペードが長椅子に坐って待っているとまた戻ってきて言った。「帰ってないね。ここじゃ寝てない。なんなんだ?」

「なんでもない」

「隠すなよ。おれの口の堅いことは知ってるだろ? 何かよくないことが起きてるなら、知っておかなきゃならない。宿代を踏み倒されてからじゃ遅いからな」

「そういう話じゃない」とスペードは請け合った。「実のところ、おれは今カイロのために動いてるんだ。でも、あいつにどこか怪しいところがあったら、すぐ知らせるよ」
「そうしてくれ。あいつを見張っててやろうか？」
「ありがとう。やってもらって悪いことはないな。近頃は、雇ってくれたのがどんなやつかもわからないことがあるからな」

ジョエル・カイロが通りからロビーにはいってきたとき、エレヴェーターの上の時計の針は十一時二十一分を指していた。カイロは額に包帯を巻いていた。服は長時間着つづけられたせいで、よれていた。ぱりっとしたところがなくなっていた。着ている男の顔にも生気がなかった。瞼も口も垂れ下がっていた。

スペードはフロントデスクのまえで彼に会うと気さくに声をかけた。「おはよう」

カイロは疲れた体をしゃんとさせ、たるんだ顔を強ばらせた。「おはよう」と答えた声には元気のかけらもなかった。

間《ま》ができた。

スペードが言った。「話ができるところに移動しよう」

「私たちのプライヴェートな話し合いはさらに続けたくなるようなものではありませんでした。不躾なことを言うようで申しわけないけれど、今のが私の正直な気持ちです」

「ゆうべのことを言ってるのか？」とスペードは頭と手で苛立った仕種をして言った。「あれ以外おれに何ができた？　それはあんたもわかってるものと思ってたがな。あんたのほうから彼女と争うにしろ、彼女をあんたと争わせるにしろ、おれとしちゃ彼女につくしかないだろうが。ろくでもない鳥がどこにあるのかおれは知らず、あんたも知らず、彼女だけが知ってるんだから。おれが彼女と調子を合わせなくてどうやって鳥が見つけられる？」

カイロはもじもじして疑い深げに言った。「あなたはいつも――言わせてもらうと――流《りゅう》暢《ちょう》な言いわけを用意しておられる」

スペードは顔をしかめて言った。「おれにどうしてほしいんだ？　口ごもる練習でもしろってか？　よかろう、ここで話そう」そう言って、スペードはまた長椅子のところに戻った。そして、ふたりとも腰を落ち着けると尋ねた。「ダンディに本署まで連れていかれたのか？」

「はい」

「どれぐらい搾《しぼ》られた？」

「ついさっきまで。私の意志などおかまいなしに」カイロの声には苦痛と憤《ふん》怒《ぬ》が入り混じっていた。「このことはギリシャ総領事館と弁護士のところに持ち込むつもりです」

「やるといい。それでどうなるか確かめるといい。警察には何をしゃべらされた？」

カイロはとりすました満足げな笑みを浮かべた。「何も。あなたがあなたのアパートメントで彼らに聞かせた話から一インチもぶれませんでしたよ」そこで笑みが消えた。「もっとも、あなたがもうちょっとすじの通った話をしてくれていれば、とは思いましたが。あなたの話を何度も繰り返していると、つくづく自分が馬鹿に思えてきましたよ」

スペードは嘲るようににやりとして言った。「そうだろうな。だけど、馬鹿を演じてそれでよかったんだよ。何もしゃべらなかったことにまちがいはないな?」

「それは信じていただきたい、ミスター・スペード、ひとことも洩らしませんでした」

スペードはふたりのあいだの長椅子のレザーの座面を指で叩きながら言った。「ダンディからまた呼び出しがかかるかもしれないが、馬鹿を演じてりゃ大丈夫だ。話自体のばかばかしさは気にするな。まともな話をしてたら三人ともブタ箱に入れられてたんだから」そう言って、立ち上がった。「一晩じゅう警察に搾り上げられてたのなら、眠たいだろ? 今はゆっくり寝たいだろ? またあとで会おう」


スペードがオフィスの受付室にはいると、エフィ・ペリンが言っていた。「いいえ、まだです」彼女は顔を上げ、スペードに気づくと、声に出さず口の形だけで言った。「アイヴァ」スペードは首を振った。「はい、彼がこっちに来次第、お電話します」エフィは口に出してそう言い、受話器を置いた。「今朝はもうこれで三度目よ」そうスペードに言った。

スペードは苛立たしげなうなり声をあげた。

エフィはその茶色の眼でプライヴェート・オフィスを示した。「あなたのミス・オショーネシーが来てるわよ。九時ちょっとすぎからずっと待ってる」

スペードはそのことを予測していたかのようにうなずき、尋ねた。「ほかには?」

「ポルハウス部長刑事から電話があったけど、伝言はなかった」

「こっちからかけ直してくれ」

「電話はGからもあった」

スペードの眼が輝いた。「誰だって？」

「G。そうとしか言わなかった」その話題に関する個人的な関心は皆無と言わんばかりの彼女の口ぶりは見事なほどだった。「あなたはまだオフィスに来てないって言ったらこう言われた――〝彼がオフィスに現われたら、私から電話があったと伝えてほしい。伝言を受けて電話したのだけれど、また電話する〟って」

スペードの唇が好物を玩味《がんみ》するかのように動いた。「ありがとう、ダーリン」と彼は言った。「トム・ポルハウスが捕まるかどうか試してくれ」そう言って、プライヴェート・オフィスのドアを開け、中にはいると、ドアを引いて閉めた。

ブリジッド・オショーネシーは最初にオフィスに来たときと同じ服装だった。机の脇の椅子から立ち上がると、すばやく彼に近づいた。「誰かがわたしのアパートメントにやってきた」と彼女は説明した。「何もかも荒らされてた。徹底的に」

スペードはほどよく驚いた顔をした。「盗まれたものは？」

「ないと思う。まだわからないけど。それよりそんなところにいたくなかった。だから着替えたらできるだけ早くここに来たのよ。そうだわ、あなた、あの若い男に尾《つ》けられたのよ！」

スペードは首を振った。「いや、それはないよ、ダーリン」そう言って、ポケットから夕刊の早版を取り出して広げ、〝悲鳴に泥棒退散〟という見出しで、紙面の四分の一ほどを占めている記事を見せた。

サッター通りのアパートメントにひとりで住んでいる若い女性キャロリン・ビールは午前四時、寝室を何者かが動きまわっている音に気づいて眼を覚まし、叫び声をあげた。その声に何者かは逃げ去った。その日の午前、同じ建物に住むひとり住まいの女性ふたりも、何者かが室内に忍び込んだ形跡のあることに気づいた。三件とも盗まれたものはなかった模様。

「おれがあの若造を撒《ま》いてやった建物だ」とスペードは説明した。「この建物にはいって裏から出たのさ。狙われたのが三人ともひとり住まいの女なのはそのためだ。きみは偽名を使ってるはずだとあの若造は思って、玄関ホールの表示板でひとり住まいの女を探したんだろう」

「でも、わたしたちがわたしのアパートメントにいたときには、あの男はあなたのアパートメントを見張ってたんじゃないの?」と彼女は言い返した。

スペードは肩をすくめて言った。「おれたちを尾《つ》けまわしてるのがあの若造ひとりとはかぎらない。あるいは、きみはおれのところで一晩明かすんじゃないかと思って、サッター通りに向かったのかもしれない。可能性はいくらもある。ただおれはあいつに尾けられたまま〈コロネット〉に行ったりはしてない」

それでも彼女は満足しなかった。「でも、見つかってしまったのよ。見つけたのがあの男にしろほかの誰かにしろ」

「確かに」と彼は応じ、彼女の足元を見ながら眉をひそめた。「もしかしたら、カイロということもあるかもしれない。あの男はゆうべはホテルに泊まらなかった。ついさっきまで戻らなかった。本人が言うには一晩じゅう警察に尋問されてたということだが。どうかな」彼は振り向き、ドアを開けてエフィ・ペリンに尋ねた。「トムはまだ捕まらないか?」

「署にはいなかった。もう少ししたらまたかけてみるわ」

「頼む」スペードはドアを閉めてブリジッド・オショーネシーと向かい合った。

彼女は眼を曇らせて彼を見た。「今朝ジョーに会いにいったの?」

「ああ」

彼女はためらいがちに尋ねた。「どうして?」

「どうして?」彼は彼女に笑みを向けて見下ろした。「そりゃ、ダーリン、このわけのわからない事件の曖昧な部分についちゃ、常に眼を光らせて表か裏か見きわめる必要があるからさ」そう言って、彼は彼女の肩に腕をまわした。そして、机の回転椅子まで連れていくと、彼女の鼻の頭に軽くキスをして彼女を椅子に坐らせ、自分は彼女と向かい合い、机のへりに腰かけて言った。「いずれにしろ、きみの新しい住まいを探さないと。だろ?」

彼女は熱意を込めてうなずいた。「あそこに帰るつもりはないわ」

スペードは膝の脇の机の天板を軽く叩くと、考える顔つきになり、ややあって言った。「ちょっと待ってくれ」そう言ってプライヴェート・オフィスを出ると、ドアを閉めた。

エフィ・ペリンが電話に手を伸ばしながら言った。「もう一度かけてみるわ」

「あとでいい。きみの女の勘はまだ彼女のことをマドンナか何かだってきみに告げてるか?」

エフィはきっと彼を見上げて言った。「彼女がどんな厄介事に巻き込まれてるのか知らないけど、彼女にはなんの問題もないわ。わたしは今でもそう思ってる。そういうことを訊いたのなら答えておくけど」

「そういうことを訊いたんだ」と彼は言った。「そのきみの信念は彼女に手を貸せるほど強いものかな？」

「手を貸す？」

「彼女を二、三日泊めてやれるだろうか？」

「泊めるってわたしの家に？」

「そうだ。彼女が泊まっていたところが荒らされたんだ。彼女としちゃ、これで今週二度目だ。だから、しばらく彼女をひとりにしないほうがいい。きみが引き受けてくれたら大いに助かる」

エフィ・ペリンは身をまえに乗り出して真剣な顔で尋ねた。「彼女、そんな危険にさらされてるの、サム？」

「そう思う」

エフィは唇を爪で掻きながら言った。「ママが心配しちゃって病気になっちゃうかも。ママには最後の最後まで身を隠しておかなくちゃならない重要証人だとでも言うしかないわね」

「きみは天使だ」とスペードは言った。「今すぐ連れていってくれ。おれは彼女から鍵をもらってどんなものが要るにしろ彼女のアパートメントから取ってくる。いや、待てよ。きみたちは一緒に出るところを見られないほうがいいな。今すぐ家に帰ってくれ。タクシーで。でも、尾けられたりしないように。まあ、そんなことはないと思うけど、用心に越したことはない。

彼女のほうは少し経ったら別のタクシーできみの家に向かわせる、尾けられてないことを確かめて」

11　肥った男

ブリジッド・オショーネシーをエフィ・ペリンの家に送り出してスペードがオフィスに戻ると、電話が鳴っていた。彼はすぐに電話のところまで行った。

「もしもし……はい、こちらスペード……そう、伝言を聞いたんで電話を待ってたよ。ええ？……ミスター・ガットマン。ああ、もちろん！……そう、早いに越したことはないね。十二階のC……ああ。だったら十五分ほどで……わかった」

スペードは電話が置かれている机のへりに腰かけ、煙草を巻いた。その口は強ばりながらも満足げなVの字を描いていた。眼は煙草を巻く自分の手をじっと見ていた。少し吊り上がった下瞼の上で熾火《おきび》のように燃えていた。

ドアが開き、アイヴァ・アーチャーがはいってきた。

スペードは言った。「やあ、ハニー」愛想のいい明るい声だった。顔つきも一気に愛想よく明るくなっていた。

「ああ、サム、赦して、わたしを赦して！」と彼女は咽喉が詰まったような声で叫んだ。ドアからはいったところに佇み、手袋をした手で黒い縁取りのあるハンカチを握りしめ、赤く腫れぼったい眼で恐る恐る彼の顔色をうかがっていた。

スペードは机のへりから腰を上げることもなく言った。「赦すとも。大丈夫だ。気にするな」

「でも、サム」と彼女は情けない声をあげた。「あの刑事たちをあなたのところに遣《や》ったのはわたしなのよ。わたしは怒り狂って頭がおかしくなってた。嫉妬で。それで警察に電話して、あなたのところに行けば、マイルズの殺人事件について何かわかるはずよ、なんて言ってしまったの」

「なんでそんなことを思ったんだ？」

「ああ、思ってなんかいないわ！　ただ怒り狂ってたのよ、サム。あなたをただ傷つけたかったのよ」

「おかげでこっちはろくでもないことになっちまったが」そう言って、スペードは彼女に腕をまわして引き寄せた。「今はもうなんの問題もない。だけど、そういうイかれた考えはもう持たないでくれ」

「持たないわ」と彼女は約束した。「絶対。でも、あなたはゆうべわたしにやさしくなかった。あなたは冷たかった。よそよそしくてわたしを追い払いたがってた。こっちは気をつけるようにあなたに言おうと思って長いこと待っていたのに、なのにあなたは――」

「気をつけろ？　何を？」

「マイルズのお兄さん。フィルのことよ。彼、知っちゃったのよ――あなたがわたしを愛してるってことを。マイルズは彼に言ってたみたい、わたしが離婚したがってるって。もちろんマイルズはそのわけまでは知らなかった。でも、フィルは思ったのよ。わたしたちが――あなたがマイルズを殺したって。マイルズは絶対離婚しないから。それだとわたしたちは結婚できない。それでフィルは昨日警察に行ってわたしたちのことを話したのよ」

「そりゃまた親切なこった」とスペードは軽く言った。「それできみは気をつけるようおれに警告しにきてくれたわけだ。ところが、おれがほかのことで忙しくしてたんで、頭にきて、罰《ばち》あたりのフィル・アーチャーの大馬鹿野郎に手を貸して、騒ぎを大きくしたってことか」

「ほんとうにごめんなさい」また泣き声になっていた。「あなたが赦してくれないのはわかってる。でも、それでも――ごめんなさい、ほんとうに悪かったと思ってる、ほんとうに、ほんとうに」

「ああ、そう思ってくれ。きみのためにもおれのためにも。そういうことなら、フィルが警察に話したあと、ダンディはきみに会いにきたか？　ダンディでなくてもほかの刑事が」

「いいえ」彼女は警戒した顔になり、眼を見開き、口も開いた。

「だったらこのあと来るだろう」と彼は言った。「きみがここに来たことは警察には知られないほうがいい。警察に電話したとき、きみは名乗ったのか？」

「とんでもない！　今すぐあなたのアパートメントに行けば、殺人事件に関して何かわかるかもしれないって言っただけですぐ電話を切ったわ」

「どこから電話した？」

「あなたのアパートメントから少し行ったところにあるドラッグストア。ああ、サム、ダーリン、わたし——」

スペードは彼女の肩を軽く叩き、むしろ陽気な声で言った。「まあ、大した隠れ蓑《みの》にはなっていないが、かまわない。もうすんだことだ。今すぐ家に帰って、警察に訊かれたらなんと答えるか、よく考えておくことだ。聴取に来るのはまちがいない。何を訊かれても〝ノー〟と答えるのが一番だろう」そこで彼はどこか遠くを眺める眼をして眉をひそめた。「いや、それよりさきにシド・ワイズに会っておくか」彼は彼女から腕を放し、ポケットから名刺を取り出し、その裏に三行走り書きをして彼女に渡した。「シドにはなんでも話せ」彼はまた眉をひそめた。「たいていのことは。マイルズが撃たれた夜はどこにいた?」

「家よ」と彼女はためらうことなく言った。

彼は彼女に笑みを向けて首を振った。

「ほんとうよ」と彼女は言い張った。

「ほんとうじゃない」と彼は言った。「だけど、それがほんとうと言うなら、おれはそれでもかまわない。とにかくシドに会うんだ。通りの次の角のピンクがかった色の建物だ。部屋は八二七号室」

彼女はそのブルーの眼で彼の黄味を帯びた灰色の眼をまっすぐに見て、おもむろに尋ねた。「わたしは家にいなかったなんてどうして思うの?」

「思うんじゃない。知ってるのさ」

「いたわよ。わたしは家にいた」彼女の唇がねじれ、眼には暗い怒りが宿った。「エフィ・ペリンがあなたに告げ口したのね」と彼女はいきり立って言った。「あの子がわたしの服をじろじろ見たり、わたしのことをこそこそ嗅ぎまわったりするのは、何度も見てるの。あの子がわたしを嫌ってるのはあなただって知ってるでしょ、サム？　どうしてそんな女の言うことを信じるの？　わたしを困らせることならあの女はなんだってしかねない。それぐらいあなただってわかってるのに」

「まったく、きみはどこまで女なんだ」とスペードはむしろおだやかな声音で言うと、腕時計を見た。「もう行ってくれ、ダーリン。こっちはもう約束に遅れてる。きみの好きにすればいいが、おれがきみならシドには真実を話すか何も話さないかのどっちかだ。いいかい、話したくないことは話さなくていい。だけど、つくり話で穴埋めするようなことだけはやめてくれ」

「わたしはあなたに嘘なんかついてないわ」と彼女は抗議した。

「ああ、そうだろうとも」そう言って、スペードは立ち上がった。

アイヴァは爪先立ちになると、自分の顔をスペードの顔に近づけ、囁き声で言った。「わたしのこと、信じてないのね？」

「ああ、信じてない」

「赦してもくれないのね？――わたしのしたことを」

「いや、赦すとも」彼は身を屈《かが》め、彼女の口にキスをした。「それはまったく問題ないよ。さあ、急いで行ってくれ」

彼女は両腕を彼にまわした。「ミスター・ワイズに会いに行くのに一緒についてきてくれない？」

「それはできない。行ったら邪魔になるだけだ」彼は彼女の腕を軽く叩いて、腕を解かせ、手袋と袖のあいだの手首にキスをした。そして、彼女の両肩に両手を置いてドアのほうに向かせ、軽く背中を押した。「さあ、急いで」


〈アレグザンドリア・ホテル〉のスイート一二一Ｃ号室のマホガニーのドアを開けたのは、スペードが〈ホテル・ベルヴェデール〉のロビーで話しかけたあの若い男だった。「やあ」とスペードは愛想よく声をかけた。若い男は何も言わなかった。ただ、ドアを開けたまま支え、脇に寄っただけだった。

スペードは中にはいった。肥った男が出迎えた。

肉がどこもたるんだ男だった。ピンクの頬も唇も顎も首も球根のようにふくらんで、巨大で柔らかな卵が胴体全体を占めているような体形だった。そこから円錐形の手足がぶら下がっている。スペードを迎えに出てくると、一歩ごとにふくらんだ部分が盛り上がっては揺れ、垂れ下がった。ストローから吹き出され、その先端にぶら下がったシャボン玉のように。よく光る黒い眼をしていたが、眼のまわりも球根のようにふくらんでいるので小さく見えた。黒い巻き毛が頭を薄く覆っていた。黒のモーニングコート、黒のヴェスト、ピンクがかった真珠のピンを刺した黒のサテンのネクタイ、ウーステッドの縞柄のズボン、エナメル革の靴といういでたちだった。

熱意を込め、咽喉にかかる満足げな声で彼は言った。「ああ、ミスター・スペード」そう言って、ピンクの星形のような手を差し出した。

スペードはその手を取ると微笑んで言った。「よろしく、ミスター・ガットマン」

肥った男はスペードの手を握ったまま脇を向き、もう一方の手をスペードの肘に添えると、緑の絨毯の上を緑のフラシ天の椅子のところまで連れていった。椅子のそばにはテーブルがあり、トレーの上にソーダ・サイフォンと数個のグラスとウィスキーの〈ジョニーウォーカー〉が置かれていた。そのほかには〈コロナ・デル・リッツ〉の葉巻箱、新聞が二紙、それに装飾のない黄色い滑石《かっせき》の小箱。

スペードは緑の椅子に坐った。肥った男はふたつのグラスにウィスキーとソーダを注ぎはじめた。若い男はどこかに姿を消していた。部屋の三面の壁にひとつずつあるドアはどれも閉まっていた。壁の最後の一面はスペードの背後で、そこに窓がふたつあり、ギアリー通りが見下ろせた。

「まずは上々のすべり出しですな」と肥った男はスペードに勧めるグラスを手に持って振り返りながら、猫が咽喉を鳴らすような満足げな声で言った。「というのも、私は飲む酒の量に注文をつける男を信用してませんでね。飲みすぎないよう気をつけねばならんというのは、取りも直さず、飲みすぎると信用できない男ということですからな」

スペードはグラスを受け取りながら笑みを浮かべ、軽く会釈した。

肥った男は窓から射す明かりにグラスをかざし、グラスの中で立ち昇る泡を見て満足げにうなずいた。「では、ミスター・スペード、腹を割った話と明確な相互理解のために乾杯」

ふたりは飲み、グラスをおろした。

肥った男は抜け目のない眼でスペードを観察しながら尋ねた。「あなたは無口なほうですか？」

スペードは首を振った。「いや、おしゃべりは嫌いじゃない」

「けっこう、けっこう！」と肥った男は大きな声をあげた。「私は無口な男も信用しないことにしてるんです。そういう男にかぎって、不都合なときに不都合なことを口走ってしまう。なんであれ、話すというのは、普段からやり慣れていないとうまくできないものです」そう言ってグラス越しに笑ってみせた。「私たちはうまくやれそうだ。ええ、まちがいなく」彼はグラスをテーブルの上に置くと、〈コロナ・デル・リッツ〉の箱を取り上げ、スペードのまえに差し出した。「どうぞ」

スペードは一本取って端を切り、火をつけた。その間に肥った男は同じ緑のフラシ天の椅子を引っぱってきて、スペードの向かい側の手頃な位置に置き、さらにスタンド式の灰皿をふたりのあいだに――ふたりとも手の届く位置に――置いた。そして、テーブルから自分のグラスを取り上げ、さらに葉巻箱から葉巻を一本取り、自分の椅子に身を沈めた。体のあちこちの球根が弾むのをやめ、それぞれもとのたるんだ位置に落ち着いた。心地よげな吐息をついて彼は言った。「では、ミスター・スペード、よければ始めましょうか？　率直に言って、私は話し好きな人と話をするのが好きでしてね」

「すばらしい。それじゃ黒い鳥の話をするというのは?」

肥った男は笑った。笑い声に合わせてあちこちの球根が上下に揺れた。「そうしましょうか?」と肥った男は訊き直したあと自分で答えた。「そうしましょう」いかにも嬉しそうに顔を輝かせていた。「あなたのような人を待っていました。あなたとならうまくやれる。よけいな探り合いなどなしに〝それじゃ黒い鳥の話をするというのは?〟とはね。しましょう、しましょう。気に入りました、ミスター・スペード。取引きは私もこういうやり方が好きです。何はともあれ、黒い鳥の話をしましょう。ただ、そのまえにひとつ私の質問に答えてください、ミスター・スペード。お願いします。もしかしたら必要のない質問かもしれないが。それでも最初からお互いをよく知るための質問です。あなたはミス・オショーネシーの代理としてここに見えたのですか?」

スペードは肥った男の頭の上のほうに斜めに長い煙を吐いた。そして考える顔つきで、灰になった葉巻の先端を見つめ、慎重に答えた。「その質問にはイエスともノーとも答えられる。どっちを答えたとしても正確な答にはなっていないが」彼は肥った男を見上げ、ひそめていた眉を解いた。「なりゆき次第ということになるかな」

「なりゆき、と言いますと——?」

スペードは首を振って続けた。「それが今からわかってたら、イエスかノーか今でも答えられる」

肥った男はグラスから口いっぱいにウィスキーを含み、飲み込み、自分のほうから示唆《しさ》した。

「もしかしたらそれはカイロ次第ということですかな？」

スペードはすぐに「もしかしたら」と答えはしたが、形ばかりの返答だった。そのあとはただ酒を飲んだ。

肥った男は自分の腹に邪魔されるまでまえかがみになると、おもねるような笑みを浮かべ、やはりおもねるような声を咽喉に響かせて言った。「それはつまり、あなたはどちらかの代理ということでしょうか？」

「そう思ってくれてかまわない」

「どっちにしろ、そのどちらかということですね？」

「そうは言ってない」

肥った男の眼が光った。声が咽喉に引っかかってかすれた。「ほかにも誰かいるんですか？」

スペードは葉巻で自分の胸を指して言った。「あといるのはおれだよ」

肥った男は椅子の背にもたれた。たるんだ肉がぶよぶよと動いた。満足げな吐息を長々とつき、これまた満足げに咽喉を鳴らして言った。「すばらしい。自分は自分の利益を考えていると率直に言える男が私は好きです。だってわれわれ誰もがそうなのですから。自分はちがうなどと言う輩《やから》を私は信用しません。自分はちがうと言い、さらにそれが事実であるやつなんぞ、私はもっと信用しません。なぜと言って、そいつは馬鹿だからです。それも自然の法則に反する馬鹿だからです」

スペードは煙を吐いた。顔を見るかぎり、とりあえず礼儀正しく肥った男の話を聞いていた。彼は言った。「まあね。それよりそろそろ黒い鳥の話をしようじゃないか」

肥った男は寛大な笑みを浮かべた。「そうしましょう」そう言って、眼を細めた。眼のまわりのふくらみが眼を覆い、黒いきらめきだけがふくらみの隙間にのぞいた。「ミスター・スペード、あの黒い鳥は金銭的にどれくらいの値打ちのあるものなのか、見当がつきますか？」

「いや」

肥った男はまたまえに身を乗り出すと、ふくらみすぎたピンク色の手をスペードの椅子の肘掛けに置いて言った。「そう、ミスター・スペード、もし私がその値の――そう、半分の額を言っても、きっとあなたは私を嘘つき呼ばわりするでしょう！」

スペードはにやりとして言った。「しないよ。たとえそう思っても。それでも、差し支《つか》えのないところで教えてくれないか？　それがいったいなんなのか？　教えてくれれば、どれほどの儲け話なのか見当をつけるよ」

肥った男は笑った。「ミスター・スペード、それはあなたにもできません。この手のことにあまた経験がなければとても手に負えませんよ。それに」――そこで芝居がかった間《ま》を取った――「そもそもこの手のことにはほかに比較できるものがないのです」そう言って、肥った男がまた笑うと、球根のような肉の塊がてんでにぶつかり合った。そこで肥った男はいきなり笑うのをやめた。笑いの名残《なごり》としてぶ厚い唇が半開きのままにされた。近視を思わせる眼つきで肥った男はスペードをじっと見つめた。そして尋ねた。「あなたはそれがなんなのかもご存知ないのですか?」肥った男としても意外だったのだろう、それまでの咽喉に響く声ではなくなっていた。

スペードは葉巻で無造作な身振りを交えてむしろ陽気に言った。「いやいや、それがどんな恰好をしたものかぐらい知ってるよ。あんたらが命を賭けたくなるほどの値打ちがあるってこともね。ただ、それがなんなのかは知らない」

「彼女はあなたに話さなかったのですね?」

「ミス・オショーネシーのことか?」

「ええ、可愛いあのご婦人のことです、ミスター・スペード」

「ああ、話してくれてない」

何かを待ち伏せるかのように肥った男の黒い眼がぶ厚い肉の奥で光った。「彼女は知ってるのに」と曖昧に言って続けた。「カイロからも聞いてないんですか?」

「あいつは慎重な男だよ。喜んで買うと言っておきながら、おれの知らないことは何ひとつ教えようとしない」

肥った男は舌で唇を湿らせて尋ねた。「あの男はいくらで買うと言ったんです?」

「一万ドルだ」

肥った男はいかにも馬鹿にしたように笑った。「一万とは。確かめますが、それもドルなんですね? ポンドではなくて。それがギリシャ人というものです。ふん。で、あなたはなんと言われたんです?」

「もしおれから直接手渡すようなことになったら、一万請求するよと言っといた」

「ああ、〝もし〟ですか！　なんとも巧《うま》い言い方だ」たるんだ肉のせいで線のぼやけた皺が肥った男の額に刻まれた。「ふたりとも知っていそうなものなのに」半分しか声になっていないような、ぼそぼそとした言い方だった。「そうじゃありませんか？　いや、ミスター・スペード、果たして彼らは鳥がどんなものなのか知ってるんでしょうか？　あなたはどんな印象を持たれましたか？」

「そこのところは役に立てないね」とスペードは正直に言った。「判断できる手がかりが少なすぎる。カイロは知ってるとも言わなければ、知らないとも言わなかった。彼女は知らないと言った。だけど、おれの見るところ、彼女は嘘をついてる」

「あなたのそのお考えは大いに理解できます」と肥った男は言った。が、そのことばにはあからさまなほどに心がこもっていなかった。頭を掻いてむずかしい顔をすると、彼は生々しい赤いすじだらけになるほど額に皺を寄せた。彼の体のサイズと椅子のサイズが許すかぎり、椅子の上で体をもぞもぞさせた。眼を閉じ、ややあってその眼をいきなり大きく見開くと、スペードに言った。「もしかしたら、ふたりとも知らないのかもしれない」球根のようなピンクの顔からゆっくりと憂いが去って、そのあと一気にひとり悦に入った顔つきになった。「もし知らないのだとすれば」と彼は言い、同じことばを声を大きくして繰り返した。「もし知らないのだとすれば、知っているのはこのすばらしい世界で私ひとりということになる！」

スペードは口角を引き、強ばった笑みを浮かべて言った。「おれも来るべき場所に来られてよかったよ」

肥った男も笑みを浮かべた。が、彼の笑みはどこかしら曖昧だった。今も笑ってはいるものの、悦に入ったところはなくなっていた。今や彼の顔は眼に警戒の色を浮かべて微笑む仮面と化していた。そんな仮面が彼の思惑とスペードとのあいだに掲げられた。肥った男はスペードの眼を避け、自分の肘のあたりに置かれたグラスを見た。そこでその顔がいきなりぱっと明るくなった。「これはこれは」と彼は言った。「あなたのグラスはもう空になってますね」そう言って、立ち上がると、テーブルのところまで行き、ソーダとウィスキーで飲みものをふたり分つくった。グラスがぶつかり合う音がした。

肥った男は改めて注いだグラスをスペードに差し出し、「ミスター・スペード、この薬は決して毒にはなりません」と言って、おどけて大仰に一礼した。スペードは椅子の上でじっと動かなかった。が、そこで立ち上がると、肥った男のまえに立ち、厳しい眼をきらめかせて男を見下ろした。そして、グラスを掲げ、慎重に、同時に挑むように言った。「腹を割った話と明確な相互理解のために乾杯」

肥った男はさも可笑《おか》しそうにくすくすと笑い、ふたりはグラスを傾けた。肥った男はまた坐ると、腹の上でグラスを両手で持ち、スペードに微笑みかけて言った。「ミスター・スペード、なんとも驚くべき話なのですが、正確なところ、あの鳥がなんなのか、あのふたりが知らないというのはどうやら確かなようです。さらに、あの鳥のことを知っているのは、すばらしくも広大なるこの世界で、あなたの忠実なる僕《しもべ》キャスパー・ガットマンただひとりだということも」

「すばらしい」そう言うと、スペードは片手でグラスを持ち、もう一方の手をポケットに突っ込み、両足を広げて立ったままそう言った。「それがなんなのかあんたがおれに話してくれたら、知ってるのはあんたとおれのふたりになる。なんとすばらしいじゃないか」

「数学的にはおっしゃるとおりです」――肥った男の眼が光った――「しかし」――笑みが広がった――「あなたにお話ししていいものかどうか、なんとも言いかねます」

「馬鹿なことは言わないでくれ」とスペードは努めておだやかに言った。「あんたはそれがなんなのか知っていて、おれはそれがどこにあるのか知っている。だからおれたちは今ここにいるんじゃないのか?」

「ということでしたら、ミスター・スペード、どこにあるのです?」

スペードはその質問を無視した。

肥った男は唇を引き結び、眉を吊り上げ、頭を左に少し傾げておだやかな口調で言った。「私は自分の知っていることをあなたに話さねばならず、あなたのほうは自分の知っていることを話そうとしない。これは公平とは言えません。駄目です。そんな取引きはできません」

スペードの顔が厳しく青白くなった。怒りを込めた低い声で彼は言った。「考え直すことだ。それも今すぐ。おまえのあのひよっこにこのまえおれは言ってやった、おれに話を通さないかぎり、この件は片がつかないってな。今はおまえに言ってやる。今日おれに話すか、お払い箱になるか。なんでおれに時間の無駄をさせる? チンケなおまえもチンケなおまえの秘密もくそ食らえだ！　まったく！　あのふたりが命ほどにも大事にしまい込んでるものとはなんなのか、おまえがどれほど詳しく知っていようといまいと、それでおれはどんな得をする？　こっちはおまえなんぞいなくてもかまわないんだよ。このクソ野郎！　おれに関わったりしなきゃ、おれなしでおまえもうまくやれたかもしれない。だけど、今はもう無理だ。ここサンフランシスコじゃな。おれと手を組むか、出ていくか。今日じゅうに決めろ」

スペードはテーブルのほうを向くと、怒りに任せ、乱暴にグラスを投げつけた。グラスは木のテーブルの天板にぶつかって割れた。グラスの中身とガラス片がテーブルと床に飛び散った。それには見向きもせず、スペードはまた肥った男のほうに向き直った。

肥った男もスペード同様、グラスの運命にはいかなる関心も向けていなかった。口をすぼめ、眉を吊り上げ、首を少し左に傾げて、スペードの長広舌をじっと聞いていた。その姿勢を今も崩していなかった。

怒りの鉾《ほこ》を収めることなく、スペードは続けた。「あともうひとつ。いい加減あの――」

スペードの左側のドアが開いた。スペードを部屋に入れた若い男がはいってきた。ドアを閉めると、ドアのまえに立ち、両手を脇腹にあて、眼を大きく見開いてスペードを見た。瞳孔も大きく開いていた。その視線はスペードの肩から膝まで降りて、スペードの茶色の上着の胸ポケットから栗色の縁取りがのぞいているハンカチに落ち着いた。

「あともうひとつ」とスペードは若い男を睨みつけて繰り返した。「結論を出すまであのひよっこをおれに近づけるな。さもないとあいつを殺すぜ。どうにも虫が好かないんだよ。見てるだけで苛々する。チャンスも何も与えない。すぐ殺すからな」

若い男は唇をひくつかせて陰のある笑みを浮かべた。が、眼は上げなかった。ことばも発しなかった。

肥った男が辛抱強く言った。「ミスター・スペード、あなたはなんとも激しい気性の持ち主だ」

「気性だと？」とスペードは訊き返し、狂ったような大声で笑うと、自分の帽子を置いた椅子のところまで歩き、帽子を取り上げてかぶった。そして、長い腕を伸ばし、太い人差し指で肥った男の腹を指した。怒りにまみれた彼の声が部屋を満たした。「よく考えることだ。必死になって。五時半まで待ってやる。おれと組むか、この街から永遠に出ていくか」そう言って、腕をおろし、おだやかな表情を続けている肥った男に向けて顔をしかめてみせた。次に若い男に向かってもしかめてみせた。そのあとはいってきたのと同じドアに向かった。ドアを開けると、振り返り、耳ざわりな声で言った。「五時半だ——それで幕だ」

ずっとスペードの胸のあたりを見ていた若い男が、〈ホテル・ベルヴェデール〉のロビーで二度口にしたことばをこのときも吐いた。大きな声ではなかったが、辛辣《しんらつ》さは変わらなかった。

スペードは部屋を出ると、乱暴にドアを叩きつけて閉めた。

12　メリー・ゴーラウンド

スペードは肥った男の部屋のある階からエレヴェーターで降りた。普通は色が薄く湿り気のある唇が今は乾き、ざらついていた。顔の汗を拭くのにハンカチを取り出し、手が震えているのに気づいた。その手を見て、彼はにやりとして「ふうっ！」と声に出して息を吐いた。その声が大きく、エレヴェーター・ボーイが振り向き、訊いてきた。「お客さま？」

スペードはギアリー通りを〈パレス・ホテル〉まで歩くと、そこで昼食をとった。テーブルについたときには顔の青白さも唇の乾きも手の震えも消えていた。旺盛な食欲を急ぐことなく満たした。昼食を終えると、シド・ワイズのオフィスに向かった。

オフィスにはいると、ワイズは窓を見つめて爪を噛んでいた。スペードに気づくと、口から手を離し、椅子を回転させ、スペードと向かい合って言った。「やあ。椅子を持ってきてくれ」

スペードは椅子を書類が山積みされた大きな机の脇まで持っていき、坐って尋ねた。「ミセス・アーチャーはもう来たか？」

「ああ」ワイズの眼がかすかに光った。「あのご婦人と結婚するのか、サミー？」

スペードは苛立たしげに鼻から息をついてうなった。「まったく。よりにもよってそんな話から始められちまうとはな！」

弁護士は疲れた短い笑みを口の両端に浮かべて言った。「結婚する気があんたにないとなると、ちと面倒なことになるかもな」

スペードは巻いていた煙草から顔を起こすと、むっつりと言った。「それはあんたがだろ？　あんたはこういうことのためにいるんじゃないのかい？　彼女はなんて言ってた？」

「あんたのことをか？」

「おれが知っておかなきゃならないことならなんでも言ってくれ」

ワイズは髪を指で梳いた。ふけが肩に落ちた。「彼女はマイルズと離婚しなきゃならなかったと言ってた。あんたと結婚――」

「その話はもう知ってる」とスペードはワイズのことばをさえぎって言った。「そこは飛ばしてくれていい。おれの知らないことを教えてくれ」

「おれになんでわかる？　彼女がどれほどあんたを――」

「よけいな話はいいから、シド」スペードはライターの火を煙草に近づけた。「彼女はおれに何を隠したがってた？」

ワイズは咎めるような眼でスペードを見て言った。「なあ、サミー、そういうことは弁護士として――」

スペードは天井を見上げて神に話しかけた。「ああ、神さま、この男はおれからさんざん搾り取って金持ちになった弁護士です。なのにおれはこの男から話を聞くにはひざまずいて懇願しなければならないのです！」彼はワイズに眼を戻した。「いったいなんのために彼女をここに寄こしたと思ってる？」

ワイズは渋面をつくって言った。「あんたのような依頼人があとひとりでも増えたら、おれは精神科病院か――サンクウェンティン刑務所行きだよ」

「あんたの依頼人の大半と一緒になるだけだ。亭主が殺された夜、彼女はどこにいたかあんたに話したか？」

「ああ」

「どこにいた？」

「亭主を尾《つ》けてた」

スペードは椅子の上で背すじを伸ばして眼をぱちくりさせた。そのあといかにも信じられないといった口ぶりで大きな声をあげた。「まったく女というのは！」そう言って笑いだし、気持ちが落ち着くと言った。「で、彼女は何を見た？」

ワイズは首を振って言った。「大したことは何も。マイルズは夕食をとりに家に帰ってくると、こんなことを言って女房をからかった。これから〈セント・マーク・ホテル〉で、女とデートするんで、その現場を押さえれば、おまえが望んでる離婚の立派な理由ができると。最初、彼女は亭主がただ彼女を苛立たせようとしてるだけだと思った。あんたと彼女のことは彼も――」

「あの夫婦の歴史の話は要らないよ」とスペードは言った。「飛ばしてくれ。彼女がしゃべったことだけ話してくれ」

「話すよ。そうせっつくな。亭主が家を出たあと、彼女は思いはじめた、ひょっとして亭主はほんとに女とデートしに出ていったんじゃないかって。マイルズのことは知ってるだろ？　だからそれがほんとであっても――」

「マイルズの人となりについても飛ばしてくれ」

「なあ、ほんとはあんたにひとことも話しちゃいけないんだがな、サミー」と弁護士は文句を言った。「いずれにしろ、彼女は貸しガレージに停めてある自分たちの車を出すと、〈セント・マーク・ホテル〉まで行って、通りをはさんでホテルの向かい側に停めた。すると、亭主が出てきた。亭主は男と若い女のあとを尾けていた――その若い女はゆうべあんたと一緒にいるところを見たのとおんなじ女だと彼女は言ってる――そのふたりが出てきたあと、亭主も出てきた。で、彼女にも亭主が仕事中なのがわかった。やっぱり自分がかつがれてたことも。そのときの彼女の口ぶりからすると、それがわかってがっかりもしたし、腹も立ったんじゃないかな――少なくとも、その話をしたときの口ぶりからするとそうだった。そのあとは亭主がそのカップルを尾けてるのがはっきりとわかるまでつき合ってから、あんたのアパートメントに向かった。だけど、あんたはいなかった」

「それは何時頃のことだ？」とスペードは尋ねた。

「彼女があんたのところに行った時間か？　九時半から十時のあいだだ。最初は」

「最初は？」

「そう、あんたがいなかったんで三十分ほどあたりを走ってまた戻ったそうだ。だから、それは、まあ、十時半頃になるかな。あんたはそのときもいなかった。で、彼女はダウンタウンに行って零時すぎまで時間つぶしに映画を見たそうだ。いくらなんでもそこまで待てばあんたに会えると思ったらしい」

スペードは眉をひそめて言った。「十時半に映画に行った？」

「彼女はそう言ってる――パウエル通りにあって、午前一時までやってる小屋だそうだ。家には帰りたくなかった、というのが本人の弁。なんでもマイルズが帰宅するときには家にいたくないんだそうだ。帰ってくると、いつも機嫌が悪いんで。それが深夜ともなるとなおさら。で、閉まるまで映画館にいたそうだ」そこでワイズのことばが遅くなり、眼に嘲るような光が宿った。「そのときにはもうあんたのところに戻るつもりはなくなったそうだ。そんな遅い時間にやってこられてもあんたが喜ぶかどうかわからなかったからだと本人は言ってる。それで何かを食べに〈テイトの店〉――エリス通りにある店だ――に行って、そのあとはまっすぐ家に帰ったそうだ。ひとりで」ワイズはそこで椅子の背にもたれると、スペードがしゃべるのを待った。

スペードの顔に表情はなかった。彼は言った。「あんたは彼女のことばを信じたのか？」

「あんたは？」とワイズは訊き返した。

「どうしておれにわかる？　もしかしたら、あんたと彼女で示し合わせたのかもしれない。おれに向けてはこういう話にしておこうってな。あんたらがそんな取り決めをしてたら、それがどうしておれにわかる？」

ワイズは笑みを浮かべた。「ああ、知りもしないやつのために何枚も小切手を切るやつはいないよ。そんなことはあんたもしない、だろサミー？」

「ああ、籠いっぱい切ったりはしない。で、どうなった？　マイルズは家にいなかった。その頃にはもう二時にはなってただろう——まちがいない——その頃にはすでに死んでいた」

「マイルズは家にいなかった」とワイズは続けた。「それで彼女はまた頭にきたみたいだ。自分よりさきに亭主が帰っていなきゃ、あとから帰ってわざと亭主を苛立たせるような真似はできない。で、貸しガレージからまた車を出して、あんたのところに戻ったそうだ」

「そのときもおれはいなかった。おれはマイルズの死体を見下ろしていた。まったく。メリー・ゴーラウンドに乗ってぐるぐるまわってるみたいだな。すばらしい。それで？」

「また家に帰った。亭主は相変わらずいなかった。でもって、服を脱いだりしてると、あんたのところからメッセンジャーが亭主の死を知らせにやってきた」

スペードはきわめて慎重にもう一本煙草を巻いて火をつけるまで、ひとことも発しなかった。そのあと言った。「悪くない話だ。すでにわかっている事実とも一致してるし。だいたいのところ通用する話だよ」

ワイズはまた指で髪を梳いた。また肩にふけが落ちた。興味深そうにスペードの顔をとくと見ながら言った。「だけど、あんたは信じない？」

スペードは唇から煙草を離して言った。「信じるも信じないもないよ、シド。おれは何も知らないんだから」

ひねくれた笑みが弁護士の口元に浮かんだ。彼は疲れたように肩をすくめて言った。「ああ、わかったよ――そう、おれはあんたを裏切ってばかりいるのさ。もっと正直な弁護士を探したらどうだ？――もっと信用できるやつを」

「そんなやつはいやしない。いたとしてもとっくに死んでるよ」そう言って、スペードは立ち上がり、ワイズに向かってにやりとした。「あれ、傷つけちまったかな？　おれには覚えとかなきゃならないことがあんまりないからな。これだけはちゃんと覚えておくよ。あんたにはきちんと礼儀正しく接しなきゃいかんって。でも、おれが何をしたって言うんだ？　ここにはいってくるときに片膝をついてお辞儀をするのを忘れたのか？」

ワイズは弱々しい笑みを浮かべて言った。「サミー、あんたはほんとに食えない男だよ」


スペードがオフィスに戻ると、エフィ・ペリンは受付室の真ん中に立っていた。「何があったの？」と彼女は茶色の眼をスペードに向けて心配そうに尋ねた。

スペードは顔を強ばらせて訊き返した。「何が、どこで？」

「どうして彼女は来なかったの？」

スペードは大股で二歩歩き、エフィ・ペリンの両肩をつかんだ。「きみのところに行かなかった？」ほとんど怒鳴るような口調で確かめた。

彼女は激しく首を左右に振った。「ずっとずっと待ってたのにあの人は来なかった。電話じゃあなたは捕まらないし。だからここに来てみたのよ」

スペードは彼女の肩から離した手を下にやって、ポケットに突っ込むと、苛立ちを声にして言った。「ここでもぐるぐるまわるメリー・ゴーラウンドとはな」そう言って、プライヴェート・オフィスにはいった。が、すぐに出てきてエフィに言った。「きみのお母さんに電話してくれ。彼女はまだ来てないかどうか訊いてみてくれ」

エフィが電話をかけているあいだ、スペードはオフィスの中を行ったり来たりした。電話を終えると、エフィは言った。「来てないみたい。あなた、タクシーに彼女を乗せたのよね?」

スペードはうなった。どうやら〝イエス〟という返事のつもりのようだった。

「彼女に危険が迫ってたなんていうことは――誰かが彼女のあとを尾《つ》けたのよ!」

スペードは歩くのをやめると、両手を腰にあて、若いエフィを睨み、野卑な大声をあげた。

「誰も尾けちゃいないよ。きみはおれのことを役立たずのクソ小学生とでも思ってるのか? 彼女をタクシーに乗せるまえに安全は確かめた。念には念を入れて、十ブロックほど一緒にタクシーに乗ったほどだ。タクシーを降りたあとも、さらに十ブロックばかりきっちり彼女のタクシーを見送った」

「でも――それでも――」

「――彼女はきみの家に行かなかった。もう聞いたよ。きみのことばを疑うつもりはないよ。そこまで教えられてるのに、おれは彼女がきみの家に行ったと思ってる。そんなことをきみは思ってるのか?」

エフィ・ペリンは馬鹿にしたように鼻を鳴らして言った。「あなたってほんとに役立たずのクソ小学生みたいな真似しかできないのね」

スペードは苛立たしげに咽喉を鳴らし、外に出るドアに向かいながら言った。「おれが帰ってくるか、おれから連絡があるかするまでここにいてくれ。今度の件に何か役立つことをしようぜ、おれもきみも」

そう言ってオフィスを出ると、エレヴェーターまで半分ほど歩いたところで踵《きびす》を返した。そして、オフィスの外のドアを開けた。エフィ・ペリンは机についていた。彼は言った。「おれがあんなしゃべり方をしてるときはあんまり気にしないでくれな」

「わたしがあなたのことを少しでも気にしてるなんて思ってるなら、あなたは頭がどうかしてるのよ」と彼女は言った。「でも」——彼女は腕を胸のまえで交差させ、両手で両肩を抱いた——「あんなに傷つけられちゃ、それが痣になってしばらくはイヴニングドレスが着られなくなる。わかった？　この大男の野蛮人」

彼は卑屈にも見える苦笑を浮かべて言った。「おれが悪かったよ、ダーリン」そう言って、大仰に一礼してまた出ていった。


スペードが向かったタクシー乗り場にはイエローキャブが二台停まっていた。ふたりの運転手が車を降りて立ち話をしていた。スペードは尋ねた。「午《ひる》にここにいたブロンドで赤ら顔の運転手は今どこにいる？」

「仕事中だよ」と運転手のひとりが答えた。

「ここに戻ってくるかな？」

「と思うよ」

もうひとりの運転手が東に頭を振って言った。「もう帰ってきた」

スペードは角まで歩き、歩道のへりに立った。ブロンドで赤ら顔の運転手がタクシーを停め、降りてくると、運転手のところまで行って話しかけた。「今日の午頃《ひる》、女性と一緒にあんたの車に乗った者だけれど、ストックトン通りからサクラメント通りに曲がって、ジョーンズ通りとの角でおれだけ降りた」

「ああ」と赤ら顔の男は言った。「覚えてるよ」

「あんたには九番街のある番地のところまで女性を送ってくれって言ったと思うが、あんたはそこまで彼女を送らなかった。どこへ行ったんだ？」

運転手は汚れた片手で頬をこすり、疑わしげな眼をスペードに向けて言った。「そういうことはよくわからんな」

「よかろう」とスペードは相手を安心させるように言って、名刺を運転手に渡した。「規則どおり安全に行きたいならそれでもいいよ。そういうことなら、これからあんたの会社まで行って、あんたの上司の許可を得てもいいよ」

「そういうことなら、まあ、いいか。〈フェリー・ビルディング（フェリーの発着ビル）〉まで乗せたよ」

「彼女はひとりだった？」

「ああ、もちろん」

「どこか寄り道もしなかった？」

「ああ、こんな感じだ――あんたを降ろしたあと、サクラメント通りをそのまま走ってポーク通りの角まで来たら、彼女が仕切りのガラスを叩いて、新聞を買いたいって言うのさ。で、おれは角で車を停めて、口笛を吹いて、新聞売りの男の子を呼んだ。彼女はその子から新聞を買った」

「何新聞だった？」

「〈コール〉だ。そのあとサクラメント通りをもう少し走って、ヴァン・ネス通りを越したところで、また彼女がガラスを叩いた。で、〈フェリー・ビルディング〉まで行ってくれって言われたのさ」

「彼女の様子は？　興奮してたとか？」

「見たかぎりそんなことはなかったな」

「〈フェリー・ビルディング〉に着いたら？」

「料金を払ってくれたよ。それだけだ」

「誰かが彼女を待ってたとか？」

「そういうやつがいたとしても気づかなかったな」

「降りたあと彼女はどっちに行った？」

「〈フェリー・ビルディング〉に着いたあと？　知らないよ。階上《うえ》に行ったにしろ、階段のほうに向かったにしろ」

「新聞は持っていったか？」

「ああ。タクシー代を払うとき小脇にはさんでた」

「表に見えてたのはピンクの色付きのページだったか、それとも普通の白のページだったか？」

「勘弁してくれよ、大将。そんなことは覚えちゃいないよ」

スペードは運転手に礼を述べ、「煙草でも買ってくれ」と言って一ドル銀貨を渡した。

スペードは〈コール〉紙を一部買うと、風をよけてオフィス・ビルの玄関ホールにはいり、紙面を確かめた。

第一面の見出しにすばやく眼を走らせ、二面と三面に移った。四面の〝偽札造りの容疑者逮捕〟という見出しの記事をいっとき読んで、五面の〝ベイ地区の若者、銃で自殺未遂〟の記事にも眼をとめた。六面、七面に彼の関心を惹く記事はなかった。八面の〝銃撃戦の末、三人の若い男が強盗容疑で逮捕〟もいくらか彼の関心を惹いた。が、そのあとは三十五面まで何もなかった。三十五面には天気予報、船舶の出入港予定表、製品生産高、金融、離婚、誕生、死亡に関する記事が載っていた。三十六面と三十七面——経済ニュース——にも何もなく、三十八面にもなく、最後の面にもなかった。彼はため息をつき、新聞をたたみ、コートのポケットに入れ、煙草を巻いた。

五分間、オフィス・ビルの玄関ホールに佇み、何を見るともなく、むっつりとした顔で煙草を吸った。そのあとストックトン通りに出て、タクシーを捕まえ、〈コロネット〉に行った。そして、中にはいり、ブリジッド・オショーネシーから受け取った鍵を使い、彼女のアパートメントにはいった。昨夜、彼女が着ていたブルーのイヴニングドレスがベッドの裾から垂れていた。ブルーのストッキングとブルーの靴は寝室の床に脱ぎ捨てられていた。宝石が収められ、化粧台の引き出しにはいっていた多彩色の箱は化粧台の上に置かれていた。中身は空《から》になっていた。スペードは眉をひそめてその箱を見つめたあと、舌で唇を舐め、アパートメントの部屋の中を歩きまわった。そこにあるものに眼は向けたが、手は触れなかった。〈コロネット〉を出ると、ダウンタウンに戻った。

彼のオフィスがはいっている建物の入口にガットマンのスイートに残してきた若い男がいて、顔と顔を見合わせる恰好になった。若い男はスペードのまえに歩を進め、入口に立ちふさがって言った。「来いよ。あの人が会いたがってる」

若い男の両手はコートのポケットにあった。そのポケットは若い男の手の体積以上にふくらんでいた。

スペードはにやりとすると、おどけて言った。「五時二十五分までは現われないと思ったんだがな。待たせたのでなければいいが」

若い男はスペードの口元まで眼を上げると、肉体的な苦痛に耐えている人のような張りつめた声で言った。「おれを相手にいつまでもふざけてると、いつか臍《へそ》から鉛の玉をにじくり出すことになるぜ」

スペードはけらけらと笑った。「悪党というのは、安っぽいやつになればなるほど口先だけはご立派になるもんだ」と陽気に言った。「それじゃ、行こう」

ふたりはサッター通りを横に並んで歩いた。若い男は手をずっとコートのポケットに入れていた。ふたりは無言で一ブロックちょっと歩いた。そこでスペードが明るい声で尋ねた。「物干しから下着を最後に盗んだのはいつだ、坊主？」

若い男はその質問が聞こえなかったふりをした。

「もっとましな犯罪をやったことは——？」とスペードは言いかけ、そこでことばを切った。何か思いついたのか、柔らかい光が彼の黄色っぽい眼に宿った。そのあとはもう若い男に話しかけようとはしなかった。

ふたりは〈アレグザンドリア・ホテル〉にはいると、エレヴェーターで十二階まで上がり、ガットマンのスイートまで廊下を歩いた。廊下にはほかに誰もいなかった。

ガットマンのスイートのドアまで十五フィートもないところで、スペードがふと歩をゆるめた。それで一歩か半歩若い男のうしろになった。スペードは不意に斜めまえに上体を傾げると、うしろから若い男の両肘の少し下を両手でつかみ、その手に力を込めて、ポケットに突っ込んだままの若い男の手を無理やりまえに出させた。コートのポケットごと若い男の手がまえに突き出された。若い男はもがき、身をくねらせた。が、大男につかまれてはその動きになんの意味もなかった。若い男はうしろを蹴った。が、彼の足はスペードの広げられた両脚のあいだの空《くう》を蹴っただけだった。

　スペードは力任せに若い男を床から持ち上げ、足から思いきり床に叩きつけた。その衝撃にぶ厚い絨毯が小さな音をたてた。と同時に、スペードの両手が若い男の前腕をすべり降り、両手首をつかんだ。若い男は歯を食いしばり、大男の拘束から逃れようともがきつづけたが、彼自身の手を大男の手が這うのを止めることはできなかった。食いしばった歯が軋り合うのが聞こえた。その音とスペードの荒い息づかいが混ざり合った。スペードは若い男の手を握りつぶしそうなほど力を込めた。

　ふたりが身を強ばらせ、動きを止めた長いいっときが過ぎた。やがて若い男の腕から力が失せた。スペードは若い男を放し、うしろにさがった。若い男のコートのポケットから引き出されたスペードの両手には、オートマティックが一挺ずつ握られていた。

　若い男は振り向き、スペードと向かい合った。その顔は青白く、表情はうつろだった。手をまだコートのポケットに入れていた。スペードの胸のあたりをじっと見ているだけで、何も言わなかった。

　スペードは銃を自分のポケットに収めると、いかにも馬鹿にしたようににやりとして言った。

「さあ、行くか。これでボスのおまえへの信用度が上がること請け合いだ」

　ふたりはガットマンのスイートのドアまで歩いた。スペードがノックした。

13　皇帝への貢ぎもの

ガットマンがドアを開けた。肥った顔に嬉しそうな笑みが輝いた。手を差し出して彼は言った。「どうぞ、ミスター・スペード、はいってください。来てくださってありがとう。どうぞ中へ」

スペードはガットマンと握手を交わして中にはいった。若い男も彼のあとからはいってきた。肥った男はドアを閉めた。スペードはポケットから若い男の銃を二挺取り出してガットマンに渡した。「ほら。こういうものを持たせて外を走りまわらせちゃ駄目だ。本人が怪我をする」

肥った男は陽気に笑い、銃を受け取った。「これはこれは。なんです、これは？」そう言って、スペードから若い男に眼を向けた。

スペードは言った。「あんたのひよっこが手足の不自由な新聞売りの少年に取り上げられちまってね。で、そのあとおれがその少年から返してもらったんだ」

青白い顔の若い男はガットマンから銃を受け取ると、ポケットに入れた。ひとことも発しなかった。

ガットマンがまた笑ってスペードに言った。「なんとなんと、ミスター・スペード。あなたというのは、存じ上げるだけでも身に余る、まさに驚くべきお方だ。さあ、こちらへどうぞ。

坐ってください。帽子を預かりましょう」

若い男は玄関の右側にあるドアの向こうに姿を消した。

肥った男はテーブル脇に置かれた緑のフラシ天の椅子にスペードを坐らせた。そして、葉巻を差し出すと火までつけてやり、ウィスキーとソーダを混ぜてグラスをひとつスペードに持たせ、自分もひとつ持って椅子に坐って、スペードと向かい合った。

「さて、ミスター・スペード」そう言って切り出した。「まずお詫びさせてください」

「気にしないでくれ」とスペードは言った。「それより黒い鳥の話をしよう」

肥った男は左に小首を傾げ、好ましげにスペードを見て言った。「わかりました、ミスター・スペード。そうしましょう」そう言って、手にしたグラスから一口飲んだ。「これはあなたがこれまでにお聞きになった中でも超弩級《ちょうどきゅう》の話になるはずです。あなたのような方はお仕事柄、驚くような話などいくらもご存知だと思いますが、それを承知の上でそう申し上げておきます」

スペードは礼儀正しくうなずいた。

肥った男は眼を細めて尋ねた。「ミスター・スペード、あなたはエルサレムの聖ヨハネ救護騎士修道会のことを何かご存知でしょうか？　のちにロードス騎士団などと呼ばれた組織のことですが」

スペードは葉巻を振った。「あまり知らないな――学校の歴史の授業で習ったことぐらいだ――十字軍とか」

「よろしい。だったら、一五二二年に騎士団をロードス島から追い出したオスマン帝国のスレイマン大帝のことも覚えてはおられないでしょうな?」

「ああ、知らない」

「でも、そうなんです、ミスター・スペード、スレイマン大帝は騎士団を追い出しました。そのため騎士団はクレタ島に移り、その後そこに七年間とどまります。一五三〇年、神聖ローマ帝国の皇帝カール五世にしてスペイン国王のカルロス一世に懇願《かし》して」ガットマンは丸々とした指を三本立てて数えた。「マルタ島、ゴゾ島、トリポリを下賜されるまで」

「ほう」

「そうなのです、ミスター・スペード。ただし次のような条件がありました」——ガットマンは今度は指を一本立てた——「毎年一羽の鷹を彼らは皇帝に献上しなければならなかったのです。マルタは依然としてスペインの領土であり、彼らがマルタを去るときには、島はスペインに返還されます。彼らがそのことを理解している証しとしての貢《みつ》ぎものです。おわかりになりますか? 皇帝が土地を与えはしても、騎士団がそこに住まなくなったら、それはもう騎士団のものではなくなるということです。だから彼らはマルタを誰かに与えることも売ることもできなかったのです」

「なるほど」

肥った男は肩越しにうしろを振り返り、三つのドアが閉まっているのを確かめると、自分が坐っている椅子を数インチ、スペードに近づけ、低くかすれた囁き声で言った。「この当時、騎士団が所有していた富がどれほど途方もなく、どれほど推し量りがたいものだったのか、想像がつきますか?」

「覚えているまま言えば」とスペードは言った。「そりゃかなりのものだっただろうね」

ガットマンは上位者が下位者に向けるような寛大な笑みを浮かべた。「〝かなりのもの〟というのは、ミスター・スペード、大いにひかえめな表現ということになるでしょうな」彼の囁き声はさらに低くなり、猫がごろごろと咽喉を鳴らすような音に近づいた。「彼らは富に埋もれていました。あなたにも想像がつかないほど。誰にもわからないほど。彼らは何年もサラセン人を餌食《えじき》にしたのです。これまた誰にもわからないほどの宝石や貴金属や絹や象牙を戦利品にしたのです。東方の至宝の中の至宝を。ミスター・スペード、これは歴史的事実です。これは私たちみんなが知っています。テンプル騎士団がそうであったように、このロードス騎士団にとっても聖戦とはもっぱら略奪のことだったのです。

さて、カール五世は騎士団にマルタ島を与え、彼らに年貢を収めさせました。しかし、その年貢とはどこにでもいるようなただの鳥一羽でした。あくまで形式的なものだったのです。だから、計り知れないほどの富を持つこの騎士団が、感謝の気持ちを伝えるものをほかに探し求めたとしても、それにはなんの不思議もありません。そう、ミスター・スペード、それがまさに彼らがしたことでした。最初の年にカール大帝に送る貢ぎものとして、どこにでもいる生きた鳥のかわりに、愉しくもまた実にすばらしい贈りものを思いついたのです。それこそが、彼らの財宝箱から選び抜かれた最高級の宝飾で飾りたてられ、頭から足まで神々しい金《きん》で造られた鷹の像だったのです。ミスター・スペード、ここで思い出していただきたいのですが、彼らは最高級の財宝を持っていました。アジアの至宝の中の至宝を」ガットマンはそこで囁くのをやめ、黒光りする眼でスペードの顔をうかがった。スペードはどこまでも落ち着いた顔をしていた。肥った男は尋ねた。「さて、ミスター・スペード、どう思われます?」

「よくわからないな」

肥った男はひとり悦に入ったような笑みを浮かべて続けた。「しかし、これは事実なのです。歴史的事実なのです。教科書に載るような事実ではないかもしれないが。作家のミスター・H・G・ウェルズが書いた歴史書にも載っていませんが。それでもこれは歴史的事実なのです」彼は身を乗り出した。「十二世紀以降のこの騎士団に関する文書はマルタに今も残されています。保存状態はあまりいいとは言えませんが、それでもその中に三個所も」――彼は指を三本立てた――「この宝石で飾られた鷹以外には考えられないものへの言及があります。フランスの歴史学者、J・ドラヴィル・ル・ルーの『エルサレムの聖ヨハネ騎士団文書』にも見られます。いささか曖昧な言及ではあるのですが、この鷹に触れていることにはまちがいありません。未完のまま著者が亡くなってしまったため、出版はされませんでしたが、イタリアの歴史学者、パオロ・アントニオ・パオリの『聖騎士団の起源と組織』の補遺にも出てきて、今私がお話しした事実がはっきりと書かれています」

「なるほど」

「なるほど、ですか、ミスター・スペード。それはともかく、騎士団長のヴィリエ・ド・リラダンは宝石をちりばめたこの高さ一フィートほどの鳥をサンタンジェロ砦でトルコ人の奴隷につくらせ、スペインにいたカール五世に送りました。騎士団の一員で、コルミエだかコルヴェールだかいう騎士に命じて、ガレー船で送ったのです」そこでまた彼の声が囁き声になった。「しかし、その船がスペインにたどり着くことはありませんでした」彼は上唇と下唇を強く合わせて笑みを浮かべ、尋ねた。「〝赤ひげ〟ことバルバロッサはご存知ですよね？　ハイレッディン・バルバロッサ。ご存知ない？　当時地中海を荒らしまわった有名な海賊です。ミスター・スペード、そいつが騎士団のガレー船とその鳥を奪ったのです。その結果、鳥はアルジェに持ち込まれました。これは歴史的事実です。フランスの歴史家、ピエール・ダンがアルジェから送った手紙の一通にも記されています。そのダンの手紙によれば、鳥はアルジェに百年以上あったということです。その後、いっときアルジェの海賊と行動をともにしていたこともある、イギリスの冒険家、フランシス・ヴァーニー卿によって持ち去られるまで。これについては確証はありませんが、ピエール・ダンはそう信じていました。私としてはそれだけで充分です。

確かに、フランシス・ヴァーニー卿の夫人が著わした『十七世紀のヴァーニー家回想録』にはこの鳥に関する記述はありません。それは私自身この眼で確かめました。一六一五年にメッシーナの病院で卿が亡くなられたときには、お持ちでなかったというのもほぼまちがいのないところです。実際のところ、卿はかうっけつの文無しだったのです。とはいえ、この鳥がシチリア島に渡ったことには疑いの余地がありません。その後、一七一三年にシチリア王となったヴィットリオ・アメデーオ二世が少しのちに手に入れるまで、その鳥がシチリア島を離れることはありませんでした。アメデーオ二世はシチリア王退位後、シャンベリで迎えた妃に贈りもののひとつしてこの鳥を与えています。これまた、ミスター・スペード、まぎれもない史実なのです。『ヴィットリオ・アメデーオ二世王国の歴史』の著者、カルッティもしっかりと書き残しています。

おそらく彼ら――アメデーオと妃――は彼が王位に返り咲こうとトリノに向かった際、この鳥も持っていったことでしょうが、それはともあれ、この鳥がまた歴史に登場するのは一七三四年、軍とともにナポリに入城したあるスペイン人の所有物としてです。このスペイン人とは、カルロス三世に仕えた宰相にしてフロリダブランカ伯爵のドン・ホセ・モニーノ・イ・レドンドの父親です。その後、少なくとも第一次カルリスタ戦争（王位継承をめぐるスペインの内戦）が終結する一八四〇年まで、この鳥は伯爵家のもとにあったものと思われますが、次にこの鳥が現われるのはパリです。当時、パリはスペインを追われたカルロス支持者が大勢いました。そんな支持者のひとりが伯爵家から持ち出したのでしょう。しかし、それがどのような人物であれ、この鳥のほんとうの価値についてはまったく何も知らなかったはずです。スペインはカルリスタ戦争のさなかです。盗まれないための用心として、鳥にはペンキかエナメルが塗られていたにちがいありません。いささか興味深くてもただの黒い彫像にしか見えないように。この偽装のもと、ミスター・スペード、言うなればこの鳥はパリのあちこちに飛ばされたのです。一枚皮の下にある真価になど気づきもしない個人所有者やディーラーの手から手へと渡ったのです」

肥った男はそこでことばを切ると、微笑み、悲しげに首を振ってから続けた。「なんと七十年もこの奇跡に等しいものが、ミスター・スペード、サッカーボールのようにパリの下水溝を転がりつづけたのです――一九一一年にハリラオス・コンスタンティニデスというギリシャのディーラーが怪しげな骨董屋で見つけるまで。ハリラオスがその品の価値を知るのにも、その品を手に入れるのにも、時間はかかりませんでした。ぶ厚く塗られたエナメルも彼の眼と鼻を欺くことはできませんでした。ええ、ミスター・スペード、実のところ、この品の来歴をほぼ調べ上げ、この品の真の価値を見いだしたのも、このハリラオスなのです。私はこの像がハリラオスのもとにあることを突き止めると、ついには本人から強引にこの像の来歴をほぼ訊き出しました。その後に私自身が調べた詳細もいくつかありますが。

ハリラオスは自分の大発見を慌てて現金に換えようなどとはしませんでした。金《きん》と宝石だけでも大変な値打ちがあるわけですが、彼にはわかっていたのです、その来歴の正当性が疑念の余地なく証明されれば、さらに途方もない値がつくことが。おそらく彼は古い教団の後継団体――エルサレム聖ヨハネ英国教団や、プロイセン聖ヨハネ騎士団や、イタリア語かドイツ語圏のマルタ騎士団――つまるところ、金持ち団体とのビジネスを考えていたと思います」

肥った男はグラスを掲げ、それが空であることに気づいて微笑むと、立ち上がって、自分のグラスとスペードのグラスに改めて酒を注ぎながら――ソーダ・サイフォンを使いながら――言った。「少しは信じる気になりましたか？」

「信じてないとは誰も言ってないよ」

「ええ」そう言って、肥った男はさも可笑《おか》しそうに笑った。「しかし、あなたの顔を見ていると――」椅子に腰をおろすと、たっぷりと飲み、白いハンカチでぽんぽんと口元を叩《はた》いた。「さて。歴史を追ってさかのぼる調査のあいだ、ハリラオスは安全を期して鳥に再度エナメルを塗りました。おそらく今もその状態なのだろうと思います。いずれにしろ、彼がこの品を手に入れてちょうど一年後、私が彼から強引に来歴を訊き出してほぼ三ヵ月ばかりあとのことでした。私はたまたまロンドンにいて〈タイムズ〉を読んだのですが、こんな記事がありました、なんと彼の店が何者かに襲われ、彼が殺されたというのです！　私はその翌日にはもうパリにいました」そう言って、彼は悲しげに首を振った。「鳥はもういませんでした。ミスター・スペード、いやはや、私は怒り狂いました。しかし、この鳥のことを知っている者がほかにもいるとは思いませんでした。彼が私以外の人間に話していたとはとうてい思えなかったのです。実際、彼の店からは商品が大量に盗まれていました。だから強盗はほかのものと一緒にたまたまこの鳥も盗んだのでしょう。その価値を知りもせず。なぜと言って、この鳥の価値を知っていたなら、それ以外のものになど眼をくれるわけがないからです――ええ、ミスター・スペード、それが王冠を飾るような宝石でもないかぎり」

彼は眼を閉じると、心の中で何か思ったのか、満足げな笑みを浮かべ、そのあとまた眼を開けると言った。「それが十七年まえのことです。ええ、ミスター・スペード、この鳥がどこにいるのか、探しあてるのに十七年かかったということです。でも、遂に見つけたのです。私は鳥をどうしても手に入れたかった。私は、欲しいものをそうやすやすとあきらめる人間ではありません」彼の笑みが大きくなった。「ずっと欲しかった鳥を見つけたのです。欲しいのは今でも変わりません、もちろん。だから、私は鳥を手に入れます」彼は飲みものを飲み干すと、またハンカチで口元を拭いてポケットにしまった。「私はこの品を追って、コンスタンティノープルの郊外にあるロシアの将軍——ケミドフという人物です——の家まで行きました。彼は、この鳥について何も知りませんでした。彼にとっては、黒いエナメル加工を施したただの彫像でした。ただ、生来のひねくれた性格から——これはロシアの将軍に共通する性格です——私が言い値をつけると、売るのを拒否しました。もしかしたら、私の熱心さが表に出てしまい、あまり巧みな交渉にはならなかったのかもしれません。だからと言って、下手《へた》すぎたとも思いません。まあ、今でもそこのところはなんとも言えませんが。いずれにしろ、なんとしても手に入れたかった。私は、この馬鹿な軍人が自分で調べはじめることを怖れました。もしかしたら、エナメルを少し剝がしたりするかもしれません。それで——なんと申しますか、そう、代理人を送り込んだのです。その結果、ええ、ミスター・スペード、その代理人は黒い鳥を手に入れました。なのに私はまだ手に入れていないのです」そう言って、彼は立ち上がり、テーブルのところまで行った。「必ず手に入れますが。ミスター・スペード、グラスをお渡しください」

「ということは、この鳥はあんたらの誰のものでもないということか?」とスペードは尋ねた。「それとも、正当な所有者はケミドフ将軍なのか?」

「正当な所有者?」と肥った男は嬉しそうに訊き返した。「そうですね、ミスター・スペード、もしかしたら、スペインの国王かもしれない。しかし、それ以外ははっきり誰のものとは言えないでしょう――それを今誰が持っているか。問題となるのはその一点です」彼は鶏が鳴くような笑い声をあげた。「途方もない値打ちのものですが、ご説明したような経緯で人の手から手へと移ったのです。だから誰が手にするにしろ、手にした者が所有者ということになります」

「となると、今はミス・オショーネシーのものということか？」

「いいえ、ミスター・スペード。彼女が所有者と言えるのはあくまで私の代理人としてです」

スペードは皮肉を込めて言った。「ほう」

ガットマンは何かを考える顔つきで手にしたウィスキーのボトルの栓を見つめながら尋ねた。「彼女が今持っていることにまちがいはないのですか？」

「まずまちがいはないね」

「どこにあるのです？」

「正確なところはおれにもわからない」

肥った男は乱暴にボトルをテーブルに置いて抗議した。「しかし、あなたは知っていると言ったじゃないですか」

スペードはそんな抗議など意に介さないところを片手の動きで示しながら言った。「来たるべきときが来たら、どこに行けば手にはいるかわかる。そういう意味だ」

ガットマンのピンク色の顔の球根が幸せな配置換えをした。「それは確かなのですね？」

「ああ」

「どこにあるのです？」

スペードはにやりとした。「それはおれに任せてくれ。おれの仕事だ」

「それはいつです？」

「おれの用意ができたら」

肥った男は唇をすぼめ、いささか強ばった笑みを浮かべて尋ねた。「ミスター・スペード、ミス・オショーネシーは今どこにいるのです？」

「おれの手の内にいる。危険の及ばないところに」

ガットマンは同意の笑みを浮かべて言った。「その点については、ミスター・スペード、あなたを信じます。さて、お互い腰を落ち着けて値段の話をするまえにひとつ答えてください——どれほど早く鷹を私に渡すことができるのか——あるいは、どれほど早く渡すつもりがあるのか？」

「二、三日だ」

肥った男はうなずいて言った。「それでけっこうです。われわれは——おっと、飲みものを忘れていた」彼はテーブルのほうを向くと、ウィスキーをグラスに注ぎ、それにソーダを加え、グラスのひとつはスペードの肘のそばに置き、自分のグラスを掲げて言った。「それでは、ミスター・スペード。われわれふたりの多大なる利益と公正なる取引きに乾杯」

ふたりはウィスキーを飲んだ。肥った男は坐り、スペードは尋ねた。「公正な取引きとはだいたいいくらぐらいのことを考えてるんだね？」

　ガットマンは自分のグラスを光にかざし、愛おしそうにそれを見つめ、長々と一飲みしてから言った。「ミスター・スペード、私には二通りの申し出をすることができます。どちらも公正なものです。あなたが選んでください。まずひとつ、鷹を私のもとに届けてくださったら、その場で二万五千ドル払います。そのあと私がニューヨークに着き次第、さらに二万五千ドルお支払いします。もうひとつは、私が鷹から利益を得られたらその四分の一――つまり二五パーセント――をあなたに支払うというものです。つまり、ミスター・スペード、ほぼ即座に五万ドルか、そうですね、二、三か月後にそれよりはるかに大きな額を手に入れるか」

　スペードは飲みものを飲んで尋ねた。「はるかにと言うと、どれぐらい？」

「文字どおりはるかにです」と肥った男は同じことばを繰り返した。「どれほど価値のあるものかなど誰にわかりますか？　十万ドルと申し上げましょうか？　あるいは二十五万ドルと？　考えられる最低額を私が申し上げたらあなたは信じますか？」

「もちろん《ホワイ・ノット》」

　肥った男は好物を食べるときのような嬉しそうな顔をして、さらに声を落とした。その声が満足げに咽喉に響いた。「ミスター・スペード、私が五十万ドルと言ったらあなたはどう思われます？」

　スペードは眼を細めて言った。「ということは、その代物の値打ちは二百万はあるということか？」

ガットマンは落ち着いた笑みを浮かべた。「あなたがさっき使われたことばで言えば、〝もちろん《ホワイ・ノット》〟ということになります」

スペードはウィスキーを飲み干してグラスをテーブルに置いた。そして、葉巻を口にくわえ、口から離して見つめ、また口にくわえた。黄味を帯びた灰色の眼がいくらか濁《にご》って見えた。彼は言った。「これはまた大変な金額《ドウ》だな」

肥った男は同意して言った。「さよう、大変な金額《ドウ》です」そう言って身を乗り出すと、スペードの膝を軽く叩いた。「今言ったのは最低の中でも最低の額です――それがまちがっていたら、ハリラオス・コンスタンティニデスは大馬鹿者ということになります――しかし、彼は大馬鹿者などではなかった」

スペードはまた葉巻を口から離し、不味《まず》いものでも見るような眼で怪訝そうに葉巻を見ると、スタンド式の灰皿に置いた。そして、眼を閉じ、また開いた。眼の濁りが濃くなっていた。彼は言った。「それが――最低なのか、ええ？　だったら最高は？」明らかに〝さ〟音《おん》が〝しゃ〟音になっていた。

「最高値ですか？」ガットマンは手のひらを上にして片手を差し出した。スペード自身に答を促すように。「私はお答えしかねます。正直に答えたら、きっとこいつは頭がおかしいんだと思われかねませんから。いや、ほんとうにわからないのですよ、ミスター・スペード、どれほど高値がつくものなのか。とんでもない高値がつくことだけはまちがいありませんが」

スペードは自然と垂れてくる下唇をきつく上唇にくっつけた。苛立たしげに頭を左右に振った。いきなり彼の眼に怯えたような鋭い光が宿った。が、それは一瞬のことで、深まる濁りに包まれ、すぐに消えた。彼は両手で椅子の肘掛けにつかまって立ち上がった。また頭を振り、おぼつかない足取りで一歩まえに出た。そこで咽喉にからまる笑い声をあげ、ぼそっと言った。

「このクソ野郎」

ガットマンは弾かれたように立ち上がると、椅子をうしろにやった。彼の体の球根が上下左右に揺れた。その眼は今や、脂ぎったピンクの顔の中のただのふたつの黒い穴と化していた。

スペードは頭を左右に激しく振りつづけた。眼がドアに向くまで。眼の焦点は合わないままでも。おぼつかない足をもう一歩踏み出した。

肥った男が鋭く呼ばわった。「ウィルマー!」

ドアが開き、若い男がはいってきた。

スペードは三歩目を踏み出した。顔色はもはや灰色で、耳の下で顎の筋肉が腫瘍のように盛り上がっていた。四歩進んだあとはもう脚をまっすぐに伸ばすことができなくなった。濁った眼はほぼ瞼に覆われていた。五歩どうにか歩いた。

若い男がやってきて、スペードのそばに立った。彼のすぐまえに。しかし、それはドアとスペードを結んだ直線上ではなかった。右手を上着の内側に入れて、心臓の上に置いていた。両の口角がぴくりと動いた。

スペードは六歩目を踏み出そうとした。

若い男の脚がスペードの両脚のまえに横ざまに飛んできた。その脚に邪魔され、スペードはまえのめりに顔から床に倒れた。若い男は右手を上着の下に入れたままスペードを見下ろした。スペードは立とうとした。若い男は右脚を充分うしろに引いてから、スペードのこめかみに思いきり蹴りを入れた。その衝撃にスペードは横向きになった。もう一度立とうとした。できなかった。そこで意識を失った。

14 ラ・パロマ号

翌朝の六時数分すぎ、スペードはエレヴェーターを降りて、廊下の角を曲がった。彼のオフィスのドアの曇りガラス越しに中の明かりがついているのがわかった。彼はすぐに立ち止まった。口元を引きしめ、廊下を見渡した。そのあとすばやく静かに大股で数歩ドアまで歩いた。

そして、ドアノブに手をかけると、どんな小さな音もたてないよう慎重にまわした。それ以上まわらなくなるまでまわした。ドアには鍵がかかっていた。ドアノブをまわした状態を保ったまま、持ち手を左手に替え、右手でポケットから鍵束を取り出した。鍵と鍵がぶつかり合って音をたてないよう気をつけ、オフィスの鍵を選び、また音をたてないようほかの鍵は全部手で握り、選んだ鍵をドアの鍵穴に挿し込んだ。そこでも音はたてなかった。そして、両足の母指球に体重をのせてバランスを取り、胸いっぱいに息を吸い込み、かちりとドアを開け、中にはいった。

エフィ・ペリンが机の上に伸ばした両の前腕に頭を休めて眠っていた。自分のコートの上にスペードのコートのひとつをケープのように羽織っていた。

スペードは押し殺した笑い声をあげ、ドアを閉めると、受付室を横切って、プライヴェート・オフィスにはいった。プライヴェート・オフィスには誰もいなかった。彼はエフィのところに戻ると、彼女の肩に手を置いた。

彼女は体をもぞもぞさせて、瞼を震わせ、寝《ね》惚《ぼ》け眼《まなこ》で頭をもたげ、そのあといきなり上体を起こして背すじを伸ばした。そして、眼を大きく見開くとスペードを見て微笑み、椅子の背にもたれて指で眼をこすった。「やっとご帰還？　今何時？」

「六時だ。ここで何をしてる？」

彼女は身震いをして、羽織ったスペードのコートのまえを掻き合わせ、あくびまじりに言った。「戻ってくるか、連絡があるまでここにいるようにって言ったのはあなたなんだけど」

「おいおい、きみは〝燃え盛る甲板にとどまった少年（十九世紀のイギリス詩人、ヘマンズの詩『カサビアンカ』の冒頭の句）〟の姉さんか？」

「わたしだって永久に待ってるつもりは――」彼女はそこまで言いかけ、ことばを切ると立ち上がった。自然とスペードのコートが椅子の上に落ちた。彼女は眼をスペードの帽子のすぐ下のこめかみのあたりに向けた。その眼が暗くなった。興奮して彼女は叫んだ。「あなたの頭！　何があったの？」

彼の右のこめかみが黒ずみ、腫れていた。

「転んだのか、一発食らったのか、わからないんだ。いずれにしろ、大したことはない。ひどく痛みはするが」そう言って、スペードは指を傷に触れそうなほど近づけ、そこでわざと身をすくませた。しかめっ面がいかめしい笑みに変わった。彼はエフィに説明した。「ある男を訪ねたんだが、どうやら酒にクスリを盛られたみたいだ。十二時間後に気がついたら、そいつの部屋の床にのびてた」

彼女は手を伸ばして彼の頭から帽子を取って言った。「ひどい傷よ。お医者さんに診てもらわなくちゃ。そんな頭で歩きまわっちゃ駄目よ」

「見た目ほどひどくはないよ。ただ頭痛はするが。でも、それはおおかたクスリによるものだろう」そう言って、彼は受付室の隅に設えられた洗面台のところまで行くと、ハンカチを冷水で濡らした。「おれが出ていったあと、何かあったか？」

「ミス・オショーネシーは見つかったの、サム？」

「まだだ。おれが出ていったあと、何かあったか？」

「地方検事局から電話があった。あなたに会いたいそうよ」

「検事本人が？」

「そうみたい。少なくともわたしはそう理解した。それから若い男がメッセージを伝えにやってきた――ミスター・ガットマンは五時半まえに喜んであなたに会うそうよ」

スペードは水を止め、絞ったハンカチをこめかみにあてながら洗面台から戻ってくると言った。「そのメッセージはおれも受け取ったよ。階下《した》でその若造に会ったんだ。でもって、ミスター・ガットマンと会った結果がこのざまだ」

「それって電話をかけてきた〝G〟のこと?」

「ああ」

「いったい何が――?」

スペードはまるで透視するかのような眼でエフィを見ながら言った。ことばを口に出すことで考えをまとめようとしているような口ぶりだった。「ガットマンには欲しがっているものがあって、おれがそれを手に入れられると思っている。で、おれは昨日の五時半までにおれと取引きをしなければ、欲しがっているものはもう手にはいらなくなるとガットマンを言いくるめた。そのあと――なるほどなるほど、そういうことだったのか――その品を手に入れるのには二、三日かかると言ったら、あの男はおれにクスリを盛りやがった。と言っても、おれを殺そうとしたわけじゃない。十時間から十二時間経てば、おれが意識を取り戻して動きまわることは織り込みずみだった。それでも、クスリを盛って眠らせておけば、おれに邪魔されることなく、さらにはおれの助けがなくても、めあての代物が手にはいると踏んだんだろう」彼は顔をしかめた。「こっちとしちゃ、あいつの読みがはずれてることを祈るばかりだ」遠くを見ていた彼の眼が近くなった。「オショーネシーからは連絡なしか?」

エフィは首を振って尋ねた。「このことと彼女は何か関係があるの?」

「何かある」

「ガットマンという人が欲しがっているものは彼女のものなの?」

「彼女かスペインの国王のものか。そう言えば、ダーリン、きみには大学で歴史だかなんだか教えている伯父さんがいなかったっけ？」

「いとこよ。でも、どうして？」

「われわれが四世紀まえの秘密とやらをそのいとこに教えて、人生を明るくしてやっても、その秘密をしばらく公にしないでいてくれるかな？　それぐらい信用できるだろうか？」

「ええ、もちろん。いい人よ」

「よし。鉛筆とメモ帳を出してくれ」

彼女はそれらを用意して自分の机についた。スペードはハンカチをまた冷水で濡らしてこめかみにあてた。そして、彼女のまえに立ち、ガットマンから聞いた鷹の話を口述筆記させた。カール五世が騎士団に土地を下賜したところから、カルロス支持者が押し寄せた頃のパリに、エナメルを塗った鷹がやってくるまで――それ以降のことは話さなかった。ガットマンが言及した著者やその著作については、どうしてもつっかえつっかえになったが、発音だけ似せてなんとか伝えた。それ以外は熟練したインタヴュアーとして仕入れた情報を正確に繰り返した。

彼が話しおえると、エフィはメモ帳を閉じて顔を起こし、明るい笑みをスペードに向けて言った。「なんだかわくわくするような話じゃない？　これって――」

「ああ、さもなければ馬鹿げているか。そのメモをきみのいとこのところに持っていって、読んで聞かせ、どう思うか訊いてきてくれないか？　この話と何かしら関係があるような史実がほんとうにあるのかどうか。これはありうる話なのかどうか。史実として――ほんの少しでも

——考えられることなのかどうか。それともただのほら話なのか。調べるのに時間が要ると言われたら、それでもかまわないが、そのいとこの意見だけはすぐ聞いてきてくれ。それと、この話はしばらく公にしないよう、そこのところはよく言い含めてきてくれ」

「すぐ行くわ」と彼女は言った。「あなたはお医者さんに頭の傷を診てもらうのよ」

「まず一緒に朝食をとろう」

「いいえ、わたしはバークレーで食べるわ。テッドがどう思うか、彼の話が待ちきれない」

「ああ」とスペードは言った。「でも、彼に笑われても泣き叫んだりしないようにな」


スペードは〈パレス・ホテル〉でのんびり朝食をとり、二種類の朝刊を読むと、家に帰り、ひげを剃り、風呂にはいってこめかみの傷に氷をあてたあと、着替えた。

〈コロネット〉のブリジッド・オショーネシーのアパートメントに行った。誰もいなかった。室内は彼が前回訪ねたまま変わりなかった。

〈アレグザンドリア・ホテル〉に行った。ガットマンはいなかった。ガットマンのスイートに泊まっているほかの宿泊客もいなかった。ほかの宿泊客はガットマンの秘書というふれこみのウィルマー・クックとガットマンの娘のリア。リアは茶色の眼をしたブロンドの小柄な十七歳の少女で、ホテルの従業員が言うには美人ということらしい。このガットマンの一行はニューヨークから十日ほどまえにやってきて、まだチェックアウトはしていなかった。

スペードは〈ホテル・ベルヴェデール〉に向かった。ホテルの警備係はカフェで食事していた。

「おはよう、サム。坐って卵でも食えよ」そこでスペードのこめかみの痣に気づいた。「おいおい、こりゃまたこっぴどくやられたもんだな！」

「食事の誘いをありがとう。だけどもう食ってきた」スペードはそう言って椅子に坐り、そこでこめかみの痣のことを言った。「ひどく見えるかもしれないが、実際は大したことない。カイロの動きは？」

「昨日あんたがいなくなって三十分も経たないうちに出ていった。それ以来見ていない。ゆうべもまたここじゃ寝てない」

「なんだか悪い癖がつきはじめてるみたいだな」

「ああ、あの手のやつがひとりで大都市にいるとどうしてもな。それは誰にやられたんだ、サム？」

「カイロじゃない」そう言って、スペードはルークのトーストを覆っている銀のドーム状のカヴァーを見ながら、慎重に続けた。「カイロがいないうちにちょいと家捜しはできないかな？」

「できるけど。あんたが相手ならおれはいつでもとことんつき合うよ。わかってると思うが」ルークはコーヒーを押しやり、テーブルに両肘をつくと、すがめるような眼つきでスペードを見た。「なのに見るかぎり、あんたのほうはおれととことんつき合うつもりはないみたいだな。なあ、ぶっちゃけた話、この男はいったい何者なんだ、サム？　隠し立てするなよ。おれはまともな人間だ。知ってるだろ？」

スペードは銀のドーム状のカヴァーから眼を上げた。澄んで率直な眼になっていた。「もちろんだ。もちろんだとも」と彼は言った。「何も隠し立てなんかしてないよ。あんたには包み隠さず話してる。おれはカイロに雇われた。だけど、そのあとおれの見るかぎり、カイロにはよからぬ友達がいることがわかった。で、今はカイロに対しても用心しなきゃと思ってる」

「昨日ここから追い払った若造もそのよからぬやつらのひとりか?」

「ああ、ルーク、そうだ」

「その中の誰かがマイルズを殺《や》ったんだな」

スペードは首を振った。「マイルズを殺ったのはサーズビーだ」

「だったらサーズビーは誰が殺ったんだ?」

スペードは笑みを浮かべた。「それは一応秘密なんだが、内々では――警察内部では――おれってことになってる」

ルークは不快げにうなり、立ち上がった。「あんたというのは理解に苦しむ男だよ、サム。来いよ。見てみよう」

ふたりはフロントに立ち寄った。ルークがフロント係と話し合った。その結果、〝やつがホテルに帰ってきたら、フロント係から電話をもらえる〟ことになった。ふたりはカイロの部屋まで上がった。カイロの部屋のベッドはきちんと整えられていたが、くず入れには紙が捨てられたままで、ブラインドも不ぞろいに開いており、バスルームには丸めたタオルが乱雑に置かれていた。今日はまだ清掃係が来ていないようだった。

カイロの荷物は角ばったトランク、スーツケース、小型の旅行鞄の三つで、バスルームの化粧戸棚には化粧品があれこれ入れてあった——箱に缶に瓶。白粉《おしろい》とクリームと軟膏と香水とローションとトニックの瓶。クロゼットにはスーツが二着とコートが一着、几帳面に木型を入れた三足の靴の上に吊るしてあった。

スーツケースと小型の旅行鞄の鍵は開いていた。スペードがほかのものを調べて戻ると、ルークがトランクの鍵も開けていた。

「ほかの場所には何もなかった」とスペードはルークとトランクの中身を調べながら言った。

トランクからもふたりの興味を惹くようなものは何も出てこなかった。

「ほかに探したほうがよさそうな場所は？」とルークがトランクの鍵をかけ直しながら言った。

「ないな。カイロはコンスタンティノープルから来たことになってるんだが、ほんとうにそうなのか確かめたい。見たかぎりそれを否定するものは出てこなかったな」

「やつの仕事は？」

スペードは首を振った。「それも知りたいことのひとつだ」そう言うと、部屋を横切り、くず入れの上に身を屈めた。「ここが最後のチャンスだ」

彼はくず入れから新聞を取り出した。それが昨日の〈コール〉紙だとわかると、彼の眼が光った。新聞は案内広告欄が表になるようにたたまれていた。彼は広げ、そのページを見た。眼を惹くような記事はどこにもなかった。

新聞を裏返し、それまで内側にたたまれていた面を見た。経済ニュースのページ。船舶の出入港予定表、天気予報、誕生、結婚、離婚、死亡に関する記事。左のページの下の隅から縦の二列目の欄の下まで、二インチほど紙面が破り取られていた。

破り取られた部分のすぐ上に〝本日の到着予定船〟という小さなキャプションがあり、次のように続いていた――

午前零時二十分――アストリアよりキャパック号
午前五時五分――グリーンウッドよりヘレン・P・ドルー号
午前五時六分――バンドンよりアルバラド号

次の行も破り取られていたが、〝シドニーより〟というところだけは判読できた。

スペードは〈コール〉を机の上に置いて、くず入れをまた漁《あさ》った。小さな包み紙がひとつ、糸くず、靴下のタグ、紳士用品店の靴下半ダース分のレシート、そして、くず入れの底に小さく丸められた新聞記事。

スペードはその記事を慎重に開き、机の上で皺を伸ばし、〈コール〉紙の破り取られた部分にあてはめた。両端はぴたりと合ったが、丸められた記事の上の部分と〝シドニー〟と判読できるところのあいだが一インチほど欠落していた。六、七隻ほどの船の到着を告げるのに充分なスペースだ。記事を裏返してみると、裏の空白部分は株屋の広告の一隅で、重要な意味のある部分とは思えなかった。

ルークがスペードの肩越しにのぞき込んで言った。「いったいなんなんだ、これは?」

「カイロの旦那は船に興味があったようだ」

「そういうことを禁じる法律はないと思うが」とルークは言った。スペードは破られた新聞のページと丸められた記事の一部を一緒にして上着のポケットに入れた。ルークはさらに言った。

「これで終わりかな?」

「ああ。ありがとう、ルーク。カイロが帰ったらすぐ電話してくれるか?」

「ああ、いいよ」


スペードは〈コール〉紙の営業所に行くと、前日の新聞を一部買い、船舶入港予定表が載ったページを開き、カイロの部屋のくず入れから拾ったページと比較した。欠落している部分は次のような内容だった。

午前五時十七分――シドニーよりパペーテ経由タヒチ号
午前六時五分――アストリアよりアドミラル・ピープルズ号
午前八時七分――サンペドロよりキャドピーク号
午前八時十七分――サンペドロよりシルベラード号
午前八時二十五分――香港よりラ・パロマ号
午前九時三分――シアトルよりデイジーグレー号

入港予定表にゆっくりと眼を通し、読みおえると、〝香港〟に爪で下線を引き、ポケットナイフで切り取り、残りの新聞はカイロの部屋から持ってきたのと一緒にくず入れに捨てた。そしてオフィスに戻った。

自分の机について坐ると、電話帳で電話番号を調べてかけた。

「カーニー局一四一を頼む……昨日の朝、香港から入港したラ・パロマ号は今どこに停泊してる?」彼はその質問を繰り返した。「ありがとう」

スペードは受話器のフックをしばらく親指で押さえてから離して言った。「ダヴェンポート局の二〇二〇を頼む……刑事課を……ポルハウス部長刑事はいますか?……ありがとう……もしもし、トム? サム・スペードだ。ああ、昨日の午後はあんたを捜してた……もちろん、だったら一緒に昼食というのは?……わかった」

親指がさっきと同じことをするあいだも、スペードは受話器を耳に押しつけたままだった。

「ダヴェンポート局の〇一七〇を頼む……もしもし、こちらサミュエル・スペードです。ブライアン検事が私に会いたがってるというメッセージを昨日うちの秘書がもらったみたいなんだけれど、何時が都合がいいか本人に訊いてもらえるかな?……そう、スペードです。S-p-a-d-e」長い間があった。「はい……二時半? 大丈夫。ありがとう」

四度目の電話をして言った。「もしもし、ダーリン。シドと話したいんだが……やあ、シド——サムだ。今日の午後二時半に地方検事と会うことになった。検事局かおれのオフィスに

――そうだな、四時頃電話して、おれが面倒なことになってないか確かめてくれないか？……あんたの土曜の午後のゴルフなんか知るかよ。おれが監獄に入れられるのを防ぐのがあんたの仕事じゃ……そうだ、シド。じゃあ」

彼は電話機を押しやると、あくびをし、伸びをし、こめかみの傷にそっと指をやり、腕時計を見て、煙草を巻き、火をつけた。そして、エフィ・ペリンが戻ってくるまで眠そうに煙草を吸った。

エフィ・ペリンは眼を輝かせ、顔をばら色に染め、笑みを浮かべてはいってきた。「テッドが言うには、ありうるって」と彼女は報告した。「それがほんとの話であることを期待するとも言ってたわ。彼の専門分野じゃないみたいだけど、名前とか年代とかは合ってるみたい。あと、少なくとも、あなたが挙げた歴史家やその著書はまるっきりのインチキじゃないみたい。彼、なによりそのことに興奮してた」

「そりゃすばらしい。興奮しすぎてインチキが見破れてないなんてことじゃないかぎり」

「あら、そんなことはありえないわ。テッドはそんな人じゃないから。とっても優秀な学者なんだから。そんなへまをするわけないわ」

「ああ、罰あたりのペリン家はどいつもこいつも優秀だからな。きみときみの鼻の頭についてる煤《すす》も含めて」

「彼はペリン家じゃない。クリスティ家よ」彼女はうつむき、化粧バッグ《ヴァニティケース》についている鏡で鼻を見た。「あの火事でついたんだわ」そう言って、ハンカチの端で汚れを取った。

「ペリン家とクリスティ家の熱気のせいでバークレーが火事になった？」

彼女は丸いピンクのパフで鼻を叩きながら、スペードにしかめっ面をしてみせた。「こっちに戻ってくる途中、船火事があったのよ。その船は埠頭《ふとう》から曳《ひ》かれていったけれど、煙がいっぱいわたしの乗ってたフェリーに押し寄せてきたの」

スペードは両手を椅子の肘掛けに置いて尋ねた。「ひょっとして、その船は船名がわかるくらいきみのフェリーのそばを曳かれていかなかったかな？」

「曳かれていったわ。ラ・パロマ号っていう船だった。でも、どうして？」

スペードは哀れっぽい笑みをつくって言った。「そんなこと、どうしておれにわかる、相棒《シスター》？」

15　いかれ頭ひとりひとり

スペードとポルハウスはビッグ・ジョンが経営する〈ステーツ・ホフ・ブラウ〉のテーブルについて、豚足の酢漬けを食べた。

ポルハウスが薄い色のゼリー状になった部分をフォークにのせ、皿と口のあいだで止めて言った。「なあ、聞けって、サム！　こないだの晩のことは忘れてくれ。あいつに弁明の余地はないよ。だけど、あんなからかわれ方をしたら、誰だって頭にくるよ」

スペードはしげしげと眼のまえの刑事を見て言った。「おれに会いたいと言ってきたのは、今言ったことが言いたかったからか？」

ポルハウスは黙ってうなずき、フォークにのせたゼリー状のものを口に放り込み、嚥下《えんげ》して、首肯《しゅこう》し、さらにことばで補強した。「だいたいは」

「ダンディに言いつけられたのか？」

ポルハウスは不快げに口元を曲げた。「ダンディがそんなことをするわけがないのはあんたも知ってるだろ？　彼もあんたに引けを取らない石頭だってことは」

スペードは苦笑いをして首を振った。「いや、あいつはそうでもないよ、トム。自分でそう思ってるだけだ」

トムはまた嫌な顔をして豚足をナイフで切りながら不平をこぼした。「なあ、もうちょっと大人になれないのか、サム？　何に臍を曲げてる？　彼はあんたを痛めつけたわけじゃない。いや、むしろ結果的にはあんたのほうが立場がよくなった。やつを恨んでどんないいことがある？　恨みつらみを買う種を自分から蒔《ま》いておきながら」

スペードはナイフとフォークを慎重に自分の皿の上に並べると、皿の両脇に両手を置いた。薄くなった笑みには温もりのかけらもなかった。「この街のお巡り全員が残業までして、おれに対する恨みつらみをもうちょこっと積み上げてくれても、おれは痛くも痒くもないよ。たぶんそれに気づきもしないんじゃないかな」

ポルハウスは赤ら顔をさらに赤くして言った。「なんとも嬉しいことを言ってくれるじゃないか、しかもこのおれに」

スペードはナイフとフォークを取り上げて食べはじめた。ポルハウスも食べた。ややあって、スペードが尋ねた。「港で船火事があったそうだが、見たか？」

「煙だけな。感情的になるなよ、サム。ありゃダンディが悪かった。それは本人にもわかってる。いつまでも根に持つなよ」

「だったら、おれのほうからやつのところに出向いていって、おれの顎がやつの拳を傷めたりしなかったことを願ってるとかなんとか、言えばいいのかな？」

ポルハウスはわざと乱暴に豚足をナイフで切った。

スペードは言った。「マイルズの兄貴のフィルは今もまだタレ込みに来てるのか？」

「いい加減にしろ！　ダンディだってあんたがマイルズを撃ったなんて思っちゃいなかった。だけど、手がかりを追う以外彼に何ができた？　彼の立場だったら、あんただって同じことをしただろ？　それは自分でもわかってるんだろ？」

「ほう、そうなのか？」スペードの眼が意地悪く光った。「だったら、なんでおれがやったんじゃないって、やつは思い直したんだ？　あんたもなんでそう思ってるんだ？　いや、あんたは思ってないのか？」

ポルハウスの顔がまた赤くなった。「マイルズを撃ったのはサーズビーだ」

「とあんたは思ってるわけだ」

「やつがやったんだ。ウェブリーはやつの銃で、マイルズの遺体から出てきた弾丸《たま》はその銃から発射されたものだった」

「それは確かか？」とスペードは尋ねた。

「どこまでもな」と刑事は答えた。「あの日の朝、サーズビーの部屋でその銃を見たというホテルのボーイがいるんだよ。ボーイがその銃をことさらよく覚えてたのは初めて見たからだ。おれもこれまで見たことがなかった。あんたの話じゃ、今じゃもうイギリスでも造られてないそうだな。そういうものがそこらにいくつも転がってるとは思えない。それにその銃がサーズビーの銃じゃないとしたら、サーズビーの銃はどこに行っちまったんだ？ マイルズの体から摘出された弾丸はサーズビーの銃から発射されたものでまちがいないよ」ポルハウスはパンを口に入れかけ、そこで手を止めて尋ねた。「あんたはあれとおんなじやつをまえに見たことがあるって言ったよな。どこで見たんだ？」

そう言って、ポルハウスは口にパンを放り込んだ。

「戦前のイギリスでだ」

「だよな。これで一件落着だ」

スペードはひとつうなずいてから言った。「つまり、これでおれが殺したのはサーズビーただひとりってことになったわけだ」

ポルハウスは椅子の上で居心地が悪そうに身を動かした。顔がまた赤くなり、てらてらと光った。「いい加減勘弁してくれよ。どうしても忘れられないって言いたいのか、ええ？」真情この上ない不満だった。「もうすんだことだ。それはおれも知ってることだし、あんたも知ってることだ。なのにいつまでもぐちゃぐちゃ言って。それでも自分はそんな探偵じゃないってか？　そうだろうとも。おれたちがあんたに仕掛けたやり口も絶対に使わない探偵さんってわけだ」

「おれに仕掛けたやり口じゃなくて、おれに仕掛けようとして失敗したやり口だろ、トム？」

ポルハウスは低い声で悪態をつき、豚足の残りを乱暴に始末しにかかった。

スペードは言った。「わかったよ。すんだことだってことはあんたも知ってれば、おれも知ってる。だったらダンディはどう思ってる？」

「もうすんだことだってことは彼もわかってる」

「何が彼を目覚めさせた？」

「なあ、サム、彼だってほんとは最初から思っちゃいなかったよ、あんたがやっ――」ポルハウスはそこでスペードが笑みを浮かべているのを見て、言いかけたことばを引っ込め、別なことを言った。「サーズビーについちゃ前歴がわかった」

「ほう？　やつは何者だったんだ？」

ポルハウスはその小さな茶色の眼で疑わしげにスペードの顔を見た。スペードはこらえ性のない大声をあげた。「この件に関しちゃおれはなんでも知ってるっておつむのいいあんたらは思ってる。あんたらがそう思ってる半分でもおれにわかってたらどんなにいいか！」

「それはこっちもおんなじだよ」とポルハウスはぶつぶつと言った。「サーズビーについて最初にわかったのはセントルイスの殺し屋だということだ。あっちじゃあれやこれやで何度もパクられてるみたいだが、イーガン一家の身内だったんで、どの件でも大したお咎めは受けなかった。そんな一家の傘の下からなんでおん出たのかはわからないが、一度ニューヨークで挙げられてる。スタス（カード賭博の一種）の賭場《とば》を荒らしたのさ。ところが、自分の女にチクられて、悪名高いファロン弁護士に出してもらうまで一年ほどお務めすることになった。その二年後、サーズビーを怒らせた別の女を銃で殴って、ジョリエット刑務所で短い刑に服してる。それからあとはディクシー・モナハンにうまく取り入ったみたいで、どういうことでパクられようと、すぐに釈放されるようになった。だけど、これはディクシーがシカゴの賭博界の大物〝ギリシャ人のニック〟と同じくらい幅を利かせてた頃の話だ。そのあとディクシーは借金を返さなかったか、返せなくなったかのどっちかで、組織のやつらと揉めて、シカゴからとんずらするんだが、ディクシーのボディガードをしてたサーズビーも一緒に逃げた。それが二年まえのことだ――ちょうど〈ニューポート・ビーチ・ボーティング・クラブ〉が閉鎖された頃だ。その件にディクシーが関わってたのかどうかはわからないが。いずれにしろ、それ以来ディクシーもサーズビーもどこにも姿を現わさなかった。今度の件が起こるまでは」

「サーズビーと一緒にディクシーもサンフランシスコにいるのか？」とスペードは尋ねた。

ポルハウスは首を振って言った。「いや」彼の小さな眼が探るように鋭くなった。「あんた自身が仮の姿を見たか、誰かが彼を見たことを知ってるのでないかぎり」

スペードは椅子の背にゆったりともたれ、煙草を巻きはじめた。「おれは見てないし、見たと言ってるやつも知らないよ」とおだやかな口調で言った。「全部初耳だ」

「そうだろうとも」とポルハウスは言って鼻を鳴らした。

スペードはそんなポルハウスににやりと笑ってみせながら尋ねた。「サーズビーに関する今の情報はどこで仕入れた？」

「いくつかは警察記録に載ってる。ほかは――まあ、あちこちからだな」

「たとえばカイロからとか？」今度はスペードの眼が探るような光を帯びた。

ポルハウスはコーヒーカップを置いて言った。「やつからはひとことも訊き出せなかった。あんたに入れ知恵されたみたいで」

スペードは声をあげて笑った。「あんたとダンディみたいな腕っこきの刑事がふたりがかりで一晩かけても、あの〝谷間の百合〟を落とせなかったのか？」

「〝一晩かけても〟とはどういう意味だ？」ポルハウスは抗議した。「聴取は二時間もできなかったよ。何を訊いても埒《らち》が明かないんで、こっちが音《ね》を上げて帰したよ」

スペードはまた声をあげて笑った。そして、ビッグ・ジョンの眼をとらえると、勘定を頼んだ。「このあと地方検事とデートの約束があってね」勘定の釣りを待っているあいだに彼はポルハウスにそう言った。

「向こうから会いたいと言ってきたのか？」

「そうだ」

ポルハウスは椅子をうしろに押しやって立ち上がった。長身でビヤ樽腹、がっしりしていて粘着質。それがポルハウスだ。「おれがあんたにしゃべったことを検事に話しても、おれにとっちゃそれはなんの役にも立たないからな」とポルハウスは言った。

ひょろっとして、耳が横に飛び出した若い男がスペードを地方検事のオフィスに案内した。スペードは中にはいると、笑みを浮かべながら気楽に言った。「やあ、ブライアン」

ブライアン地方検事は立ち上がると、机越しに手を差し出した。中肉中背で髪はブロンド、歳はおそらく四十五、黒いリボンを垂らした鼻眼鏡の向こうの好戦的な青い眼、雄弁家の大きすぎる口、えくぼのできる幅の広い顎。「よろしく、スペード」と言った彼の声はよく響いた。隠された力を感じさせる声だった。

ふたりは握手を交わして坐った。

地方検事は机に置かれた機械についている四つのにぶく光るボタンのひとつを押した。さきほどのひょろっとした若い男がドアをまた開けた。検事は若い男に言った。「ミスター・トマスとヒーリーにここに来るように言ってくれ」そのあと椅子の背にもたれると、むしろ陽気にスペードに言った。「きみと警察は最近あまりうまくいっていないそうだが」

スペードは右手を無造作に動かして軽い調子で言った。「大したことじゃない。ダンディがちょっと張りきりすぎてるだけだよ」

ドアが開き、ふたりの男がはいってきた。そのうちのひとりにスペードが声をかけた。「やあ、トマス！」トマスは服装も髪も同じように乱れた、ずんぐりした体形の三十歳の男だった。

そばかすの浮いた手でスペードの肩を叩いて言った。「調子はどうだ？」そう言ってスペードの横に坐った。もうひとりはトマスより若かったが、顔色の悪い男だった。ほかの三人と少し距離を取って坐ると、膝の上に速記用ノートを器用に置いて、ノートの上に緑の鉛筆を構えた。

スペードは男のほうをちらりと見やり、さも可笑しそうに笑いながらブライアンに尋ねた。「おれがしゃべることはなんでもおれに不利な証拠になるのかな？」

地方検事は笑みを浮かべた。「きみのその考えはまちがってないよ」そう言って、はずした眼鏡を点検してからかけ直した。そして、眼鏡越しにスペードを見て言った。「サーズビーを殺したのは誰だ？」

スペードは言った。「知らない」

ブライアンは眼鏡につけられた黒いリボンを親指とほかの指でつまんで揉みながら、わけ知り顔に言った。「もしかしたらそれはほんとうなのかもしれない。しかし、きみには犯人の見当がかなり正確につけられるんじゃないか？」

「かもしれない。でも、そういうことをしようとは思わない」

地方検事は眉を吊り上げた。

「そういうことをしようとは思わない」とスペードは繰り返した。落ち着いた声で。「おれの見当はあたってるかもしれないし、無残にはずれてるかもしれない。だけど、ミセス・スペードは地方検事と検事補と速記者のまえで憶測を語るようないかれた子供は育てなかった」

「どうして黙ってなきゃならない？　隠さなきゃならないことが何もないなら」

「誰にだって」とスペードは相変わらず落ち着いて答えた。「隠さなきゃならないことのひとつやふたつはあるものだ」

「きみにもそういうものが――」

「自分の憶測とか。例をひとつ挙げるとすれば」

地方検事は机を見下ろし、眼をまたスペードに戻すと、眼鏡をより強く鼻に押しあてて言った。「速記者がいないほうがいいのであれば、退出させてもいい。ただ便宜的に同席させただけだから」

「速記者がいようといまいとかまわない」とスペードは言った。「しゃべったことはなんでも記録してくれてかまわない。署名も喜んでするよ」

「どんな書類にしろきみに署名してもらおうとは思ってないよ」とブライアンは請け合った。「これを公的な聴取とは思わないでくれ。そもそも私は警察が立てた仮説に与《くみ》してもいない。むしろ信じていないと言ったほうが正確だ」

「ほう?」

「露《つゆ》ほども」

スペードは吐息をついて脚を組んだ。「それは嬉しいかぎりだ」彼はポケットに手を入れて煙草と巻き紙を探した。「となるとあんた自身の仮説は?」

ブライアンは椅子に坐ったまま身を乗り出した。その厳しい眼が鼻眼鏡レンズのふち越しに光った。「誰に頼まれてアーチャーはサーズビーを尾けてたんだ? それを教えてくれたら、誰がサーズビー殺しの犯人か教えてやるよ」

スペードは小馬鹿にしたような笑い声をあげて言った。「あんたもダンディとおんなじくらい考えちがいをしてる」

「きみは誤解してるよ、スペード」とブライアンは机を両の拳でこつこつと叩きながら言った。「誰もきみの依頼人がサーズビーを殺したなどとは言ってない。あるいは殺させたとは。ただ、きみの依頼人が誰なのか、あるいは誰だったのかわかれば、サーズビー殺しの犯人もおのずとわかってくるんじゃないかと言ってるだけだ」

スペードは火をつけた煙草を口から離すと、肺から煙を吐き出し、困惑したように言った。「あんたの言う意味がよくわからないんだが」

「わからない？　だったらこう言おうか——ディクシー・モナハンはどこにいる？」

困惑したスペードの顔は変わらなかった。「そう言われても変わらない。それでもよくわからない」

地方検事は眼鏡をはずすと、言いたいことを強調するように眼鏡を振って言った。「サーズビーがモナハンのボディガードだったことはわかってるんだ。モナハンが二十万ドルほどの賭けの負け分を踏み倒してシカゴからとんずらしたとき、サーズビーも一緒だったことも。その金の貸し方が誰だったのかはまだわかってないが」彼はまた眼鏡をかけるとむっつりとした笑みを浮かべた。「しかし、貸し方に見つけられたら、賭けの負け分を払わなかったギャンブラーもそいつのボディガードもどうなるか、そんなことは誰でも知ってる。今に始まったことじゃない」

スペードは舌で唇を舐めたあと、唇を横に広げて歯を見せた。醜い笑顔ができあがった。ひそめた眉の下で眼が光った。シャツの襟の上の咽喉元が赤味を帯びてふくれ上がった。その声は低くしゃがれ、憤っていた。「で、どう思うんだ？　シカゴのやつらに雇われておれがモナハンを殺したとでも？　それともおれはただモナハンを見つけるだけでよくて、モナハンの始末はシカゴのやつらに任せたとでも？」

「ちがうよ、ちがう！」と地方検事は否定した。「きみは私を誤解してる」

「ああ、誤解であることを心底願うよ」とスペードは言った。

「検事が言ったのはそんなことじゃないよ」と横からトマスが言った。

「だったら検事は何が言いたいんだ？」

ブライアンはふたりのやりとりを手で払うような仕種をして言った。「私が言いたいのは、もしかしたらきみはそれと知らずにこの件に関わってしまったんじゃないかということだ。そういうことも――」

「なるほど」とスペードは皮肉っぽい笑みを浮かべて言った。「あんたはおれのことを悪党とは思ってなくて、ただのヌケ作だと思ってるわけだ」

「たわごとはもういい」とブライアンは語気を強めて言った。「ある人物がきみのところにやってきて、モナハンを捜してくれという依頼を持ち込んだとしよう。モナハンがサンフランシスコにいると思われる理由を挙げて。その人物はまったくでたらめの話をきみにしたのかもしれない。そんなつくり話などいくらでもできる。あるいは、モナハンは借金を抱えてとんずらしたということぐらいは明かしたかもしれない。細かいところは抜きにして。その人物の話の裏に何があるか、どうしてきみにわかる？　それが通常の探偵業務じゃないことがどうしてきみにわかる？　だからそういう状況下でのことだったとすれば、きみが責任を問われることはないということだ。ただし」――彼はそこで声を落とした。相手により強く印象づけるキーになるまで。ことばを区切って一語一語明瞭に続けた――「きみが殺人犯の名前にしろ、犯人逮捕につながる情報にしろ、そういうものを故意に隠したりしたら、その場合は立派な共犯となる」

スペードの顔から怒りが消えていた。「そういうことが言いたかったのか？」と確かめた声からも。

「そうだ」

「わかった。そういうことならなんの問題もない。どのみちあんたらはまちがってる」

「だったらそれを証明してくれ」

スペードは首を振って言った。「証明はできない。話すことはできても」

「だったら話してくれ」

「ディクシー・モナハンのことで何か依頼をしてきたやつなどいない」

ブライアンとトマスは顔を見合わせた。ブライアンはまたスペードに眼を戻すと言った。

「しかし、彼のボディガードのサーズビーに関する依頼はあった。それは、さっききみも認めた」

「ああ。彼の元ボディガードのサーズビーに関する依頼があったのはまちがいないよ」

「元ボディガード？」

「そうだ。元だ」

「サーズビーはもうモナハンのボディガードをやってなかったのか？　それは確かか？」

スペードは手を伸ばして煙草の吸い殻を机の上の灰皿に捨てると、気軽に言った。「確かなことは何も知らんよ。おれの依頼人はモナハンなんかになんの興味もなければ、興味を持ったことなどこれまで一度もなかった。それ以外、おれは何も知らんよ。あと、これは聞いた話だが、サーズビーはモナハンと東洋までは一緒に行ったものの、そこでモナハンをおっぽり出したみたいだ」

地方検事と検事補はまた顔を見合わせた。

トマスが言った。無造作な口調を装っていたが、内面の興奮は隠しきれていなかった。「となると、この件に関して新たな面が出てくる。モナハンを見捨てたということで、モナハンの仲間がサーズビーを消したということもありうる」

「死んじまったらギャンブラーに仲間なんぞ残らない」とスペードは言った。

「そういうことなら、さらにふたつの可能性が考えられる」とブライアンが言い、椅子の背にもたれてしばらく天井を眺めると、すばやく上体をまっすぐに伸ばして続けた。「つまり全部で三つだ。まずひとつ、サーズビーはモナハンが借金を踏み倒したシカゴのギャンブラーに殺された。サーズビーがモナハンを見捨てたとも知らず——あるいは、それが信じられなかったかして。ただサーズビーがモナハンと一緒に逃げたという理由だけで殺したことも考えられる。あるいは、モナハンの居場所を教えようとしなかったか。ふたつ目はさっきトマスが言ったように、サーズビーはモナハンの仲間に殺された。最後はこれだ。サーズビーは敵にモナハンを売ったものの、そのあとそいつらと揉めて殺された」

「四番目はこうだ」とスペードが愛想よく微笑んで言った。「モナハンは老衰で死んだ、だ。今のあんたらの話、本気で言ってるんじゃないよな?」

　地方検事とトマスはスペードをじっと見すえた。が、ふたりとも何も言わなかった。スペードはふたりに交互に笑みを向けてから、ふざけて哀れむように言った。「おふたりともアーノルド・ロススタイン（ニューヨークのギャングのボス。ギャンブラーに殺された）のことが頭から離れないのかね」

　ブライアンが左手の甲を右手の手のひらに打ちつけて言った。「私が今言った三つの仮説のひとつが正解だよ」それまでの抑制された声ではなくなっていた。人差し指を一本立てて右手を上げ、そのあと鋭く下げて水平にするとスペードの胸を指して言った。「この三つの仮説のうちどれが正解か、判断するのに役立つ情報をきみは持っているはずだ」

　スペードは面倒臭そうに言った。「そうなのか?」ただ顔つきは真面目だった。下唇に指をやり、指を眺め、そのあとその指で首のうしろを掻いた。苛立たしげな皺が額に刻まれていた。鼻から深々と息を吐くと、不機嫌を声にのせてうなった。「おれがあんたに与えられる情報なんか、あんたはきっと欲しがらないよ、ブライアン。なぜってそんなものはなんの役にも立たないからだ。ギャンブラーの復讐劇というあんたのシナリオをぶち壊しにするだけさ」

ブライアンは背すじを伸ばすと、肩をそびやかして言った。厳しい声音だった。が、権威を笠に着たようなところはなかった。「そういうことを決めるのはきみじゃない。正しかろうとまちがっていようと、それでも私は地方検事なのだよ」

スペードは、上唇を吊り上げた。犬歯がのぞいた。「これは非公式の話し合いだと思っていたが」

「私は法の執行官で、法の執行官というのは一日二十四時間その職にあるんだよ。公式であれ非公式であれ、犯罪の証拠の秘匿が正当化されることはない。ただしもちろん」――ブライアンはそこで意味ありげにうなずいた――「憲法で保障されている条件を満たしている場合は、そのかぎりじゃないが」

「しゃべるとおれが不利になる場合はそのかぎりじゃない？　そういうことか？」とスペードは落ち着いた声音で訊き返した。ほとんど面白がっているようなところがあった。ただ顔つきはちがった。「だったらおれはもっといい条件を満たしてる。今のおれにぴたりと合った条件をな。おれの依頼人にはおれに秘密を適切に守らせる権利がある。大陪審や検死審問に引っぱり出されたら、そりゃしゃべらなきゃならなくなるかもしれない。しかし、今のところ、そのどっちからも呼ばれてない。そういうことにならないかぎり、おれが依頼人のことをあちこちで触れまわるなんてありえない。なのに、あんたらも警察もこないだの夜の連続殺人におれが関わってると責め立てる。あんたらとも警察とも揉めたことはこれまでにもあるから言うんだが、おれのためにあんたらがこさえてくれた面倒から逃れるには、どうやら自分で犯人を見つけて引っ立ててくるしかなさそうだ。きれいに包んでリボンまでつけてな。でもって、おれが犯人を捕まえて、縛りつけて引っ立てる唯一の方法は、あんたらとも警察とも関わりを持たないでいることだ。なぜって、あんたらにも警察にもこの事件がどんな事件なのか、まるっきりわかっちゃいないからだ。その気配もないからだ」スペードはそこで立ち上がると、肩越しに振り返り、速記者に言った。「ちゃんと書き取ったか、若いの？　ちょっと速くしゃべりすぎたかな？」

速記者はびっくりしたような眼で彼を見て答えた。「いえ、ちゃんと書き取ってます」

「よろしい」そう言って、ブライアンのほうにまた向き直った。「法の執行を妨げたということでおれの免許を取り上げたけりゃ、さっさと警備局に行けばいい。ただ、言っとくと、あんたらはまえにもそういうことをやろうとしたけど、できなかった。笑い者になっただけだった」そう言って彼は帽子を取り上げた。

ブライアンが言いかけた。「ちょっと待てよ――」

スペードは言った。「こういう非公式な話し合いはもう要らない。あんたらにしろ警察にしろ話すことは何もない。市から給料をもらってるいかれ頭ひとりひとりから難癖をつけられるのにも、ほとほとうんざりだ。このあとおれに会いたけりゃ、おれをパクるか、召喚状でも持ってきてくれ。ただしそのときは弁護士と一緒に来る」彼は帽子をかぶった。「次は検死審問でってことで、たぶん」それだけ言うと肩を怒らせ、出ていった。

16　第三の殺人

スペードは〈ホテル・サッター〉に行って、そこから〈アレグザンドリア・ホテル〉に電話をかけた。ガットマンはいなかった。彼の連れの者もいなかった。次に〈ホテル・ベルヴェデール〉に電話した。カイロもいなかった。その日彼の姿を見かけた者も。

スペードは自分のオフィスに向かった。

やけにめだつ服装をした、色の浅黒い、脂ぎった男が受付室にいた。エフィ・ペリンがその男を示して言った。「こちらの方があなたに会いたがっておられます、ミスター・スペード」

スペードは笑みを浮かべて一礼し、奥のオフィスのドアを開けて言った。「どうぞ中へ」そのあとエフィ・ペリンに尋ねた。「例の件で何か進展は？」

「ありません。ミスター・スペード」

色の浅黒い男はマーケット通りの映画館の館主で、チケット売りのひとりとドアマンが企んで、売り上げをちょろまかしているのではないかと疑っていた。スペードは急かして事情を話させると、請け合った。「なんとかしましょう」そう言って、依頼料として五十ドル求め、その額を受け取り、三十分たらずで帰らせた。

廊下に出るドアが閉まる音がして、館主が出ていくと、エフィ・ペリンがプライヴェート・

オフィスにはいってきた。日に焼けたその顔は心配げでもの問いたげだった。「まだ彼女は見つからないのね？」

スペードは首を振り、こめかみの痣のまわりを指先で輪を描くように軽く撫でつづけた。

「傷の具合は？」と彼女は尋ねた。

「大丈夫だ。だけど、頭痛がまだひどい」

彼女は彼のうしろにまわると、彼の手をこめかみからどけさせ、ほっそりとした指でかわりに撫ではじめた。彼はうしろにもたれた。頭が椅子の背のてっぺんを越えて、彼女の胸に押しあてられた。彼は言った。「きみは天使だ」

彼女は屈んで頭を低くし、彼の顔を見下ろして言った。「彼女を見つけなきゃ、サム。もう丸一日以上――」

彼は身じろぎをし、苛立たしげに彼女のことばをさえぎって言った。「人の指図を受けてやらなきゃならないようなことはおれには何もない。それでも、このろくでもない頭をあと一分か二分休ませてくれたら、捜しに行くよ」

彼女はつぶやくように言った。「可哀そうなあなたの頭」そのあとしばらく彼のこめかみを撫でてから尋ねた。「彼女がどこにいるかはわかってるの？　あてはあるの？」

そのとき電話が鳴った。スペードは受話器を取って言った。「もしもし……ああ、シド。おかげでうまくいったよ。ありがとう……いや……もちろん。偉そうにしてやがったけど、それはこっちもおんなじか……ギャンブルがらみの抗争とか夢みたいなことをほざいてた……まあ、別れるときにキスし合ったりはしなかった。こっちは戦う準備はできてるって言って帰ってきた……それはあんたが心配すればいいことだ……そうだ。じゃあ」彼は受話器を戻すと、椅子の背にまたもたれた。

エフィ・ペリンはうしろから彼の脇にまわり込んで言った。「彼女がどこにいるか、あなたは自分ではわかってるって思ってるの、サム？」

「どこへ行ったかはわかってる」とスペードは答えた。渋々教えたといった口調だった。

「どこ？」とエフィは勢い込んで尋ねた。

「きみが燃えてるのを見た船だ」

彼女は黒眼が白眼ですっかり囲まれるまで大きく眼を見開いた。「そこへは行ったのね」それは質問ではなかった。

「いや、行ってない」とスペードは答えた。

「サム」と彼女は怒りもあらわに大きな声をあげた。「彼女、もしかしたら――」

「彼女はきみのフェリーが着いた埠頭に行った」と彼は不機嫌な声で言った。「だからといって、そこへ無理やり連れていかれたわけじゃない。火事を起こした船が入港することがわかると、彼女は自分でそっちに行ったんだ、きみの家じゃなくて。なあ、どうしろと言うんだ？おれは依頼人のあとを追いかけて、どうか手助けさせてくださいって頼んでまわらなきゃいけないのか？」

「でも、サム、わたしが船火事の話をしたときには！――」

「それは午《ひる》のことだ。おれはそのあとポルハウスと会う約束をしていて、さらにブライアン地方検事とも会わなきゃならなかった」

彼女は強ばらせた上瞼と下瞼の隙間からスペードを睨んで言った。「サム・スペード、あなたって、自分がなりたいときには神がつくり給うた誰より見下げはてた男になれるのね。彼女があなたに相談しないで勝手に行動したから、ただそれだけで、あなたは何もしないのね。彼女に危険が迫ってることがわかっていても、ただ手をこまねいているだけなのね。もしかしたら、彼女は――」

スペードは顔を赤くし、頑なに言った。「彼女は自分の世話は自分でできる女だよ。助けが必要と思えば、どこに来ればいいのかもわかってる。その助けがいつ自分に利するかも」

「意地の悪いことを言うのね」とエフィは大きな声をあげた。「結局、そういうことよ！　あなたに相談しないで、彼女が自分の考えで行動したのがあなたは面白くないのよ。でも、どうしてそうしちゃいけないの？　あなただって彼女に対してすごく正直というわけじゃなかった。率直でもなかった。なのに彼女のほうは百パーセントあなたを信用しなくちゃいけないの？」

スペードは言った。「もういい」

彼のその声音に、感情を昂《たかぶ》らせた彼女の眼に一瞬、不安がよぎった。が、彼女が首を大きく一振りしただけで、そんな気配はあっさり消えた。唇をきつくすぼめてエフィは言った。「今すぐ埠頭に行って、サム。行かないなら、わたしが行くわ。警察を連れて埠頭に行くわ」そこで声が震えた。細くもなり、最後は涙声になった。「ああ、サム、行って！」

スペードはそんな彼女に悪態をつきながら立ち上がった。「まったく！　ここできみが泣き叫ぶのを聞いてるより、出かけたほうがよさそうだ。ずきずき痛む頭にも」彼は時計を見た。「きみはもうここに鍵をかけたら帰ってくれ」

彼女は言った。「帰らない。あなたが戻るまでここで待ってる」

彼は言った。「好きにしろ」そう言って、帽子をかぶった。が、そこでこめかみの痛みにひるみ、帽子を頭から取ると手に持って出ていった。

スペードはその一時間半後、五時二十分にオフィスに帰ってきた。上機嫌で。戻るなり、エフィに訊いた。「ハニー、どうしてきみは時々なんともつき合いにくい人間になるんだろうな？」

「わたしが？」

「ああ、きみがだ」スペードはそう言って、指をエフィの鼻の頭に強く押しつけ、そのあと彼女の腋に両手を差し入れると、彼女を持ち上げ、顎にキスをした。そして、また床におろすと尋ねた。「おれがいないあいだ何かあったかな？」

「〈ホテル・ベルヴェデール〉のルーク——だったかしら？——その人が電話してきて、カイロが帰ってきたってあなたに伝えるように言われた。三十分ほどまえのことよ」

スペードは口をきつく結ぶと、大股で振り返り、ドアに向かった。

「彼女を見つけた？」とエフィは声をかけた。

「戻ったら話す」スペードはそう答え、立ち止まることもなく急ぎ足でまた出ていった。

オフィスを出て、〈ホテル・ベルヴェデール〉に着くまでタクシーで十分とかからなかった。ホテルの警備係のルークはロビーにいた。にやりと笑い、首を振りながらやってきて、スペードを出迎えた。「十五分まえだ。あんたの鳥は飛び立っちまった」

スペードはおのれの不運を呪った。

「チェックアウトした――荷物をまとめて」とルークは言って、よれよれになったメモ帳をヴェストのポケットから取り出すと、親指を舐めてページを開き、メモ帳をスペードのまえに差し出した。「やつを乗せていったタクシーのナンバーだ。それぐらいは仕事をしておいてやったよ」

「ありがとう」スペードは封筒の裏にナンバーを書き写した。「行き先の住所は残していかなかったか？」

「いかなかった。馬鹿でかいスーツケースをさげて戻ってきたと思ったら部屋に上がって、荷造りをして降りてきた。あとはホテルの勘定をすませて、タクシーに乗って出ていった。彼が運転手に行き先を告げたところは誰も聞いてない」

「やつのトランクは？」

ルークはあんぐりと口を開けて言った。「そうか。忘れてたよ！　来てくれ」

ふたりはカイロの部屋に行った。トランクはそこにあった。閉じられていたが、鍵はかかっていなかった。中は空っぽだった。
ルークが言った。「なんなんだ、こりゃ！」
スペードは何も言わなかった。

オフィスに戻ると、エフィ・ペリンがもの問いたげに彼を見た。

「取り逃がした」とスペードはうなるように言って、プライヴェート・オフィスにはいった。

エフィはそのあとに続いた。彼は椅子に坐り、煙草を巻きはじめた。彼女は彼のまえで机に腰かけると、爪先を彼の椅子の座面の端にのせて言った。

「ミス・オショーネシーは？」

「彼女も取り逃がした」と彼は答えた。「だけど、彼女はあそこにいた」

「ザ・ラ・パロマ号に乗っていたの？」

「〝ザ〟は要らない」

「ご高説は要らない。邪険にしないでよ、サム。話して」

彼は煙草に火をつけ、ライターをポケットにしまい、彼女の脛《すね》を軽く叩いて言った。「そう、ラ・パロマ号にいた。彼女は昨日の午《ひる》すぎにラ・パロマ号に行った」眉をひそめて続けた。

「ということは、〈フェリー・ビルディング〉でタクシーを降りたあとすぐ行ったんだろう。ラ・パロマ号が停泊していたのは〈フェリー・ビルディング〉からほんの数本離れた埠頭だった。そのとき船長は船に乗っていなかった。船長はジャコビというやつで、彼女はその名を出して彼と会おうとした。しかし、ジャコビは商用でアップタウンに行ったあとだった。ということは、彼は彼女の訪問を予期していなかったか、していたとしても、彼女と会う約束の時間はそのときじゃなかったかということになる。彼女は彼が四時に帰ってくるまで待った。会うとそのあとも彼と過ごし、夕食を彼の船室で一緒に食べた」

彼は煙草を吸って煙を吐くと、横を向いて唇についた煙草の葉を吹き飛ばして続けた。「彼女との夕食のあと、ジャコビ船長はさらに三人の訪問を受けた。そのうちのひとりはガットマンで、もうひとりはカイロ、最後のひとりは昨日きみにガットマンの伝言を伝えた若造だ。三人は連れだってやってきて、ブリジッドも同席し、五人は船長の船室でけっこう長いこと話し合っていたそうだ。乗組員から情報を得るのは簡単じゃなかったが、いずれにしろ、五人はそのあと激しい口論となり、昨日の夜の十一時頃、船長の船室から一発の銃声が聞こえてきた。見張り係がすぐさま駆けつけたが、船長が出てきて、何も問題はないと言った。実際、新しい銃痕が船室の隅に残っていたようだが、壁のやけに高いところにあって、誰かの体を貫通してそこにあたったようには見えなかったらしい。わかったかぎり、撃たれたのはその一発だけだった。もちろん、おれにわかったことにはかぎりがあるが」

彼は顔をしかめ、また煙草を吸った。「いずれにしろ、午前零時前後に船長も四人の訪問者も全員船を降りた。五人全員ちゃんと歩いてた。それは見張り係から聞いた。その時間に勤務していた税関の係官は捕まえられなかったんで、わかったのはそれだけだ。船長はそのあと帰ってない。今日の午《ひる》に船会社の代理店の連中と会う約束だったようだが、すっぽかした。どこにいるかわからないんで、船火事についてもまだ誰も彼には報告していないそうだ」

「船火事の詳しいことは？」とエフィは尋ねた。

スペードは肩をすくめた。「よくはわからないが、火事がわかったのは今日の午《ひる》近く、場所は船尾の船倉――船のうしろの地下室みたいな場所――だった。ただ、出火したのは昨日のうちで、ちゃんと消し止められたようだけど、損傷はかなりあったみたいだ。いずれにしろ、誰も詳しいことは話したがらない。船長がまだ見つかってないからだろう。これ自体――」

オフィスの外のドアが開いた音がした。スペードは反射的に口を閉じた。エフィは机から飛び降りた。が、彼女が行き着くまえにプライヴェート・オフィスのドアが開いた。

「スペードはどこだ？」と中にはいってきた男が言った。

その声にスペードは警戒し、椅子の上で背をまっすぐに伸ばした。耳ざわりでざらついた声だった。液体がぼこぼこと泡立つような音も聞こえた。苦しげに顔を強ばらせ、男はその音を抑えていた。ことばがちゃんと相手に聞こえるように。

エフィ・ペリンは驚き、その男のまえからあとずさった。ドア口に立った男の頭とドア枠のあいだで帽子がひしゃげていた。七フィート近くもありそうな長身だった。まっすぐにカットされた、鞘《さや》のようなロングコートを着ており、ボタンを首から膝まできっちりとめていた。そのせいで痩せた体がことさら痩せて見えた。細く突き出た肩はごつごつしており、骨ばった顔――風雨にさらされ、年輪のような皺が刻まれた顔――は濡れた砂の色をしていて、頬と顎が汗で濡れていた。眼は黒く、内側のピンク色の粘膜が見えるほど垂れ下がった下瞼の上で血走り、狂気を帯びていた。細いひもが掛けられた、茶色い紙包みをしっかりと左脇に抱えていた。左手の黄色がかった爪が見えた。包みは楕円形をしており、大きさはアメリカンフットボールのボールよりいくらか大きい程度だった。

長身の男はしばらくドア口に立っていたが、スペードを認めた様子はなかった。男はさらに言った。「いいか――」そこでごぼごぼと音をたてていた液体が男のことばを呑み込んだ。男がそのあとなんと言おうとしていたにしろ。男は楕円形のものを抱えていた手の上にもう一方の手を重ねて、身を強ばらせながらもまっすぐに立った。そのあと木が倒れるようにまえによろめいた。倒れるのを止めようと、手をまえに差し出そうともせず。

スペードは表情を変えなかった。が、動きはすばやかった。弾かれたように椅子から立ち上がると、倒れかけた男を受け止めた。受け止めると同時に、男の口から血が少しこぼれた。茶色の紙包みが男の手から落ちて、床を転がり、机の脚にぶつかって止まった。男の膝から力が抜けた。腰が折れた。鞘のようなコートをまとい、スペードに抱きかかえられた男の体がぐにゃりとなった。男が床に倒れるのはスペードにも止められなかった。

スペードは慎重に左側を下向きにして男の体を床に横たえた。男の黒い眼は――血走ったままだったが、狂気はもうなかった――大きく見開かれ、まったく動いていなかった。口は血がこぼれたときのまま開いていたが、もう何も出てこなかった。その長い体も動かなかった。床ほどにも。

スペードは言った。「ドアに鍵をかけてくれ」

　エフィ・ペリンは歯をがちがち言わせ、手を震わせながら、オフィスの入口のドアの鍵をかけた。スペードは痩せた男のそばに膝をつき、男を仰向かせて、コートの中に手を這わせた。そのあとすぐに引っ込めた手は血だらけだった。そんな手を見ても、スペードの顔はいささかも一瞬も変わらなかった。どこにも触れないようにその手を掲げたまま、もう一方の手でライターをポケットから取り出し、火をつけ、男の一方の眼に、次にもう一方の眼に炎を近づけた。男の眼は――瞼も眼球も虹彩も瞳孔も――凍りついたままぴくりともしなかった。

　スペードは火を消すとライターをポケットに戻した。そして、膝をついたまま男の脇にまわり、血のついていない手で鞘みたいなコートのボタンをはずして開いた。コートの内側は血で濡れており、その下のダブルのブルーのジャケットにも血がたっぷりと沁み込んでいた。ジャケットの襟――男の胸の上で左右の襟が合わさるあたり――とその近くのコートの左右に穴があいており、そこもねっとりと濡れていた。

　スペードは立ち上がり、受付室に設えられている洗面台のところに行った。

　エフィ・ペリンは顔面蒼白で震えていた。廊下に出るオフィスのドアのノブをつかんだ手と、ドアに嵌《は》められたガラスにもたれた背中で、どうにかまっすぐに立っていた。「あの人――？」囁き声になっていた。

「ああ。胸にたぶん六発ぐらい食らってる」そう言って、スペードは手を洗った。

「わたしたち、お医者さんを――？」と彼女は言いかけた。スペードは彼女のことばをさえぎって言った。「もう遅すぎる。何かするまえに考えないと」彼は手を洗いおえ、水を流して洗面台を洗った。「あんなに食らってそんなに歩けるわけがない。だったら、くそ、どうして何かしゃべるあいだぐらい立ってられなかったんだ?」彼は顔をしかめてエフィを見た。そして、手をすすぎ、タオルを取り上げた。「しっかりするんだ。今ここで吐いたりするなよ!」彼はタオルを放り、指で髪を梳いた。「あの包みの中身を見ないと」

そう言って、プライヴェート・オフィスに戻ると、スペードは死んだ男の脚をまたいで茶色の紙包みを拾い上げた。その包みの重さがわかるなり、眼が光った。ひもの結び目が上になるよう包みを机の上に置いた。ひもは固く結ばれていた。彼はポケットナイフを取り出してひもを切った。

エフィは廊下に出るオフィスのドアから離れ、顔をそむけて死んだ男のまわりをまわり、スペードの脇まで来ていた。そして、両手で机のへりをつかんで体を支え、スペードがひもを切って、茶色の紙を破り取るのを見ていた。顔を見るかぎり、興奮が吐き気に取って代わったようだった。「これが例のものだと思う?」と彼女は囁き声でスペードに訊いた。

「すぐわかる」スペードはその大きな指を忙しく動かして、茶色の包み紙を剝ぎ取るとあらわになった、三枚分の厚みのあるざらついた灰色の紙を取り除きにかかった。眼がきらきら光っていた。その灰色の紙も取り除くと、卵形をした薄い色の木毛《もくもう》が出てきた。その詰めものも指で掻き分けた。一フィートほどの高さの鳥の彫像があらわになった。木毛の木屑が付着していない部分は石炭のように黒光りしていた。

スペードは笑って、鳥の上に手を置いた。そして、指を広げ、曲線に沿って鷲づかみにした。おれのものだと言わんばかりに。それからもう一方の手をエフィ・ペリンにまわし、彼女の体を乱暴に抱き寄せた。「おれのエンジェル、このろくでもないものがおれたちの手にはいった」

「痛い！」と彼女は言った。「痛いんだけど」

彼は引き寄せていた彼女の体を離すと、黒い鳥を両手で持ち上げ、揺すって木屑を振り落とした。自分のまえに鳥を掲げてあとずさり、勝ち誇ったようにその鳥を見つめ、まだくっついている木毛を今度は息で吹き飛ばした。

エフィ・ペリンが叫び声をあげ、怯えた顔で彼の足元を指差した。

彼は自分の足元を見た。あとずさったときに左の足が死んだ男の手に触れていた。手の側面を四分の一ほど踏んでいた。スペードは慌てて足をずらした。

電話が鳴った。

スペードはエフィに黙ってうなずいた。彼女は机のところまで行き、受話器を取ると言った。「もしもし……はい……どなたですか？……ええ、ええ……わかります！」彼女の眼が大きくなった。「ええ……ええ……このままお待ちください」そこで彼女は急に口を大きく開けた。何かを恐れるように。「もしもし！　もしもし！　もしもし！」彼女は電話のフックを何度も押してかたかた鳴らし、さらに二度「もしもし！」と繰り返した。そして、すすり泣きながら振り向くと、スペードと顔を合わせた。スペードはそのときにはもう彼女のそばに立っていた。

「ミス・オショーネシーからだった」と彼女は怒ったように言った。「あなたに会いたがってる。

〈アレグザンドリア・ホテル〉にいて――危険な状況よ。彼女の声――恐ろしかった！　ああ、サム、ほんとうにほんとうに！　電話の途中で何かが起こったのよ！　あの人を助けてあげて、サム！」

スペードは鷹を机に置くと、うんざりしたように顔をしかめた。「それよりさきにこの男の対処をしなきゃならないだろうが」そう言って、床に横たわっている細い死体を親指で示した。

彼女は泣きながら彼の胸を拳で叩いた。「駄目、絶対に駄目――あの人のところに行ってあげて。わからないの、サム？　この男の人は彼女のものを持って、わざわざここまで運んでくれたのよ。わからないの？　この男の人は彼女を助けていて、それでやつらに殺されたのよ。そんなやつらが彼女を――ああ、サム、今すぐ行って！」

「わかった」スペードはそう言うと、エフィを押しやり、机の上に手を伸ばし、黒い鳥に木毛をまとわせ、それを手早く紙で包んだ。最初よりいくらか大きくがさつな包みができあがった。「おれが出ていったら、すぐに警察に電話しろ。何があったか話せ。ただしどんな名前も出すな。きみは何も知らない。おれは電話を受けて、出かけなきゃならなくなった。どこへ行くかは言わなかった」スペードはもつれたひもに悪態をつきながらまっすぐにすると、包みを縛った。「この荷物のことは忘れろ。警察にはありのまましゃべればいい。こいつがこの荷物を持ってたこと以外は」彼は下唇を噛んだ。「ただし追及されたら別だ。警察がこの荷物のことを知ってるようなら、素直に認めろ。警察が知ってるとは思えないが。だけど、その場合はこう言うんだ。おれが包みを開けることなく持って出ていったって」彼はひもを縛りおえると、上体を起こし、包みを左の小脇に抱えた。「念のため確認だ。きみはすべてありのまま話せばいい。だけどこの代物のことは別だ。警察がこの代物のことを知らないかぎり。否定することはない――ただ、こっちから言わなきゃいい。それから電話に出たのはおれだ――きみじゃない。きみはこの男と関係のあることなど何も知らない。関係のある人物も誰ひとり知らない。この男自身についても知らない。おれの仕事についてはおれと顔を合わせるまでは何も言えない。いいか？」

「ええ、サム。この人――あなたはこの人が誰なのか知ってるの？」

スペードはオオカミのような笑みを浮かべて言った。「まあね。こいつがたぶんラ・パロマ号の船長なんだろう」彼は帽子を取り上げてかぶると、もの思わしげに死んだ男を見て、そのまわりをまわってドアに向かった。

「急いで、サム！」とエフィは言った。

「ああ」とスペードは応じたが、あまり熱のこもった応じ方ではなかった。「急ぐよ。警察が来るまえに床に落ちてる木毛を始末しておいてくれ。それからシドには連絡を取ったほうが――いや」彼は顎をこすった。「この件はしばらく彼には伏せておこう。そのほうがよさそうだ。警察が来るまでは関係者を増やさないほうがいい」彼は顎から手を離すと、今度は頬をこすった。「きみはとてつもなくいいやつだよ、相棒《シスター》」

17　土曜日の夜

スペードはたえずあたりに眼をやり、警戒を怠らず、包みを軽く小脇に抱えて足早に歩いた。彼のオフィスがあるビルから路地や狭い中庭を抜け、カーニー通りとポスト通りの角まで来たところで、タクシーを拾った。

そして、五丁目通りの〈ピックウィック・ステージ〉バスターミナルまでタクシーを走らせると、そこの手荷物預かり所に鳥を預け、切手を貼った封筒に預かり証を入れ、M・F・ホランドという名とサンフランシスコ郵便局の私書箱の番号を表書きし、封をしてポストに投函した。バスターミナルからはまた別のタクシーで〈アレグザンドリア・ホテル〉に向かった。

一二一ーC号室まで上がり、ドアをノックした。二度目のノックでドアが開いた。開けたのはきらきら光る黄色の部屋着を着た背の低いブロンドの少女だった。くすんだ青白い顔をして、必死になって内側のドアノブを両手でつかんで喘《あえ》ぐように言った。「ミスター・スペード？」

スペードは「そうだ」と答え、倒れそうになった少女を抱き止めた。

少女は彼の腕の中で体を反らした。頭がまっすぐうしろに倒れ、短いブロンドの髪もうしろに垂れ、顎から胸まで細い首が撓《たわ》みのない曲線を描いた。

スペードは少女の背中を支えている片腕を上にずらし、屈んでもう一方の腕で膝を抱えようとした。すると、少女は体をよじってそれに抗い、半開きの唇をほとんど動かすことなく不明瞭なことばを発した。「いや《ノー》！　あたしを歩か《メ・ミ・ウォ》！」

スペードは手を離して少女を歩かせた。ドアを足で蹴って閉めると、緑の絨毯が敷かれた部屋を壁から壁まで何度も往復させた。片腕を彼女の肩にまわして腋の下に手をあてがい、もう一方の手で彼女のもう一方の腕をしっかりつかみ、彼女がよろけそうになると、ちゃんと立っていられるよう支え、ふらつくとすぐに手に力を込めた。そうやって歩かせつづけた。彼女がよろけてもやめなかった。自分の体重を支える力が彼女の脚に戻るのを待った。何度も往復した。少女の足取りが乱れると、スペードもよろけそうになったが、足の母指球に力を込めてバランスを取ってこらえた。彼女の顔はチョークのように白く、何も見ていなかった。一方、スペードの顔は、一度にあちこちに鋭い眼を配っている不機嫌な男のそれだった。

抑揚のない口調で彼は彼女に話しかけつづけた。「それでいい。左、右、左、右。それでいい。一、二、三、四、一、二、三、四。さあ、まわるぞ」壁ぎわで折り返すときには彼女の体を揺すった。「戻るぞ。一、二、三、四。ちゃんとまえを見て。それでいい。いい子だ。左、右、左、右。さあ、またまわるぞ」また彼は彼女を揺すった。「いい子だ。歩け、歩け、歩け、歩け。一、二、三、四。またまわるぞ」彼は彼女を揺すった。今度はさっきより強く。そのあとペースを上げた。「これがこつだ。左、右、左、右。ちょいと急ごう、一、二、三……」

彼女は身震いをして、ごくりと音をたてて唾を呑み込んだ。スペードは少女の腕と脇腹を手でこすって温めながら、彼女の耳に口を近づけた。「いいぞ、うまくやれてるぞ。一、二、三、四。もっと速く、もっと速く、もっと速く、もっと速く。その調子だ。歩いて、歩いて、歩いて、歩いて。足を上げておろして。それでいい。またまわるぞ。左、右、左、右。やつらに何をされた？　クスリを盛られたのか？　おれがやられたのと同じやつか？」

少女の瞼がぴくっと動き、どんよりと濁った金褐色の眼が一瞬のぞいた。彼女に言えたのは「イエス」だけだった。それも最後の「ス」は聞き取れなかった。

ふたりは歩きつづけた。少女は今ではほとんど走るようにしてスペードの歩調に合わせていた。スペードは黄色いシルクの部屋着越しに両手で彼女の筋肉を叩いたり揉んだりしながら、話しつづけた。相変わらず油断なく眼をまわりに向けながら。「左、右、左、右、左、右、まわって。よし、いい子だ。一、二、三、四、一、二、三、四。まえを見て。それでいい。一、二……」

彼女の瞼がまた持ち上がった。上瞼と下瞼のあいだは一インチにも満たなかったが、それでも眼が弱々しく左右に動くのがわかった。

「いいぞ、いいぞ」とスペードはそれまでの抑揚のない口調ではなく、生き生きとした声で言った。「眼を開けつづけろ。そう、大きく――大きく！」彼は彼女を揺すった。

彼女は不快げなうめき声をあげた。それでも眼をさらに大きく見開いた。輝くところまではいかなかったが。彼は手を上げ、彼女の頬を五、六回続けてすばやく叩いた。彼女はまたうめき声を洩らし、彼から逃れようとした。彼はしっかりと彼女をつかみ、自分の脇を歩かせた。壁から壁へ。

「歩きつづけるんだ」とざらついた声で命じた。そのあと尋ねた。「いったい誰だ、きみは？」

「リア・ガットマン」と答えた彼女の声はくぐもってはいたが、聞き取れた。

「娘か？」

「イエス」今度は最後の〝ス〟も聞こえた。〝シュ〟に近かったが。

「ブリジッドはどこにいる？」

彼女は弾かれたかのようにすばやくスペードの腕の中で体の向きを変えると、彼の手を両手でつかんだ。スペードは反射的に手を引っ込めると、その手を見た。手の甲に長さ一インチ半かそれ以上の赤い引っ掻き傷ができていた。

「なんなんだ、おい？」と彼はうなり、少女の手を調べた。彼女の左手には何もなかった。が、右手を無理やり開けさせると、翡翠《ひすい》飾りのついた長さ三インチほどの鉄製のブーケ用のピンが握られていた。「なんなんだ、おい？」とスペードはまた同じことばをうなり、ピンを少女の眼のまえに突きつけた。

ピンを見ると、少女はいきなり泣きだし、部屋着を脱ぐと、その下に着ていたクリーム色のパジャマのまえをはだけて自分の体を見せた。左の乳房の下に細く赤い十字の線があった。その線は白い肌につけられた小さな赤い点でできていた。ピンで刺され、引っ掻かれた跡だ。

「絶対起きてようって思って……歩いて……あなたが来るまで……彼女が言ってたから……あなたが来るって……来るまですごく長かった」少女はそこでよろけた。

スペードは彼女に腕をまわして言った。「歩くんだ」

彼女は彼の腕に逆らい、体をもぞもぞさせて彼とまた向き合った。「駄目……あなたに話したら……寝る……彼女を助けて……」

「ブリジッドのことか？」と彼は尋ねた。

「そう……連れていかれた……バー……バーリンゲーム（サンフランシスコの二十五キロ南に位置する都市）……アンチョの二十六番地……急いで……もう手遅れかも……」頭がいきなりがくりと横に傾いた。

スペードは手荒く彼女の頭を起こして言った。「彼女を連れていったのはきみの父親か？」

「そう……ウィルマー……カイロ」彼女は体をもぞもぞさせた。瞼が震えた。が、眼は開かなかった。「……彼女を殺す」彼女の頭がまた横に傾いだ。スペードはまた手荒く彼女の頭を起こした。

「ジャコビを撃ったのは誰だ？」

彼女には聞こえなかったようだった。哀れなほど一生懸命、頭を起こし、眼を開けようとしながらぼそぼそと言った。「行って……彼女……」

スペードは容赦なく少女を揺すった。「医者が来るまで寝るんじゃない」

恐怖が彼女の眼を開けさせた。朦朧《もうろう》としたところがその表情からいっとき消えた。「駄目」と彼女はしゃがれた声で叫んだ。「父さんに……殺される……絶対殺される……だから、わたしのしたこと……言わないで……わたし、彼女のためにしたの……でも、父さんが知ったら……あと、眠っても……大丈夫……朝にはよくなる……」

彼はまた彼女を揺すった。「一晩眠ればクスリから醒めるということか？」

「イエ……」そこで首ががくんと落ちた。

「ベッドはどこだ?」

彼女は手を上げようとした。が、そこで力をなくした。絨毯以外のものを指差すことはできなかった。疲労困憊《こんぱい》の吐息とともに彼女の全身から力が抜け、少女はその場にくずおれた。

スペードは彼女を腕に受け止め――倒れかけた彼女の体に下から手をあてがい――楽々と胸に抱きかかえて、三つあるドアの一番近いドアに向かった。ラッチボルトがはずれるまでノブをまわしてドアを開け、中にはいると足で閉めた。そこは短い廊下で、脇にドアが開いたままのバスルームがあり、正面が寝室だった。バスルームの中をのぞいた。誰もいなかった。スペードは少女を寝室に運んだ。そこにも誰もいなかった。服や鏡台の上の小物を見るかぎり、男が使っている部屋のようだった。

スペードは少女を抱えたまま緑の絨毯の部屋に戻り、向かい側のドアを試してみた。中には同じような短い廊下とバスルームがあり、寝室に置かれているものが女性を感じさせた。スペードはシーツと毛布をはぐり、少女を寝かせ、靴を脱がせ、体を横向かせて黄色の部屋着も脱がせると、頭の下に枕を持ってきて、シーツと毛布を掛けた。

そうしてふたつある窓を両方とも開け、窓を背にして眠っている少女を眺めた。少女の寝息は深かったが、息づかいは問題なさそうだった。スペードは眉をひそめ、唇を細かく動かしながら部屋を見まわした。夕暮れが部屋を薄暗くしていた。その弱い光の中にたぶん五分ぐらい立っていた。最後に筋肉のついた撫で肩を苛立たしげに揺すり、部屋を出た。スイートも出た。

廊下に出るドアの鍵はかけなかった。

パウエル通りの〈パシフィック電話電信会社〉の支局まで行き、そこからダヴェンポート局二〇二〇番に電話した。「救急病院を頼む……もしもし、〈アレグザンドリア・ホテル〉の一二ーCのスイートで少女がクスリを飲まされて眠ってます……そうです。誰か人を遣《や》って、診たほうがいいんじゃないですか？　私は〈アレグザンドリア〉のフーパーという者です」

スペードは架台に受話器を置くと、声をあげて笑った。そのあとまた電話をかけた。「もしもし、フランク？　サム・スペードだ。口の堅い運転手付きの車を一台用意してくれないかな？……今から半島を南にくだりたいんだ……二、三時間ぐらいだ……そうだ。準備ができ次第、おれを拾うように言ってくれ。エリス通りのジョンの店にいる」

彼はまた別の番号――彼のオフィスの番号――にかけ、しばらく受話器を耳に押しあてたあと、何も言わずに受話器を戻した。

〈ジョンズ・グリル〉に行くと、ウェイターに急いでくれと言って、ラムチョップとベークトポテトとトマトのスライスを注文し、急いで食べた。そして、煙草を吸いながらコーヒーを飲んでいると、格子縞のキャップを斜めにかぶった若い男がはいってきた。がっしりした体格で強面ながら陽気そうな男だった。スペードのテーブルまでやってくると言った。

「準備できたよ、ミスター・スペード。満タンでもういきり立ってる」

「いいねえ」スペードはコーヒーを飲み干すと、がっしりした体格の男と一緒に店を出た。

「バーリンゲームのアンチョ通りだか、アンチョ街だか、アンチョ大通りだか、どれにしろ、知ってるか？」

「いいや。だけど、行きゃわかるよ」

「だったらそうしよう」そう言って、スペードは運転手の横に乗った。車は黒っぽいキャデラックのセダンだった。「行きたいのは二十六番地だが、早く行ければ早いほどいい。ただし、その番地の家のまえには停めないでくれ」

「了解」

ふたりとも無言で六ブロックばかり走った。運転手が言った。「相棒が殺されちゃったんだよね、ミスター・スペード？」

「ああ」

運転手は軽く舌打ちをして言った。「大変な仕事なんだね。おれはこの仕事で充分だ」

「タクシーの運転手だって永遠に生きられるわけじゃない」

「まあ、そりゃそうだけど」とがっしりした運転手は同意して言った。「それでもね。この商売で早死にしたら絶対、おれ、驚くね」

スペードはまえを見ていたが、実のところ、何も見ていなかった。それ以降、運転手が会話に飽きるまでいかにも興味のなさそうな〝イエス〟と〝ノー〟を繰り返した。

バーリンゲームにはいると、運転手がドラッグストアでアンチョ街の場所を訊いてきた。そしてその十分後、暗い交差点の手前でセダンを停め、ライトを消し、前方のブロックを手で示して言った。「ここだよ。こっちの反対側、交差点から三軒目か四軒目だね」

スペードは「わかった」と答え、車を降りた。「エンジンはかけたままにしておいてくれ。急いで出なきゃならなくなるかもしれないから」

彼は通りを反対側に渡った。遠くにひとつ街灯が灯っていた。通りの両側、一ブロックにゆったりと五、六軒並ぶ家からはそれより温かい明かりが点々と夜を照らしていた。天空高くのぼった細い月の明かりは、遠くの街灯と同じくらい寒々しく弱々しかった。通りの反対側の一軒の家の開いた窓から、ラジオの単調な音が聞こえていた。

交差点から二軒目の家のまえでスペードは足を止めた。フェンスと比べると不釣り合いなほど堂々とした門柱のひとつに、淡い色の金属でできた2と6の数字があたりの光を反射していた。数字の上に白くて四角いカードが一枚釘でとめられていた。スペードはそのカードに顔を近づけた。それはその家が売家か貸家であることを表示するものだった。門柱と門柱のあいだに門扉はなかった。スペードはコンクリートの私道を家まで歩いた。そして、玄関ポーチの階段の下で立ち止まり、長いこと佇んだ。家からはどんな音も聞こえなかった。明かりも洩れていなかった。ドアにもう一枚淡い色のカードが打ちつけられているのがわかるだけだった。

スペードは玄関ポーチの階段を上がって耳をすました。何も聞こえなかった。ドアに嵌められたガラス越しに中を見た。彼の視野をさえぎるカーテンはガラスに掛かっていなかったが、中は暗いだけだった。足音を忍ばせてすぐ横の窓まで行った。さらに次の窓まで。ドア同様、カーテンは掛かっていなかったが、中はやはり暗いだけだった。ふたつの窓が開くかどうか試してみた。両方とも鍵がかかっていた。ドアも試した。やはり鍵がかかっていた。

スペードはポーチを離れ、何があるともわからない家の側面にまわり、雑草を踏んで歩いた。側面の窓は高すぎて地面に立っているだけでは手が届かなかった。裏手のドアにも鍵がかかっていた。手が届いた窓にも。

門柱のところまで戻り、ライターをつけると両手を丸くして炎を囲み、〝売家または貸家〟と書かれたカードに近づけた。サンマテオの不動産屋の名前と住所が印刷されており、青い鉛筆で一行〝鍵は三十一番地に〟と書かれていた。

スペードは運転手のところに戻って尋ねた。「懐中電灯はあるか?」

「もちろん」と運転手は答え、懐中電灯を渡してくれた。「手を貸そうか?」

「そうなるかもしれない」そう言って、スペードはセダンに乗り込んだ。「三十一番地の家のまえまで行ってくれ。ライトはつけてくれてかまわない」

三十一番地は二十六番地を少し行った通りの反対側で、灰色の四角い家が建っていた。一階の窓に明かりが見えた。スペードは玄関ポーチの階段を上がり、呼び鈴を鳴らした。十四、五歳の女の子がドアを開けた。スペードはお辞儀をして笑みを浮かべて言った。「二十六番地の家の鍵を借りたいんだけれど」

「パパを呼んでくる」少女はそう言うと、「パパ!」と呼びながら家の奥に引っ込んだ。

肉づきがよくて赤ら顔で禿げ頭で豊かな口ひげをたくわえた男が、新聞を持って出てきた。

スペードは言った。「二十六番地の家の鍵を貸してもらえるかな?」

肥った男は疑わしげにスペードを見て言った。「電気が引かれてないから、今はいっても何も見えないよ」

スペードはポケットを叩いて言った。「懐中電灯がある」

肥った男はさらに疑わしげな眼でスペードを見た。そして、落ち着かなそうに咽喉の奥から空咳をして、手にした新聞をくしゃくしゃにした。

スペードは名刺を男に示してからポケットに戻すと、声を落として言った。「あそこに何か隠されているという情報があってね」

肥った男の顔も声も急に熱心になった。「ちょっと待ってくれ。おれも一緒に行くよ」

しばらくのち、男は赤と黒のタグがついた真鍮の鍵を持って戻ってきた。スペードは車の脇を通ったときに運転手に手招きをした。運転手もふたりに加わった。

「最近あの家を見にきた人は?」とスペードは尋ねた。

「おれの知るかぎりいないね」と肥った男は言った。「ここ二、三ヵ月鍵を取りに来たやつは誰もいないよ」

そう言い、鍵を手に先に立って歩いた。そして、三人全員が玄関ポーチに上がると、もごもご「はいよ」と言って、スペードの手に鍵を押しつけるようにして渡し、脇にどいた。

スペードは鍵をはずし、ドアを押して開けた。家の中にあるのは静寂と闇だけだった。まだ明かりをつけていない懐中電灯を左手に持って、中にはいった。運転手が彼のすぐうしろについてきた。肥った男はふたりと少し距離を置いてついてきた。三人は家の中を下から上まで隈《くま》なく調べた。三人とも最初は用心深かった。が、何もないとわかると、大胆になった。その家には誰もいなかった。そのことはまちがいなかった。さらに訪ねた者がここ何週間もいないことも。

「ごくろうさん、これで終わりだ」スペードは〈アレグザンドリア・ホテル〉のまえでセダンを降りて言った。そして、ホテルの中にはいり、フロントデスクに向かった。浅黒く生真面目な顔つきをした長身の若い男のフロント係が言った。「こんばんは、ミスター・スペード」

「こんばんは」とスペードは応じて、フロント係をフロントデスクの端まで引っぱった。「ガットマンたちは——一二一-Cだ——今階上《うえ》にいるか？」

若い男は言った。「いえ」そのあとスペードをちらっと見やってまたすぐ眼をそらした。明らかに迷っていた。が、結局、スペードにまた眼を戻すと、声を落として言った。「今日の夕方のことですが、ガットマンさまたちに関わることで奇妙なことがありました、ミスター・スペード。一二一-Cに病気の女の子がいるという通報が救急病院にあったんです」

「だけど、一二一-Cには誰もいなかった？」

「そうなんです！　誰もいませんでした。ガットマンさまたちはその頃にはもうチェックアウトなさっていましたし」

「そういういたずらをするやつらはやつらで愉しみが必要なんだろうよ。ありがとう」

スペードは電話ボックスのところに行き、ある番号にかけて言った。「もしもし……ミセス・ペリン？……エフィはいますか？……はい、お願いします……ありがとう。やあ、愛しのエンジェル！　何かいい知らせは？……それはそれはすばらしい！……ちょっと待ってくれ。二十分で行く……そうだ」

三十分後、スペードは九番街にある煉瓦造りの二階建て建物の呼び鈴を押した。エフィ・ペリンがドアを開けた。ボーイッシュな彼女の顔は疲れて見えた。それでも笑みを浮かべて言った。「ハロー、ボス。はいって」そこで彼女は声を落とした。「ママに何か言われたら、愛想よくしてね。ママ、すっごく心配しちゃってるから」

スペードは安心させるように笑みを浮かべて彼女の肩を軽く叩いた。

彼女は彼の腕に手を置いて言った。「ミス・オショーネシーは？」

「まだ見つからない」と彼は苛立たしげに言った。「うまく騙された。電話の声が彼女の声だったのは確かか？」

「ええ」

彼は不快げに顔をしかめた。「一杯食わされた」

エフィ・ペリンは明るい居間に彼を案内すると、ため息をつき、長椅子の一方の端にどっかと坐った。そして、疲労困憊しながらも明るく笑って彼を見上げた。

彼は彼女の脇に坐って尋ねた。「すべてうまくいったか？　包みのことは訊かれなかったか？」

「何も。あなたに言われたとおり彼らに話した。で、彼らはこう思ったみたい――そのときかかってきた電話と今度の件は関係があって、あなたはそれを調べに出ていったって」

「ダンディも来たか？」

「いいえ。ホフとオガー。それとわたしの知らない人たち。署長とも話した」

「本署に連れていかれたのか？」

「もちろん。山ほど訊かれたわ。でも、全部――わかるでしょ――お定まりのことばかりだった」

スペードは両の手のひらをこすり合わせて言った。「今のところ悪くない」そこで眉をひそめた。「この次会うときにはやつらはあれこれおれに押しつけてくるだろうが。少なくとも、あのへたれのダンディとかは。そう、ブライアンもだ」スペードはそこで肩をすくめるような仕種をして続けた。「警官以外に誰かきみの知ってるやつは来なかったか？」

「来たわ」と彼女は言って背すじを伸ばして坐り直した。「あの若い男よ――ガットマンのことづてを伝えに来た男。オフィスの中にはいってはこなかったけど、警察がオフィスの出入口のドアを開けたままにしてたんで、見えたの。あの男、廊下に立ってた」

「きみは何かそいつに言ったか？」

「とんでもない。よけいなことはしないようにあなたに言われてたでしょうが。だからすごく注意してたわけじゃないけど、次に見たときにはもういなくなっていた」

スペードはにやりと笑ってみせた。「そいつより警察がさきに来た。きみはものすごくついてたな、相棒《シスター》」

「どうして?」

「あいつは腐った卵だからだ。あの若い男は——毒そのものだ。死んだ男はやっぱりジャコビ船長だった?」

「ええ」

スペードは彼女の両手に手を置いて立ち上がった。「まだやらなきゃならないことがある。きみはもう寝てくれ。今日はもうくたくただろう」

彼女も立ち上がった。「サム、いったい何が——?」

彼は彼女の口に手をあてて彼女のことばをさえぎった。「その質問は明日まで取っておいてくれ。おれはきみのお母さんに捕まるまえに退散するよ。わたしの大事な子羊をどぶに引きずり込んだこのクソ野郎、なんて怒鳴られるまえに」

零時まで数分といった頃、スペードは自宅のアパートメントに着いた。建物の玄関のドアに鍵を挿したところで、背後から歩道を足早に歩く靴音がした。スペードは鍵をそのまま引き抜くと、うしろを振り向いた。ブリジッド・オショーネシーが建物の玄関の階段を走って上がってきた。そして、彼に腕をまわすと、喘ぎながら彼にしがみついた。「あなた、もう帰ってこないんじゃないかと思った!」取り乱し、憔悴しきった顔をしていた。頭から足まで震えており、その震えに顔がぐらついていた。

スペードは彼女を支えていないもう一方の手で、鍵を探ってドアを開けると、半分彼女を持ち上げるようにして中にはいり、尋ねた。「ここで待ってたのか?」

「ええ」喘ぎにことばがとぎれた。「この――通りを――ちょっと行った――建物の――戸口で」

「自分で歩けるか?」と彼は尋ねた。「それとも抱いていってやろうか?」

彼女は彼の肩に押しつけた頭を振った。「大丈夫――坐れる――ところに――行けば」

エレヴェーターでスペードのアパートメントのある階まで昇り、アパートメントまで廊下を歩いた。スペードがドアの鍵を開けるあいだ、彼女は彼の腕の中から離れ、両手を胸にあてて喘ぎながら立っていた。スペードは玄関ホールの明かりをつけた。ふたりは中にはいった。スペードはドアを閉めると、また彼女に腕をまわし、居間に向かった。居間のドアまであと一歩というところまで来て、居間の明かりがいきなりついた。

ブリジッドは叫び声をあげてスペードにしがみついた。

居間をはいったすぐのところに、ガットマンがいかにも親しげな笑みをふたりに向けて立っていた。若いウィルマーがふたりの背後のキッチンから出てきた。二挺の黒い拳銃が彼の小さな手の中ではことさら大きく見えた。バスルームからはカイロが出てきた。彼もまた拳銃を持っていた。

ガットマンが言った。「さて、ミスター・スペード、これで全員がそろいましたな。ご自分の眼でご覧になればおわかりになるとおり。中にはいって椅子に坐って、お互いくつろいで話をしましょう」

18 貧乏くじを引く男

スペードは両腕をブリジッド・オショーネシーにまわしたまま、彼女の頭越しに言いわけ程度の笑みを浮かべて言った。「いいとも。話そう」

ガットマンはだぶついた肉を弾ませながら、よたよたと三歩ほどあとずさり、ドアから離れた。

スペードと若い女は一緒に中にはいった。若い男とカイロもついてきた。カイロはドア口で立ち止まり、若い男は拳銃のひとつをしまうと、スペードのすぐうしろまでやってきた。

スペードは自分の肩越しにうしろを振り返り、若い男を見下ろして言った。「さがれよ。ボディチェックは要らないから」

若い男は言った。「じっとしてろ。よけいな口は利くな」

息を吸って吐くのに合わせてスペードの鼻孔が広くなったり狭《せば》まったりした。ただ、声に抑揚はなかった。「さがれよ。おれに指一本触れてみろ。銃を使う破目になるぞ。話し合うまえにおれが撃たれたほうがいいのかどうかボスに訊け」

「ボディチェックはやらなくていいよ、ウィルマー」と肥った男は言い、渋面をつくりながらも鷹揚《おうよう》な眼でスペードを見た。「あなたはどこまでも強情なお方だ。とにかく坐りましょう」

スペードは言った。「言っただろ？　このカス野郎のことは虫が好かないって」そう言って、ブリジッド・オショーネシーを窓ぎわのソファまで連れていった。ふたりは並んで坐った。彼女は頭を彼の肩にあずけ、彼は彼女の肩に腕をまわした。彼女はもう震えても喘いでもいなかった。ガットマンとその連れたちの突然の登場で、動物的で個人的な動きも感情も気ままに示せなくなったようだった。まだ息はしていて、意識もあるものの、不活発な植物とさして変わらなかった。

ガットマンはクッション付きの揺り椅子に身を沈めた。カイロはテーブルのそばの肘掛け椅子を選んだ。若いウィルマーは坐らなかった。拳銃を握った手を脇に垂らし、それまでカイロが立っていたドア口に移動しただけだった。カールした睫毛越しにスペードの体をずっと見ていた。カイロは手にしていた拳銃をテーブルに置いた。

スペードは帽子を取ると、坐っているソファのもう一方の端に放った。そして、ガットマンに笑ってみせた。たるんだ下唇と垂れた上瞼が顔のいくつかのVの字と相俟って、彼のその笑みはギリシャ神話の半人半獣、サテュロスのそれのようになった。「あんたのあの娘はきれいな肌のお腹をしてるな」とスペードは言った。「そんなきれいな肌をピンで刺して傷つけたりさせちゃいけない」

ガットマンは愛想よく微笑んだ。相手におもねるような笑みだった。

若い男が銃を腰だめにしてドア口から短く一歩まえに出てきた。部屋の全員が彼を見た。ブリジッド・オショーネシーの眼とカイロの眼は似ても似つかなかったが、若い男を咎める眼つきは奇妙に似ていた。若い男は顔を赤らめ、まえに出した足を引っ込め、両脚ともまっすぐにして、拳銃を下におろした。そして、もとの位置に戻ると、睫毛に隠された眼でスペードの胸のあたりをまた見はじめた。若い男の顔に差した赤味はほんのりとしたもので、しかも一瞬のことだったが、普段は冷ややかで落ち着いた顔なのに、それはいささか意外な表情だった。

ガットマンは肥った顔に笑みを浮かべ、ずる賢そうな眼をまたスペードに向けると、慇懃で満足げな声音で言った。「ええ、ミスター・スペード、あれは私としても巧い手だったとは思っていません。それでも目的は叶えられました。それは認めていただきたい」

スペードは両眉をぴくりとさせて言った。「巧い手だろうとなんだろうと、目的は叶えられていただろうよ。こっちは鷹さえ手にはいれば、すぐにでもあんたに会いたがるんだから。あんたは現金を払ってくれる客なんだぜ。なのに、バーリンゲームくんだりまで行かされるとはな。おれとしちゃこういう顔合わせがそこでできるんだと思ってたよ。そんな小細工までしながら、あんたがもたついてたとは知らなかった。いずれにしろ、あんたがあと三十分早く手を打ってたら、ジャコビがおれを見つけるまえに、あの男をまた見つけられてたかもな」

ガットマンはさも可笑しそうに笑った。満足げとしかほかに言いようのない笑い声だった。「ミスター・スペード」と彼は言った。「何はともあれ、こうしてささやかな寄り合いができたわけです。それがお望みだったのなら」

「それがお望みだったよ。おれの手から鷹を持っていくための金はどれだけ時間があれば用意できる?」

ブリジッド・オショーネシーが上体を起こし、その青い眼で驚いたようにスペードを見た。スペードはそんな彼女の肩をぞんざいに叩いた。眼はずっとガットマンの眼に向けられていた。そのガットマンの眼がぶ厚い上瞼と下瞼の隙間で嬉しそうにきらめいた。彼は言った。「そのことにつきましては」そう言って、上着の中に手を入れた。

カイロが両手を膝について椅子の上で身を乗り出した。口を開け、柔らかい上唇と下唇のあいだで息をしていた。ニスでも塗ったようにその黒い眼を光らせ、スペードの顔とガットマンの顔を交互に見ていた。

ガットマンが言った。「ミスター・スペード、それにつきましては」そう繰り返してポケットから白い封筒を取り出した。十の眼が封筒に寄せられた。今は睫毛に半分しか隠されていない若い男の眼も含めて。ガットマンはしばらく何も書かれていない封筒の表を眺め、裏返し、裏も眺めた。封はされておらず、垂れ蓋は中に折り込まれていた。ガットマンは顔を起こすと、愛想よく微笑み、封筒をスペードの膝の上を狙って放った。

封筒は厚みはなかったが、まっすぐ飛ぶのに充分な重さはあった。スペードの胸の下にあたり、膝の上に落ちた。スペードはブリジッドから腕を離すと、両手で慎重にその封筒を取り上げ、慎重に開いた。中にはすべすべした、手の切れるような千ドル札の新札がはいっていた。スペードはそれを取り出して数えた。十枚あった。スペードは笑みを浮かべて顔を起こすと、おだやかな声音で言った。「おれたちはこれよりもっと大きな額について話し合っていた」

「ええ、ミスター・スペード、そのとおりです」とガットマンは認めて言った。「しかし、あのときはただ話をしていただけです。そこにあるのは現実のお金です。ほんものの通貨です。その中の一ドルを使えば、話の中の十ドル以上のものが買えます」ガットマンは声を出すことなく笑った。球根のような肉のたるみが揺れた。その揺れが収まると、彼はより真剣な口ぶりで言った。と言って、すこぶる真剣というほどでもなかったが。「なんらかの手当てをしなければならない相手が増えたのです」そう言って、きらきら光る眼と大きな頭でカイロを示した。

「ミスター・スペード、まあ、簡単に言えば、状況が変わったということです」

ガットマンが話しているあいだに、スペードは十枚の紙幣の端をそろえ、封筒に戻すと、垂れ蓋を中に折り込み、今は前腕を両膝に置き、封筒を両膝のあいだにぶら下げ、指だけで軽く持っていた。屈託のない声音で彼は肥った男に言った。「わかった。つまり今やあんたらは同盟関係にあるわけだ。しかし、鷹を持ってるのはおれだ」

カイロが口を開いた。醜い手で椅子の肘掛けをしっかりつかみ、上体をまえに乗り出し、甲高く細い声でとりすまして言った。「今さらあなたに思い出させるまでもないと思いますが、ミスター・スペード、鷹を持っているのはあなたかもしれないが、あなたは今、私たちの支配下にいるのです」

スペードはにやりと笑った。「おれとしちゃ、まあ、そういうことはあまり気に病まないようにするよ」そう言って、背すじを伸ばすと、封筒を脇に——ソファの上に——置いてガットマンに言った。「金の話はまたあとでしよう。それよりさきになんらかの手当てをしなきゃならない問題がある。貧乏くじを引かなきゃならないやつがひとり必要だ」

肥った男は言われたことの意味がわからず、眉根を寄せた。彼が口を開くまえにスペードは言った。「警察対策だ。やつらに与えるいけにえが要る。三件の殺人事件の犯人にできる誰かだ。おれたちとしては――」

カイロがいささか興奮した口ぶりでスペードのことばを制して言った。「殺人は二件――二件だけです、ミスター・スペード。あなたの相棒を殺したのはサーズビーです。それは明らかです」

「いいだろう、だったら二件だ」とスペードはうなるように言った。「だけど、それにどんなちがいがある？　おれが言いたいのは警察にも餌をやらなきゃならないという――」

今度はガットマンがスペードのことばをさえぎった。自信たっぷりの笑みを浮かべ、相手を安心させるような、いかにも人のよさそうな声音で言った。「ミスター・スペード、あなたに関して私たちが見たり聞いたりしたことから考えると、今言われた件に私たちが関わる必要はないように思います。警察への対処はすべてあなたにお任せして、それで私たちにはなんの問題もありません。そもそも、私たちのような素人にどのようなお手伝いができるか見当もつきません」

「もしそう思ってるのなら」とスペードは言った。「おれに関してあんたらは充分見たり聞いたりしてないんだよ」

「ミスター・スペード、いいですか、この期に及んで、私たちを信じさせようとしてもそれは無理というものです。あなたが警察を恐れているとか、警察に巧く対処することができないとか、そんなことを今さら言われても――」

スペードは咽喉と鼻を苛立たしげに鳴らすと、前腕をまた両膝について身を乗り出し、ガットマンのことばをさえぎった。「おれはお巡りなんぞこれっぽっちも怖がっちゃいないよ。やつらの扱いも心得てる。だからこそ言ってるんだ。やつらを巧く扱うにはいけにえを与えるしかないって。やつらから見ても犯人としておかしくない誰かをな」

「ミスター・スペード、それがあなたのやり方だというのはわかりますが、しかし――」

「〝しかし〟も〝案山子《かかし》〟もあるか！」とスペードは怒鳴った。「それが唯一の方法なんだ！」熱を帯びた彼の眼は真剣そのものだった。額が赤く染まり、こめかみの痣がレバーのような茶褐色に変色していた。「自分が何をしゃべってるのか、こっちはちゃんとわかってしゃべってるんだ。それはこういうことをまえにも経験してるからだ。今度も同じことになるのがわかってるからだ。これまでおれはあちこちでいろんなやつらを相手にしてきた。最高裁のお偉いさんからそこらにいる普通のやつらにまでくそ食らえと言ってきた。でもって、必ず切り抜けてきた。どうして切り抜けられたか。それは、自分のしたことには責任を取らなきゃならない日が必ずやってくるのを忘れたことがないからだ。その日が来たら、いけにえを追い立て、署まで引っ立てて、〝おい、このまぬけども、こいつがおまえらの犯人だ！〟って突き出せるようにする。それを忘れたことがないからだ。そういうことができるかぎり、おれはどんなお巡りも馬鹿にできる。からかってやれる。それができなくなるのはおれの名前が地に落ちたときだ。そんなことはこれまで一度もなかった。今度の件でもそんなことにはならない。議論はなしだ」

ガットマンの眼が揺れ、落ち着きがなくなり、曖昧な眼つきになった。が、それ以外は変わらなかった。球根のようにふくらんだピンクの笑みは満足げで、その声にも不安は微塵《みじん》もなかった。彼は言った。「あなたのそのやり方は大いに推奨されるべきものです、ミスター・スペード。いやいや、実際の話！　今回の件でもそのやり方が有効なのなら、私も真っ先に手を上げて申し上げるでしょう、〝ミスター・スペード、どうかそのやり方を続けてください！〟とね。しかし、今回はそのやり方が可能な機会とは言えません。最善のやり方とはえてしてそういうものです。だから、例外を設けなければならないときがどうしてもやってきます。そして、賢人はみな例外を認めるのに吝《やぶさ》かではありません。ミスター・スペード、今回はそういうときです。ただ、これだけは申し上げておきましょう、例外を認めていただければそれだけの見返りはあると。今回のケースはいけにえを警察に差し出すよりいくらかは面倒になるかもしれません。しかし」――そう言って彼は笑い声をあげ、両手を広げた――「少々の面倒などあなたはものともしないお方だ。あなたはことの進め方というものがよくわかっておられる。何が起こるにしろ、最後にはどのように着地すればいいかということも」そう言って、彼は口をすぼめ、ウィンクをしようと片眼を半分つぶってみせた。「ミスター・スペード、あなたはそういうことがおできになるお方です」

スペードの眼から温もりが消えた。顔もどんよりとして肉の塊のようになった。「自分が何をしゃべってるか、おれはちゃんとわかってる」と彼は低い声で言った。努めて辛抱強く。「ここはおれの街で、これはおれの仕事だ。着地のしかたぐらい知ってるよ――もちろん――少なくとも今回は。だけど、この次やつらを出し抜こうとしても、たぶんうまくいかないだろう。やつらに阻止されて、おれはきっと痛い目を見るだろう。そんなのは願い下げだ。あんたらはニューヨークでもコンスタンティノープルでもどこでも行きゃあいい。だけど、おれはここで商売をしてるんだ」

「しかし、あなたにはできますよ、もちろん――」とガットマンは言いかけた。

「いや、できない」とスペードはいたって真面目な口調でさえぎった。「やろうとも思わない。ほんとうに」彼は背すじを伸ばした。陽気な笑みが顔に輝き、それまでのただの肉塊のようなどんよりとした雰囲気が霧散した。説得力のある、耳に心地よい早口で彼は言った。「いいか、ガットマン、おれはみんなにとって何が最善か話してるんだよ。誰かに貧乏くじを引かせて突き出さないかぎり、警察は遅かれ早かれ鷹に関する情報をどこかで仕入れるだろう。そうなったら、あんたは鷹を持ってどこかに身を隠さなきゃならなくなる、どこにいようと。そういう事態は鷹で一財産つくろうと思ってる人間の助けにはならない。誰かに貧乏くじを引かせてそいつを突き出し、警察をそこで食い止めるのが一番だ」

「確かに、ミスター・スペード、それは重要なことですが」とガットマンは答えたものの、眼にいささか不安の色があるのはそれまでと変わらなかった。「そこで警察はほんとうに捜査をやめてくれますか？　むしろ、差し出した貧乏くじが警察を鷹に導く新たな手がかりになるというようなことはありませんか？　警察はもうこの時点であきらめてしまっているということは？　むしろこのまま放っておくのが、われわれにとっての最善策ということはありませんか？」

スペードの額で血管がフォークの歯のように分岐してふくれ上がった。「ばかばかしい！　あんたはなんにもわかっちゃいない」そのあとスペードは語気を抑えて続けた。「やつらだってただ寝てるわけじゃないんだよ、ガットマン。やつらは身をひそめて待ってるのさ。少しはおれの言ってることをわかろうとしたらどうだ？　おれは今回の件に首までどっぷり浸かってる。やつらはそのことを知ってる。だけど、さっき言ったように、来るべきときが来て、そのときやるべきことがおれにちゃんとわかってたら、なんの問題もない。しかし、それができなきゃ、問題だらけになる」そこでまた相手を説得しようとする声音に変わった。「いいか、ガットマン、おれたちは誰かに貧乏くじを引かせてそいつを警察にくれてやらなきゃならない。なんとしてもそうしなきゃならない。それ以外、出口はない。あんたのあのひよっこをくれてやろう」そう言って、ドア口に立っている若い男のほうを向くと、むしろ陽気にうなずいてみせた。「実際、あいつがふたりを殺したんだしな――サーズビーとジャコビを。それはまちがってないんだろ？　どのみちあいつはお誂《あつら》え向きだ。必要な証拠を添えて警察にくれてやろう」

ドア口に立っていた若い男は口角を強ばらせ、急ごしらえの笑みらしきものを浮かべた。見るかぎり、スペードの申し出は彼にさしたる影響を与えてはいないようだった。ジョエル・カイロは口をあんぐりと開け、眼を大きく見開いていた。驚いたその浅黒い顔は黄ばんで見えた。口で息をしていた。呆然とスペードに見惚《みと》れていた。あまり男らしくない丸い胸部がふくらんだりしぼんだりしていた。ブリジッド・オショーネシーはスペードから身を引くと、ソファの上で上体をひねり、スペードを凝視していた。驚き、混乱した顔の奥から、今にもヒステリカルな笑い声が聞こえてきそうだった。

ガットマンはかなり長いあいだ何も言わなかった。表情も変えなかった。が、いきなり笑いだすことに決めたようだった。長々と心から笑った。その笑いが抜け目のない眼に及ぶまで、笑うのをやめなかった。ようやく笑いおえると、彼は言った。「ミスター・スペード、いやはやなんとも、あなたはなんというお方なんですか！」彼はポケットから白いハンカチを取り出して、眼を拭いた。「そうですとも、ミスター・スペード、次に何をなさるか何を言われるか誰にも予測できない。ただ、予測できるのは、何をなさるにしろ、何を言われるにしろ、誰をも驚かせるということだけです」

「おれはおかしなことは何も言ってないよ」スペードには、ガットマンの哄笑に気分を害したところもなければ、彼のことばに感心したようなところもなかった。従順ではなくとも聞き分けがないわけでもない友達を諭《さと》す口調で彼は言った。「それが最善策だ。あいつをくれてやりゃ、警察も――」

「しかし、ミスター・スペード」とガットマンは反論した。「おわかりになりませんか？　一瞬でも私がそんなことを考えたとして——いや、そもそも馬鹿げた考えです。私は実の息子に対するのとまさに同じような気持ちをウィルマーに対して抱いているのです。ほんとうに。それでも百歩譲って、私が一瞬でもあなたの提案に応じることを考えたとして、ウィルマーが警察に鷹とわれわれに関する詳細を明かさない保証がどこにあるのです?」

スペードは強ばった笑みを浮かべて静かに言った。「必要とあらば、逮捕時に抵抗したので殺害せざるをえなかったということにしてもらえなくもない。しかし、そこまですることはないだろう。むしろあいつには好きなだけしゃべらせればいい。どれだけしゃべろうと誰も信じない。何もしないよ。それは請け合うよ。そこのところはむしろ細工しやすいところだな」

ガットマンのピンクの額に悩ましそうな皺が刻まれ、そのあと彼はうつむいた。襟を越えて垂れている咽喉の肉が顎と襟のあいだで押しつぶされた。肥った男は尋ねた。「どうやって?」そこで急に動いた。その拍子に彼の球根のような肉の塊が揺れ、互いにぶつかり合った。彼は顔を起こし、眼を細め、首をめぐらせ、若い男を見やると、大声で笑いだした。「どう思う、ウィルマー? 可笑しすぎないか、ええ?」

若い男のハシバミ色の冷たい眼が睫毛の奥で光った。低くともはっきりと聞き取れる声で彼は言った。「ああ、可笑しいよ——このクソ野郎」

スペードはブリジッド・オショーネシーに話しかけていた。「気分はどうだい、エンジェル? よくなったか?」

「ええ、ずっとよくなった。ただ」——そのあとは二フィート離れたらもう聞こえなくなるほど小さな声になった――「わたし、今、すごく怯えてる」

「怯えなくていい」と彼は言った。まわりを気づかう様子などまるでなかった。彼女の灰色のストッキングを軽く叩きながら続けた。「悪いことは何も起こらない。それより飲みものは要らないか?」

「要らない。ありがとう」そこで彼女はまた声を低めた。「気をつけて、サム」

スペードは彼女に笑みを向けてからガットマンを見た。ガットマンも彼を見ていた。愛想よくスペードに微笑んだが、そのときは何も言わなかった。そのあとまた訊いた。「どうやって?」

スペードはとぼけて訊き返した。「どうやってって何が?」

肥った男はもう少し笑いが必要と判断したようだった。さらに説明も。「ミスター・スペード、あなたがこのことを――ご自分の提案を――ほんとうに真面目に考えておられるなら、少なくとも最後まで聞くというのがお互い礼儀というものです。そこでお訊きするのです、ウィルマーのことは」――そこでことばを切って、また笑ってみせた――「どうするんです? どうやったら、われわれに害が及ぶようなことを彼にさせないようにできるんです?」

スペードは首を振って言った。「いや、人の礼儀正しさを利用しようとは思わない。それがどれほどありふれたことであれ。そういうことだ。忘れてくれ」

肥った男は顔をしかめた。顔の球根が吊り上がった。「いや、いや」と彼は不満げに言った。「あなたは私の立つ瀬をなくそうとなさってる。私は笑うべきではありませんでした。それは謝ります。率直に心から。あなたの提案を馬鹿にするつもりなど毛頭ありません。たとえあなたの提案には少しも同意できなくても。ただ、これだけは知っておいていただきたい。私はあなたの明敏さに大いに敬意と賞賛を抱く者です。それでもです、私にはあなたの提案が現実的だとは思えないのです。私がウィルマーのことを血と肉を分けた実の息子のように思っている事実を抜きにしても。ただ、ミスター・スペード、このあとあなたがご自分のご提案を最後まで説明してくださるなら、私はそれをあなたのご厚意とも私の謝罪が受け入れられた証しとも理解いたします」

「いいだろう」とスペードは言った。「ブライアンはどこにでもいる地方検事だ。自分の業績がどのように記録されるか、そのことにしか関心のない男だ。だから、勝訴が少しでも疑わしい事件はそもそも立件しない。自分じゃ無実と思う被疑者をはめるような真似をしたことはないと思うが、一方、こすったりひねったりすれば、被疑者を有罪にできる証拠の見映えがよくなることがある。そんなときには被疑者を端《はな》から信じない。そういう検事だ。ひとりの男を確実に有罪にするためなら、そいつと同じくらい怪しい従犯が五、六人いたとしても、そいつら全員を釈放するだろう。全員を有罪にしようとすると、裁判がむずかしくなるようなときにはなおさら。

そういう機会をやつに与えてやるのさ。すぐに食いついてきて、鷹のことなど自分からは知ろうともしないだろう。そこの若造が鷹について何を言おうと、事態を混乱させるためのだぼらと決めつけて得心するはずだ。そこのところは任せてくれ。しっかり検事を諭してやる。今回の件に関わってる人間を全員集めて洗おうなんて思ったら、白も黒も陪審員に判断できないむずかしい裁判になるだけだってね。ひよっこひとりにしておきゃ、眼をつぶってても有罪にできるってな」

おだやかに反対する意をゆっくりとした笑みに込め、ガットマンは首を左右に振った。「それはどうでしょう、ミスター・スペード。そんなにうまくいくでしょうか？　いや、無理ですよ、残念ではありますが。あなたのその地方検事にしても、サーズビーとジャコビとウィルマーを結びつけるなんてできませんよ――少しは鷹のことを調べないかぎり――」

「あんたはそもそも地方検事がどういう人種か知らないんだよ」とスペードは言った。「サーズビーの件は簡単だ。やつはガンマンで、あんたのひよっこもそうだ。だからサーズビー殺しについちゃ、ブライアンはもうしっかりシナリオを書いてるだろう。そのシナリオに手落ちはない。いいか、ガットマン、やつらはその一件だけであんたのひよっこを吊るせるんだぜ。なのにどうしてジャコビ殺害でも立件しなきゃならない？　あんたのひよっこに不利な記録だけ残してあとは放っておくだろうよ。もし――その可能性が高いが――あんたのひよっこが同じ銃を使ってたら、弾丸《たま》も一致する。そうなりゃ誰もが万々歳《ばんばんざい》だ」

「そうですが、しかし――」とガットマンは言いかけ、そこでことばを切って若い男を見やった。

若い男はドア口から強ばった大股でまえに出てきた。そして、ガットマンとカイロのあいだ――部屋のほぼ中央――で立ち止まった。腰から上を軽くまえに折り、両肩をまえに突き出すようにして。拳銃はまだ腕を垂らして持っていた。銃を握った手の指関節が白くなっていた。もう一方の手は脇で固く握りしめられていた。消しがたい見た目の若さが今は名状しがたい残忍さ――獣らしさ――をその顔に与えていた。白熱した憎悪と白く冷ややかな悪意に満ちた顔になっていた。激しい感情に締めつけられた声で彼は言った。「立ちやがれ、このカス野郎。自分のハジキを抜きやがれ！」

スペードは若い男に笑みを向けた。大きな笑みではなかったが、見るかぎり、心のこもった本物の笑みだった。

若い男が言った。「このカス野郎、少しでも度胸があるなら立って撃ちやがれ。人をおちょくるたわごとはもう要らないから」

スペードはよけいに嬉しそうな顔をして、ガットマンを見て言った。「若きワイルド・ウェストとはな！」その声は浮かべた笑みに合っていた。「あんた、このひよっこに言ったほうがいいかもな。鷹を手に入れるまえにおれを撃つのはビジネスとして考えものだって」

ガットマンは笑おうとした。が、うまくいかず、斑模様の渋面にしかならなかった。乾いた唇を乾いた舌で舐めてから、ウィルマーに言った。父親が息子に忠告を与えるときの声音をつくろうとしたようだが、ざらざらしたしゃがれ声にしかならなかった。「おい、おい、ウィルマー、そもそもこれは真剣な話じゃない。こういう話を真に受けちゃいけないよ。おまえは――」

若い男はスペードから眼を離すことなく、押し殺した声で口の端から言った。「だったらもうおれにかまわせないでくれ。まだ続けるなら、おれはこいつを撃つぜ。それは誰にも止められないぜ」

「もうよしなさい、ウィルマー」とガットマンは言ったあとスペードのほうを向いた。その声も顔つきも明らかに自制されていた。「あなたの申し出は――ミスター・スペード、最初に申しましたように――現実的ではありません。なので、この件についてはもうこれ以上話すのはやめましょう」

スペードはガットマンからウィルマーに視線を移した。笑みは消えていた。「おれは言いたいことを言ってるだけだ」と彼はふたりに言った。

「そのとおりです」とガットマンがすかさず言った。「それまた私があなたを賞賛していることのひとつです。それでもです。この件に関してあなたの申し出は――何度も言いますが――現実的ではありません。だから、これ以上話しても意味がありません。おわかりいただけると思いますが」

「いや、おわかりいただけないね」とスペードは言った。「そもそもあんたはおれにわからせようとしてない。まあ、あんたにそんなことができるとも思えないが」スペードはそこでガットマンに渋面を向けて続けた。「はっきりさせよう。あんたとの話し合いは時間の無駄ってことなのかい？　このショーはあんたが仕組んだショーだと思っていたが。それともおれはそこのあんたのひよっこと話したほうがいいのかい？　まあ、ひよっこの相手のしかたは心得てるが」

「いや、ミスター・スペード」とガットマンは言った。「あなたの取引きの相手は私でまちがっていません」

スペードは言った。「ならいい。そういうことなら、別な提案をしよう。最初のやつほどいい提案じゃないが、何もないよりはましだ。聞きたいか？」

「もちろん」

「カイロをくれてやろう」

カイロは脇のテーブルに置いた拳銃をすばやく手にした。そして、膝の上に置いて両手できつく握った。銃口はソファの一方の端のそばの床に向けられていた。顔色がまた黄ばんで見えた。黒い眼は忙《せわ》しなくほかの者の顔から顔へ向けられていた。眼の不透明さが眼を平らに、二次元の物体のように見せていた。

耳にしたことがいかにも信じられないといった顔つきでガットマンが言った。「なんですと？」

「カイロを警察にくれてやるのさ」

ガットマンは笑おうとした。そのように見えた。が、笑わなかった。「ミスター・スペード、何を言われるかと思ったら！」声は大きかった。しかし、そのわりには頼りない声音だった。

「あんたのひよっこを突き出すのよりは劣るが」とスペードは言った。「カイロはガンマンじゃないしな。持ってる銃はサーズビーとジャコビを撃った銃より小さいし。カイロを犯人に仕立てるにはちょっと手間がかかるかもしれないが、それでも誰もくれてやらないよりはるかにいい」

カイロは怒りに満ちた甲高い声をあげた。「ミスター・スペード、われわれがあなたかミス・オショーネシーを差し出すというのはどうです？　そんなに誰かを差し出すことに固執するなら言いますが」

スペードはレヴァント人に笑みを向け、落ち着いた声で言った。「鷹を欲しがってるのはあんたらで、その鷹はおれが持ってる。誰かに貧乏くじを引かせるというのは、おれが求める売り値の一部みたいなもんだ。ミス・オショーネシーについて言えば」——彼は冷めた眼をブリジッドの困惑した白い顔に向けてから、カイロに戻して続けた。「この女性がそういう役割に適うと言うなら、そのことについて話し合うのも悪くはない」

ブリジッドは咽喉元に両手をやり、咽喉を締めつけられたような短い叫び声をあげた。そのあと身を引いてスペードから離れた。

カイロは顔も体も興奮にひくひくさせながら大声で言った。「人に指図などできる立場にはいないんですよ、あなたは。忘れておられるようだが」

スペードは笑った。荒々しく鼻を鳴らして嘲った。

ガットマンが毅然としながらもどことなく取り入るような声音で言った。「まあまあ、お二方。交渉は友好的に行きましょう。とはいえ」——彼はスペードに言った——「ミスター・カイロが言われたことには一理あります。そのことはあなたもお考えになる必要が——」

「冗談じゃない」とスペードは言った。意図しないまま口調が非情になっていた。そのことが言われた者の心にずしりと響いた。誇張されたことばや大声で言われたことばより。「おれを殺してどうやって鳥を手に入れる？　鳥を手に入れるまではおれを殺せないってことがおれにはわかってるんだぜ。鳥を手に入れなきゃならないのに、そんなおれをどうやって脅すつもりだ？」

ガットマンは頭を左に傾けて、スペードの言ったことを考えた。皺の寄った瞼の隙間で眼が光った。ややあって彼は愛想よく言った。「ミスター・スペード、殺すとか、殺してやると脅すとか、そんなやり方以外にも方法はあるはずです」

「もちろんあるだろうよ」とスペードは同意して言った。「だけど、相手を無理やり従わせるには、やはり死ぬか生きるかという脅しがないと、うまくいかない。おれが何を言ってるかわかるよな？　あんたがおれの意に染まないことをしようとしたら、おれは我慢したりはしないということだ。だからそんな真似はやめるか、あっさりおれを殺すか、あんたにはそのどっちかしかないということだ。でもって、あんたにはおれを殺せないってことがおれにはわかってる」

「おっしゃることはよくわかります」とガットマンは笑いながら言った。「しかし、そういったことは双方で考えるべきであり、きわめて繊細な判断が求められることです。なぜなら、われわれ人間というのは、途方もない利益がそこにあっても、行動が過激になると、それを忘れ、感情に流されやすくなる生きものだからです」

スペードも愛想よく笑いながら言った。「こっちから言わせてもらえば、ここであんたを支配できる強い役まわりを与えられるというのは悪くないよ。ただし、その役まわりは強すぎちゃ駄目だ。あんたが自らの賢明な判断に逆らわざるをえなくなるような役まわりはね。おれを殺したくなるほど強い役まわりは要らない」

ガットマンは好ましげにスペードに言った。「まったく、あなたという方はどういう性格をしておられるのか！」

ジョエル・カイロがすばやく椅子から立ち上がり、若い男のうしろをまわってガットマンの椅子の背後に立った。そして、椅子の上に上体を傾げ、手で口を覆って囁いた。ガットマンは眼を閉じ、一心に耳を傾けた。

スペードはブリジッド・オショーネシーに笑みを向けた。彼女は口元だけで弱々しく笑ってみせた。が、その笑みは眼には届いていなかった。若い女の眼はどこか麻痺したような凝視のままだった。スペードは若い男のほうを見て言った。「あのふたりは今、おまえを売る算段をしてる。それは二百パーセント確かだな」

若い男は何も言わなかった。ただ、膝が震えているのか、ズボンの膝のあたりが揺れていた。

スペードはガットマンに言った。「寸足らずのこのならず者ふたりが振りまわしてる銃には左右されないようにな」

ガットマンはそこで眼を開いた。カイロは囁くのをやめて、肥った男の椅子のうしろで上体を起こした。

スペードは言った。「ふたりから銃を取り上げることについちゃもう練習ずみだ。だから、その点についてはなんの心配も要らない。あんたのひよっこのほうは——」そう言って、胸のまえで銃を構えた。

感情に咽喉をつまらせたような声で若い男が言った。「上等だ！」それと同時に揺り椅子から立ち上がった。

ガットマンの肉厚の手がさっと伸び、若い男の手首をつかんで銃を押し下げた。それと同時に揺り椅子から立ち上がった。カイロがちょこまかと若い男の反対側にまわり、もう一方の腕をつかんだ。彼らはふたりがかりで若い男の腕を無理やり押さえつけた。若い男は抵抗したが、むなしかった。取っ組み合った三人の口からことばが洩れた。若い男からは支離滅裂なことばがとぎれとぎれに聞こえた。「ああ……やれ……クソ野郎……殺」——ガットマンからは「さあ、さあ、ウィルマー！」と同じことばが何度も繰り返された——カイロからは「駄目だ、頼むから」と「そんなことはするな、ウィルマー」だった。

スペードはどこか夢見るような眼をして無表情に立ち上がると、三人のところまで行った。自分にかかる重量に逆らえず、若い男はもうあがくことをやめていた。カイロが若い男の腕をつかんだまま、ほぼ正面に立って、なにやらなだめるように話しかけていた。スペードはそんなカイロをそっと脇に押しやると、若い男の顎の先端に、いきなり左の拳を叩き込んだ。若い男の頭がうしろに吹っ飛んだ。腕をつかまれているので吹っ飛ぶところまで吹っ飛ぶと、反動でまた戻ってきた。ガットマンが自棄《やけ》になったような声をあげた。「いったいあなたは何を——？」スペードは今度は右の拳を若い男の顎の先端に浴びせた。

カイロはつかんでいた若い男の腕を放した。若い男はガットマンの大きな丸い腹の上にくずおれた。カイロはスペードに突進してきた。両手の指を曲げて強ばらせ、スペードの顔に爪を立てようとした。スペードはひとつ息を吐いてカイロを押し返した。カイロはまた突進してきた。涙がその眼に浮かんでいた。赤い唇をもぞもぞさせていたが、怒りに任せたことばは声にはならなかった。口から発せられるところまで行かなかった。

スペードは笑ってうなるように言った。「こりゃたまげた。あんたってなんていいやつなんだ！」そう言いながら、カイロの横面を平手打ちした。カイロはテーブルの上に倒れかけたが、どうにかバランスを保ち、三度《みたび》スペードに突進してきた。スペードは両の腕をまっすぐ伸ばし、両の手のひらをカイロの顔に押しあてて突進を食い止めた。カイロの短い腕ではスペードの顔まで手が届かなかった。スペードの腕を叩くことしかできなかった。

「やめろ」とスペードはうなるように言った。「怪我をするぜ」

カイロは叫んだ。「この大男の腰抜け野郎！」後ずさりしながら叫んだ。

スペードは腰を屈めて床からカイロの拳銃、次いで若い男の拳銃を拾い上げた。そして、二挺とも左手に持って体を起こすと、用心金の中に人差し指を差し入れ、上下逆さにぶら下げた。

ガットマンは若い男を揺り椅子に坐らせ、自分は立って若い男を見下ろしていた。皺の寄った顔は頼りなく、困り果てた眼をしていた。カイロは椅子の脇で膝をつくと、ぐにゃりとした若い男の手をさすって温めはじめた。

スペードは指で若い男の顎の先端に触れて言った。「折れちゃいないよ。ソファに寝かせておこう」そう言って、右腕を男の腋に差し入れると、背中側にまわり、左の前腕を膝の下にあてがい、見るかぎりいとも簡単に抱え上げ、ソファまで運んだ。

ブリジッド・オショーネシーは慌ててソファから立ち退《の》いた。スペードは若い男をそこに寝かせると、服を上から叩いて調べた。そして、もう一挺の銃も取り上げると、それもほかのと一緒に左手に持ち、ソファに背を向けた。カイロはもうすでに若い男の頭のそばに来ていた。

スペードは拳銃を全部左手に持ってがちゃがちゃと音をたて、陽気な笑みをガットマンに向けて言った。「これで貧乏くじ野郎の出来上がりだ」

ガットマンの顔色は冴えず、眼も曇っていた。スペードを見ようとしなかった。無言で床を見ていた。

スペードは言った。「もう馬鹿なことは言わないでくれよな。あんたはカイロに囁かれるままになって、おれがひよっこを殴ってるあいだもひよっこを押さえつけてた。あんたとしてもそれを笑い飛ばすわけにはいかないぜ。そんなことをしたらあんた自身が弾丸《たま》の的になりかねない」

ガットマンはカーペットの上で足を動かした。が、やはり何も言わなかった。

スペードは続けた。「ただ、こういう展開もありうる。今すぐここであんたがおれに〝イエス〟と言うか、おれが鷹と一緒にろくでもないあんたら全員を警察に突き出すか」

ガットマンは顔を起こし、歯の隙間からもごもごと言った。「そういう展開は気に入りませんな、ミスター・スペード」

「気に入らないのか」とスペードは繰り返した。「だったら？」

肥った男はため息をついて顔をゆがめ、淋しげに言った。「ウィルマーを突き出しましょう」
スペードは言った。「それでいい」

19 ロシア人の手口

若い男はソファに仰向けに寝ていた。小さかった――息をしているところを除くと――見た目は死人のようだった。ジョエル・カイロがその脇に坐り、若い男の上にかぶさるようにして、頬や手首をさすり、額にかかった髪を指でうしろに梳いていた。囁きかけもしていた。その白くて静かな顔を心配そうに見ていた。

ブリジッド・オショーネシーは押し込められたように壁とテーブルのあいだに立ち、片手の手のひらをテーブルに、もう一方の手を胸にあてていた。下唇を噛み、スペードが彼女のほうを見ていないときにはこっそり彼を盗み見ていた。彼が彼女を見ているときには、カイロと若い男を見ていた。

ガットマンはもう心配げな顔はしていなかった。顔色もまたピンクに戻っていた。ポケットに手を入れてスペードのまえに立ち、さして興味のない顔でスペードを見ていた。

スペードは片手にぶら下げた三挺の銃を無造作にぶつけ合わせ、カイロの丸い背中に向けてうなずき、ガットマンに言った。「あいつのほうは大丈夫か?」

「さあ」とガットマンは落ち着いた声で答えた。「この件に関してはすべてあなたにお任せしたわけですから」

スペードはにやりと笑った。顎のV字がより鮮明になった。彼は言った。「カイロ？」

レヴァント人は肩越しに振り向いてスペードを見た。

スペードは言った。「しばらく休ませておいてやれ。おれたちはそいつを警察に突き出す。だから、そいつが眼を覚ますまえに細かいところを詰めておく必要がある」

カイロは苦々しく言った。「そんなことをしなくてももう充分だと思いませんか？」

スペードは答えた。「いや、思わない」

カイロはソファのそばを離れると、肥った男のところまで行って懇願した。「ミスター・ガットマン、どうかこんなことはしないでください。あなたにもおわかりいただけるはずです――」

スペードはカイロのことばをさえぎって言った。「もう決まったことだ。今問題なのはこのあとあんた自身はどうするかということだ。おれたちの仲間にはいるか、それとも出ていくか？」

ガットマンの笑みはいささか悲しげで、憂いを帯びてさえいたが、うなずいてレヴァント人に言った。「私もこんなことはしたくないよ。しかし、ほかにしようがない。ほんとうにこれしかないのだよ」

スペードは言った。「どうする、カイロ？　仲間にはいるか、出ていくか？」

カイロは唇を湿らせ、ゆっくりと振り向いてスペードに顔を向けて言った。「それはつまり」そこで気を静めるように唾を呑み込んだ。「私には選ぶ権利——選べるんですか?」

「選べる」とスペードは真面目に請け合った。「ただし、あんたの答が〝出ていく〟だったら、おれたちとしちゃあんたを警察に突き出さなきゃならない、あんたのボーイフレンドと一緒に」

「ミスター・スペード、何をおっしゃる」とガットマンは抗議した。「それはいけません——」

「こいつをこのまま行かせるわけにはいかないよ」とスペードは言った。「おれたちの仲間になるか、ブタ箱にはいるか。どうなるかわからないことをいくつも放置してはおけない」スペードはガットマンに渋面を向け、そのあと苛立たしげに怒鳴った。「なんなんだ、まったく! これはあんたらの初めての盗みなのか? あんたらは素人集団なのか! このあとどうするつもりだ——ひざまずいて祈るのか?」スペードはその渋面を今度はカイロに向けた。「さあ、どうする?」

「選択の余地などないじゃないですか!」あきらめたようにカイロはその細い肩をすくめて言った。「仲間になります」

「よし」スペードはそう言うと、ガットマンとブリジッド・オショーネシーを見て言った。「坐ってくれ」

若い女はどこまでも慎重にソファの肘掛けに腰かけた。意識をなくした若い男の足の近くに。ガットマンはクッション付きの揺り椅子に戻り、カイロは肘掛け椅子に坐った。スペードは手に余る拳銃をテーブルに置くと、そのすぐそばに――テーブルの端に――腰かけた。そして、腕時計を見て言った。「今は二時だ。明るくなるまで鷹を手にすることはできない。まあ、八時といったところかな。話をあれこれまとめる時間はたっぷりある」

ガットマンが空咳をして言った。「どこにあるのです?」そう言ったあと慌ててつけ加えた。「いや、ミスター・スペード、さほど気にしてるわけでもないのですが、ふと思ったのです。商談がきちんと成立するまでは、関係者は全員お互い見えるところにいるのが最善策ではないでしょうか?」彼はソファを見た。そのあときっとした表情でスペードを見て続けた。「封筒はお持ちですよね?」

スペードはソファを見て首を振り、そのあとブリジッドを見た。そして、眼で笑いながら言った。「ミス・オショーネシーが持っている」

「ええ、持ってるわ」と彼女はぼそっと言って、コートの内側に手を入れた。「拾っておいたのよ……」

「それで全然かまわない」とスペードは彼女に言った。「しっかり持っててくれ」そのあとガットマンに言った。「おれたちは互いに相手を見張っていられる。鷹はここに持ってこさせることができる」

「それはすばらしい」とガットマンは満足げに言った。「では、確認です、ミスター・スペード、あなたは一万ドルとウィルマーと引き換えに鷹と一、二時間の猶予をくださる――そうすれば、あなたがウィルマーを警察に引き渡したときに、私たちはこの街にいなくてすみます」

「慌てて逃げださなくても大丈夫だ」とスペードは言った。「心配要らない」

「そうかもしれませんが、ミスター・スペード、それでもウィルマーがあなたの地方検事の尋問を受けているときには、もうここから離れた場所にいるほうが、私たちとしては安全に感じられます」

「だったら好きにしろ」とスペードは言った。「それが望みなら、丸一日だって若造をここに置いといてやるよ」そう言って、煙草を巻きはじめた。「それより詳細を詰めておこう。あんたの若造はどうしてサーズビーを撃ったんだ？　ジャコビもだ。どうして、どこで、どうやって撃ったんだ？」

ガットマンは鷹揚な笑みを浮かべ、首を振り、咽喉に響く声で言った。「そういうことは、ミスター・スペード、お答えするわけにはいきません。私たちはあなたにお金とウィルマーを差し上げました。私たちの同意事項はそのふたつです」

「いや、これは知らなきゃならない」とスペードは言ってライターを煙草に近づけた。「おれが求めたのは貧乏くじを引くやつだ。おれたちのいけにえだ。いけにえにするのに無理があっては、いけにえにはできない。だから何があったのか、何がどうなってるのか、おれとしちゃ知る必要があるんだよ」彼は眉根を寄せた。「今さら何をごちゃごちゃ言ってる？　あんたのひよっこに言いわけできる余地を与えちまったら、あんたもそうぬくぬくとはしていられなくなるんだぜ」

ガットマンはまえかがみになると、太い指を振ってスペードの脚のそばのテーブルの上の拳銃を示した。「有罪の証拠ならそこに充分あるじゃないですか、ミスター・スペード。ふたりともそこにある凶器で撃たれたのです。警察の専門家が調べれば、ふたりを殺した銃弾がそこにある拳銃から発射されたものだということは、容易にわかるはずです。そういうことはあなたのほうがよくご存知でしょう。あなた自身、まえにそうおっしゃった。それだけでウィルマーの有罪は充分立証できるはずです」

「かもしれない」とスペードは認めて言った。「だけど、そう簡単にいかないこともある。だからおれとしても知っておきたいんだ。何があったのか、よくわからない部分をきっちり詰めておきたい」

カイロの眼が丸く熱くなった。「これはいたって簡単なことだって、あなた、請け合いましたよね？　それをもう忘れてしまったんですか？」そう言って、カイロは興奮した浅黒い顔をガットマンに向けた。「ほらね！　だから取引きなんかしちゃいけないって言ったんです。私が思うに——」

「あんたらがどう思おうと、そんなことはもうどうでもいいんだよ」とスペードはぶっきらぼうに言った。「今からじゃもう遅い。あんたらはもうこの件にどっぷりはまりすぎてる。どうしてサーズビーを殺したんだ？」

ガットマンは腹の上で手を組むと、椅子を揺らして言った。その声も笑みも明らかに後悔していた。「あなたを出し抜こうだなど誰も考えないほうがいいですね。この期に及んで私は大いに悔やんでいます。そもそもこちらからあなたに関わりを持ったことが大きなまちがいでした。いや、ほんとうに、ミスター・スペード！」

スペードは手を無造作に動かしながら言った。「あんたはそんなにへまはしてないよ。これまで刑務所にはいったことはなくて、今まさに鷹を手に入れようとしてるんだから。それ以上何が望みなんだ？」彼は煙草を口の端にくわえ、そこからことばを押し出すように言った。「いずれにしろ、今自分が置かれてる立場はあんたにもよくわかってるはずだ。なんでサーズビーを殺した？」

ガットマンは椅子を揺するのをやめた。「サーズビーは悪名高い殺し屋で、ミス・オショーネシーはそんな輩と手を組んだのです。われわれには最初からわかっていました。ああいう方法でサーズビーを始末すれば、彼女にもよくわかるんじゃないかとね。われわれとの接し方を考え直すんじゃないかと。それにつまるところ、彼女を危険きわまりないボディガード抜きにもできるわけですし。おわかりいただけましたか、ミスター・スペード、私は正直に話しております」

「ああ。その調子で続けてくれ。しかし、あんたはサーズビーが鷹を持ってるとは思わなかったのか？」

ガットマンは首を振った。丸い頬がぶるぶる揺れた。「いっときたりとも思いませんでした」彼はそう答え、愛想よく笑みを浮かべた。「そんなことを思うには、ありがたいことに私たちはミス・オショーネシーという女性を知りすぎていました。ただ、その時点では、彼女が香港でジャコビ船長に鷹を預け、ラ・パロマ号でこちらに運ぶように頼み、自分たちはもっと速い船でさきにこっちに来るよう手筈を整えたことまでは知りませんでした。それでも、ふたりのうちのどちらかひとりが鷹の在処《ありか》を知っているとすれば、それがサーズビーであるとは端から思っておりませんでした」

スペードは考える顔つきでうなずき、尋ねた。「始末するまえにサーズビーと取引きしようとは思わなかったのか?」

「もちろん、思いました。実際、試しもしました。あの夜、私自身が彼に話しました。その二日まえにウィルマーがサーズビーの居所を突き止めて以来、彼がミス・オショーネシーと会うときにはいつもウィルマーが尾行していたのです。私たちがそんなふうに見張っていたことには気づかなかったくせに、サーズビーはあれでなかなか目端《めはし》の利くやつでした。あの夜のことになりますが、滞在先に行っても彼は帰っていなかったので、ウィルマーは外で待ちました。サーズビーはあなたの相棒を殺したあとすぐ戻ってきたのだと思います。いずれにしろ、ウィルマーはサーズビーを私のところに連れてきました。でも、私たちには何もできなかった。サーズビーはどこまでもミス・オショーネシーに忠実だったからです。で、ウィルマーが彼のホテルまであとを尾《つ》けて、やるべきことをやったのです」

スペードはしばらく考えてから言った。「なるほど、それで辻褄は合いそうだ。ジャコビは?」

ガットマンは真剣そのものといった眼でスペードを見て言った。「ジャコビ船長が死んだ一切の責任はミス・オショーネシーにあります」

ブリジッドは喘いだ。「そんな！」と声を発して手を口にやった。

スペードの声は重たくて抑揚がなかった。「彼女のことは今はいいから。何があったのかだけ話してくれ」

スペードに鋭い眼をしばらく向けてから、ガットマンは笑みを浮かべて言った。「確かにおっしゃるとおりですな——ご承知と思いますが、ミスター・カイロから連絡があったので、私はウィルマーにカイロを呼びにやらせました。彼がここにいたあの夜——あるいはあの朝——彼が警察から解放されたあとのことです。私たちは話し合い、協力し合うことで互いに利益が得られると理解しました」そこで彼はレヴァント人に微笑みかけた。「ミスター・カイロは正しい判断ができる人です。ミスター・カイロがラ・パロマ号に気づいたのです。あの朝、ミスター・カイロは新聞に載っている船の出入港表を見て、香港でジャコビ船長とミス・オショーネシーが一緒にいるところを目撃されているのを思い出したのです。それは彼が香港で彼女を捜していたときのことで、彼は最初、彼女はラ・パロマ号に乗って香港を出たのだろうと思いました。実はそうではなかったとあとでわかることになるわけですが。いずれにしろ、ミスター・スペード、船の出入港表を見て、実際にはどういうことだったのか、ミスター・カイロは思いついたのです、彼女は船長に鳥を託したのではないかと。彼女のかわりにこちらに運んでくれるよう頼んだのではないかと。ジャコビ船長はもちろんそれがなんなのか知りませんでした。ミス・オショーネシーがそんなことをジャコビに明かすわけがありません」

そう言って、ガットマンはブリジッドに笑みを向け、椅子を二度揺らし、さきを続けた。

「そこまで考え、ミスター・カイロとウィルマーと私でジャコビ船長を訪ねました。運よく、ミス・オショーネシーもそこにいるあいだに船に行くことができました。それはよかったのですが、あらゆる意味でむずかしい交渉になりました。それでも最後には、零時になるまえには、ミス・オショーネシーを説得することができました。あるいは、私たちがそう思っただけなのかもしれませんが、それはともかく、私たちは船を降りてホテルに向かいました。ホテルでミス・オショーネシーにお金を払い、鳥を受け取るという段取りになりましたので。しかし、ミスター・スペード、私たち凡夫は心に刻むべきです。この方のような女性と対等に張り合えるだなどとは、夢にも思わないことです。ホテルに向かう途中、彼女とジャコビ船長と鷹は一緒に姿を消してしまったのです。私たちの指のあいだから何もかもするりと抜け落ちてしまったのです」彼はむしろ陽気に笑った。「まったく。見事にしてやられました」

スペードはブリジッドを見た。彼女の大きな暗い眼が彼の眼に懇願していた。彼はガットマンに尋ねた。「降りるときに船に火を放ったのか？」

「あれは意図したことではありませんでした、ミスター・スペード」と肥った男は言った。「ただ、火事の責任は私たち――少なくともウィルマー――にあります。私たちが船長の船室で話し合っているあいだ、彼は鷹を探しました。そのとき火の不始末をしたのだと思います」

「それはさらに好都合だ」とスペードは言った。「何か思いがけない手抜かりが出てきて、あんたのひよっこをジャコビ殺しでも裁判にかけなきゃならなくなったら、放火でも吊るしてやれる。悪くない。しかし、ジャコビは銃で撃たれてたが」

「はい、私たちはふたりを捜して、一日街じゅうを駆けずりまわりました。そして、ようやく今日の午後遅く見つけたのです。ただ、最初のうちはほんとうに見つけたのかどうか確信が持てませんでした。ミス・オショーネシーのアパートメントを見つけただけでしたので。それでも、アパートメントのドアの外に立って耳をすましていると、中から複数の人間が動いている音が聞こえてきました。それで私たちはふたりがそのアパートメントにいると確信し、呼び鈴を押したのです。彼女が中から誰何《すいか》してきたので、私たちは正直に答えました。すると、それと同時に窓が上に押し上げられる音が聞こえたのです。

それが何を意味するか、私たちはすぐに察しました、もちろん。私は急いでウィルマーを階《し》下《た》に走らせ、できるだけ早く裏にまわらせました。建物の非常階段が見えるところまで。しかし、ちょうど路地にはいったところで、鷹を小脇に抱えて逃げてきたジャコビ船長と鉢合わせしたのです。突然のことでむずかしい状況でした。それでも、ウィルマーはできるかぎりのことをしました。ジャコビを銃で撃ちました。一発以上。しかし、ジャコビは屈強なやつで倒れもしなければ、鷹を落としもしませんでした。そのときにはふたりのあいだが詰まりすぎていました。ジャコビはウィルマーを突き飛ばし、さらに走って逃げました。いいですか、これはすべて昼日《ひるひ》中《なか》のことです。今日の午後のことです。ウィルマーは起き上がったものの、そのときには隣りのブロックから警官たちがやってきていました。彼としてはあきらめるしかなかった。〈コロネット〉の隣りの建物の裏口のドアの鍵がかかっていなかったので、そこから中に飛び込み、通路を通って表通りに出て、私たちと合流しました。その間《かん》誰にも見られなかったのは、つくづくウィルマーにつき《ヽヽ》があったのでしょう。つまるところ、ミスター・スペード、私たちはまたしても出し抜かれたわけです。ミス・オショーネシーは私とミスター・カイロのためにドアを開けてくれました。ジャコビが脱け出したあと、窓をちゃんと閉めてから。彼女は」――そのときの様子を思い出したのか、彼は笑みを浮かべた――「私たちは彼女を説得――そうです、ミスター・スペード、このことばがぴったりです――したのです。その説得が功を奏して、彼女は話してくれました、鷹はジャコビに持たせて、あなたのところへ届けさせたと。

しかし、ジャコビが生きてたどり着けるとは思いませんでした。不審に思った警官に咎められなくても。とはいえ、私たちとしてはそれ以外に試せるチャンスがありませんでした。それで、もう一度ミス・オショーネシーを〝説得〟して、私たちに手を貸すよう説き伏せたのです。つまり――そう――〝説得〟してあなたのオフィスに電話をかけてもらったんです。ジャコビがあなたのオフィスに着くまえに、あなたをおびき出すために。ジャコビのあとはウィルマーに追わせました。ただ、私たちに運がなかったのは、あれこれ考えて決断するのに時間がかかりすぎてしまったことです。ミス・オショーネシーを〝説得〟するのにも――」

若い男がソファの上でうめき声をあげ、寝返りを打って横向きになった。そして、何度か眼を開けたり閉じたりした。ブリジッドは立ち上がると、テーブルと壁のあいだに戻った。

「――協力を頼むのにも」とガットマンは口早に言った。「その結果、あなたは私たちよりさきに鷹を手に入れられたのです」

若い男は片足を床につき、片肘をソファにつくと、眼を大きく見開いてもう一方の足も床におろした。そして、上体を起こして部屋を見まわした。スペードと眼が合うと、その眼から困惑の色が消えた。

カイロが椅子から立ち上がって、若い男のところへ行き、若い男の肩に腕を置いてなにやらしゃべりはじめた。若い男はすばやく立ち上がると、カイロの腕を振り払った。そして、部屋を見まわし、またスペードのところで眼をとめた。顔つきはいかにも厳しかった。全身を緊張させているので、内側に引っぱられ、縮んでしまったようにも見えた。

スペードはテーブルの端に腰かけたまま、脚を無造作にぶらぶらさせながら言った。「よく聞け、ひよっこ。またおれにかかってくる気なら、今度は顔を蹴るぜ。そこに坐って口を閉じていい子にしてたら、少しは長生きできるはずだ」

若い男はガットマンを見た。

ガットマンは善意の笑みを彼に向けて言った。「ウィルマー、まあ、おまえを失うのは忍びないことだよ。ほんとうに。ただ、これだけはわかってほしい。私はおまえが実の息子でも注げないほどの愛情を注いできた。しかし――ああ、しかし、だ。息子は失っても補充が利くが――マルタの鷹はこの世にたったひとつしかないんだよ」

スペードは声をあげて笑った。

カイロは若い男のところまで行き、なにやら耳元で囁いた。若い男はその冷ややかなハシバミ色の眼でじっとガットマンの顔を見ていたが、やがてソファに坐った。カイロもその隣りに坐った。

ガットマンはため息をついた。それでも彼の笑みの温和さは変わらなかった。彼はスペードに言った。「若いときには理解できないことが多々あるものです」

カイロはまた若い男の肩に腕をまわしてなにやら囁いていた。スペードはガットマンのそばには笑みで応じ、ブリジッド・オショーネシーに言った。「キッチンに行って何か食べるものを見つくろってくれないか。あとコーヒーもたっぷりいれてくれ。いいかな？　おれはお客さんを放っておけないんでね」

「わかった」彼女はそう言ってドアに向かった。

ガットマンが椅子を揺らすのをやめて言った。「ちょっと待ってください」肉づきのいい片手を上げた。「封筒はここに置いていったほうがよくはありませんか？　油じみがついてもいけませんし」

彼女はもの問いたげにスペードを見た。彼はいかにもつまらなそうに言った。「それはまだ彼の金だ」

ブリジッドはコートの中に手を入れると、封筒を取り出し、スペードに渡した。スペードはガットマンの膝に放って言った。「心配だったらケツに敷いとくといい」

「あなたは誤解している」とガットマンは柔らかな声音で言った。「そういうことじゃありません。そうじゃなくて、ビジネスはビジネスライクに行なわれるべきだということです」そう言って、封筒の垂れ蓋を開くと、千ドル札を取り出して数えだした。数えおえると笑いだした。

腹が揺れた。「たとえばここには紙幣が九枚しかない」彼は丸々とした膝と太腿の上に札を広げた。「私があなたに渡したときには十枚あった。それはあなたもご存知だ」笑みが広がった。いかにも嬉しそうに、勝ち誇ったように。

スペードはブリジッド・オショーネシーを見て言った。「どういうことだ?」

彼女は激しく首を左右に振った。唇がわずかに動いたが、何も言わなかった。何か言いかけたようではあったが。顔はただ驚いていた。

スペードはガットマンに手を差し出した。肥った男は金をスペードのその手に渡した。スペードは数えた——九千ドル——そのあとガットマンに返して立ち上がった。おだやかともどんよりとも取れる顔をしていた。テーブルの上の三挺の拳銃を取り上げると、いたって実務的な口調で言った。「このことははっきりさせたい。おれたちは」——彼はブリジッドのほうに向かってうなずいたが、彼女を見ることはなかった——「今からバスルームに行く。ドアは開けといて、バスルームの中からあんたらを見てる。四階から飛び降りないかぎり、バスルームのまえを通る以外、このアパートメントからは出られない。そういうことはあんまり考えないことだ」

「おっしゃるとおりですが、ミスター・スペード」とガットマンが反論した。「それは不必要なことです。そんな物言いで私たちを脅そうとなさるのは、あなたとしても礼儀に欠けます。そもそもお知りになるべきです。私たちがここからいなくなる理由がどこにあるのです?」

「今度のことが終わったときにはおれもあれやこれや知ることになるんだろうよ」スペードは

焦っておらず、迷ってもいなかった。「よけいなことをされると話が厄介になる。こっちは答を知らなきゃならない。時間はかからない」そう言って、スペードは彼女の肘に触れた。「さ、行こうか」

バスルームでブリジッド・オショーネシーはようやく口を開いた。スペードの胸に両の手のひらをあて、起こした顔をスペードの顔に近づけて言った。「わたしは盗んでなんかいないわ、サム」

「ああ、おれもきみが盗んだとは思ってない」と彼は言った。「それでもそれを知らなきゃならない。服を脱いでくれ」

「わたしのことばを信じないの？」

「ああ。服を脱いでくれ」

「脱がない」

「よかろう。だったら、居間に戻ってやつらに脱がせてもらおう」

彼女は手を口にやってあとずさった。眼は怯え、まん丸に見開かれていた。「そんなことをするの？」と口にあてた指の隙間から言った。

「ああ」と彼は答えた。「札が一枚どうしてなくなったのか、知る必要がある。汚《けが》れのない生《き》娘《むすめ》みたいなふりをしてもおれには通用しないぜ」

「そういうことじゃない」彼女はまた彼に近づいてきて両手を彼の胸にあてた。「あなたのまえで裸になることなんかちっとも恥ずかしくないわ。でも――わからないの？――こんなのは嫌。あなたにはわからないの？　わたしに無理やりこんなことをさせたら、何かをとことん壊してしまうことになる」

スペードは語気を強めもしなかった。「そういうことについちゃおれはなんにも知らないよ。ただ、札が一枚どうなったのか知る必要があるだけだ。脱げよ」

彼女はまばたきもしない黄味を帯びた灰色の彼の眼を見つめた。彼女の顔がいっときピンクに染まり、また白くなった。背すじを伸ばして脱ぎはじめた。スペードはバスタブのへりに腰かけ、彼女と開かれたドアの両方に眼を向けた。居間からは何も聞こえてこなかった。彼女は手間取ることなくてきぱきと脱いだ。彼女の足のまわりに脱いだ服が溜まっていった。すべて脱ぐと、脱いだ服の輪の中から出てスペードを見た。その態度には相手を挑発するようなところも恥ずかしがるところもなかった。むしろ誇らしげだった。

スペードは銃をすべて便座の蓋の上に置いて、居間のほうを向き、彼女の服のまえに片膝をついた。そして、彼女の服をひとつひとつ取り上げ、眼と指で調べた。千ドル札は出てこなかった。調べおえると立ち上がり、手にした服を彼女に差し出して言った。「ありがとう。これでわかった」

彼女は服を受け取ったが、何も言わなかった。彼は銃を取り上げ、バスルームから出ると、ドアを閉めて居間にはいった。

ガットマンが揺り椅子から愛想よく訊いてきた。「見つかりましたかな？」

カイロはソファの若い男の隣りに坐り、その光沢のない眼をもの問いたげにスペードに向けていた。若い男は顔を起こそうともしなかった。まえかがみになり、両肘を両膝について、頭を抱え、足のあいだの床を見ていた。

スペードはガットマンに言った。「いや。見つからなかった。あんたが手のひらに隠したのさ」

肥った男はさも愉快そうに笑いながら訊き返した。「私が隠した?」

「ああ」とスペードは言って、手にした三挺の拳銃をじゃらじゃらとぶつけ合わせた。「そうだと認めるか、立ってボディチェックを受けるか?」

「ボディチェック——?」

「認めることだ」とスペードは言った。「さもなきゃほんとうにボディチェックだ。ほかに方法はない」

ガットマンはスペードの真剣な顔を見て、いきなり笑いだした。「いやはや、ミスター・スペード、あなたは今言われたことをきっとなさる。ほんとうにそう思います。こういう言い方を赦していただけるなら、ミスター・スペード、あなたは大した人物だ」

「手のひらに隠したんだな」とスペードは言った。

「はい、ミスター・スペード、隠しました」肥った男はそう言うと、ヴェストのポケットから丸めた札を一枚取り出し、膝の上で皺を伸ばし、九枚の札がはいっている封筒を上着のポケットから出して、皺を伸ばした札をその中に加えた。「私も時々ささやかなジョークを愉しんだりするのですが、このような立場に置かれて、あなたがどうなさるか知りたかったのですよ。結果、あなたは見事にテストにパスされた。ミスター・スペード、真実にたどり着くのにこれほど単純明快な方法を取られるとは思いもよりませんでした」

スペードは軽く嘲る口調で言った。「子供がやりそうなおふざけを大人がやるとはな」

ガットマンは可笑しそうに笑った。

コートと帽子はなかったが、それ以外身に着けたブリジッド・オショーネシーがバスルームから出てきた。そして、居間にはいりかけたところで振り向き、キッチンに向かい、キッチンの明かりをつけた。

カイロがソファの上で若い男にさらに近づき、また耳元で囁きはじめた。若い男は苛立たしげに肩をすくめた。

スペードは手の中の銃を見て、次にガットマンを見て、玄関ホールにはいると、クロゼットのところまで行き、ドアを開け、トランクの上に銃を置いた。そして、クロゼットのドアを閉め、錠までかけると、鍵はズボンのポケットに入れ、そのあとキッチンをのぞいた。

ブリジッド・オショーネシーはアルミのパーコレーターに水を入れていた。

「全部見つかったか？」とスペードは尋ねた。

「ええ」と彼女は顔も起こさず、冷ややかな声で答えた。が、そこでパーコレーターを脇にやると、ドアのところまで出てきた。顔が赤かった。眼は大きく見開かれ、いくぶん濡れていた。スペードを責めていた。「あなたはあんなことをすべきじゃなかった」と彼女はむしろおだやかな声音で言った。

「おれとしちゃはっきりさせなきゃならなかったんだ、エンジェル」そう言って、彼は身を屈め、彼女の唇にキスをすると、居間に向かった。

ガットマンはスペードに微笑み、白い封筒を差し出して言った。「これはすぐにあなたのものになります。今、受け取ってください」

スペードは受け取らなかった。肘掛け椅子に坐って言った。「そういうことをするにはまだ時間がたっぷりある。金のことについちゃ、まだ充分話し合ってない。おれには一万以上受け取る権利があると思うが」

ガットマンは言った。「一万ドルというのは大金です」

スペードは言った。「そういう台詞はおれもまえに言ったことがある。だけど、それが世界のすべての金ってわけじゃない」

「ええ、ミスター・スペード、もちろんちがいます。それは認めます。しかし、ほんの数日で、それもいともたやすく手にはいる額としてはかなりの額です」

「いともたやすく？　そう思ってるのか？」とスペードは問い質し、肩をすくめた。「そうかもな。だけど、それはあんたには関係のないことだ」

「ええ、そうでしょう」と肥った男は同意して言った。そのあと眼をすがめるようにすると、首を傾げてキッチンを示し、声を落として言った。「彼女と分けるんですか？」

スペードは言った。「それもあんたには関係のないことだ」

「おっしゃるとおりです」と肥った男はまた同意して言った。「それでも」――そこでためらった――「忠告させていただいてもよろしいでしょうか？」

「かまわない」

「もしあなたが――ともあれ、彼女と分配なさるという前提でお話ししますが――彼女の受け取る額が彼女の思うほど高額でない場合、私の忠告はこれです――注意することです」

「注意しないとまずくなる？」とスペードは尋ねた。

「まずくなります」と肥った男は答えた。

スペードはにやりと笑い、煙草を巻きはじめた。

カイロは若い男の耳元でまだ囁いていた。肩に腕をまたまわしていた。すると突然、若い男がカイロの腕をはねのけ、ソファの上で体の向きを変え、レヴァント人と面と向かい合った。その顔は嫌悪と怒りに満ちていた。と思うまもなく、小さな拳をつくり、その拳をカイロの口に叩き込んだ。カイロは女があげるような悲鳴をあげ、ソファの端っこまで身を引いた。そして、ポケットからシルクのハンカチを取り出して口にあてた。口から離すとハンカチには血がついていた。カイロはもう一度ハンカチを口にあて、恨みがましい眼で若い男を見た。若い男はうなるように言った。「おれに近づくな」そのあとはまた頭を抱えた。カイロのハンカチが白檀の香りを部屋に漂わせた。

カイロの叫び声にブリジッド・オショーネシーがドアのところまで出てきた。スペードはにやりと笑い、親指でソファを示して言った。「真実の愛の道は決して平坦じゃないんだよ（シェイクスピア『真夏の夜の夢』の中の台詞）。食いもののほうは？」

「もうすぐよ」と彼女は答えてキッチンに戻った。

スペードはライターで煙草に火をつけ、ガットマンに言った。「金の話をしよう」

「いいですとも、ミスター・スペード、喜んで」と肥った男は応じた。「ただ、私としては一万が用意できるぎりぎりのところだと率直に申し上げねばなりません」

スペードは煙を吐いて言った。「おれとしちゃ二万欲しい」

「私もできればあなたの望みを叶えてさしあげたい。持っていたら、喜んでお支払いします。しかし、一万が掛け値なしにぎりぎりのところなのです。どうか私のことばを信じてください。それに、ミスター・スペード、おわかりかと思いますが、これは最初の手付金のようなもので、あとになれば――」

スペードは声をあげて笑った。「知ってるよ、あとになったら何百万もくれるというのは。ただ、今は最初の手付だけの話にしよう。一万五千じゃどうだ？」

ガットマンは笑みを浮かべ、眉をひそめ、首を振った。「ミスター・スペード、私は率直に正直に申し上げました。紳士の名誉を懸けたことばとして。一万ドルというのはほんとうに私の持ち金のすべてなのです――ぎりぎりのところなのです――目一杯出せる額なのです」

「今、あんたは〝絶対〟とは言わなかった」

ガットマンは笑って言った。「では、〝絶対〟」

スペードはむっつりと言った。「すごくいい話とはいかないが、そういうことなら、とりあえずもらっておこう」

ガットマンはスペードに封筒を渡した。スペードは札を数え、ポケットにしまった。ブリジッド・オショーネシーがトレーを持ってはいってきた。

若い男は食べなかった。カイロはコーヒーだけ飲んだ。ブリジッドとガットマンとスペードは、彼女が用意したスクランブルエッグにベーコン、それにトーストにマーマレードを塗って食べた。コーヒーはそれぞれ二杯飲んだ。そのあとは腰を落ち着け、夜の残りが過ぎるのを待った。

ガットマンは葉巻を吸いながら、『アメリカ著名犯罪集』を読みはじめ、時々くつくつ笑ったり、面白いくだりにあたると論評を加えたりした。カイロは口にハンカチをあて、ソファの端で仏頂面《ぶっちょうづら》をしていた。若い男は四時すぎまでずっと頭を抱えていた。それ以降はカイロのほうに足を伸ばして横たわり、窓のほうに顔を向けて眠りはじめた。ブリジッド・オショーネシーは肘掛け椅子でまどろみながら、肥った男の論評に耳を貸したり、ときたまスペードととりとめのない会話をしたりした。

スペードは煙草を巻いて吸い、部屋の中を動きまわった。と言って、苛々しているわけでもそわそわしているわけでもなかった。時々、ブリジッドの椅子の肘掛けやテーブルの端に腰かけたり、彼女の足元の床に坐ったり、背もたれがまっすぐの椅子に坐ったりした。上機嫌でエネルギーがみなぎっていた。眠気などまるで感じていないようだった。

五時半、彼はキッチンにはいって、さらにコーヒーをいれた。その三十分後、若い男が身じろぎして眼を覚まし、あくびをしながら上体を起こした。ガットマンは自分の時計を見てスペードに尋ねた。「もうそろそろ手にはいりますか?」

「あと一時間だな」

ガットマンはうなずき、読書に戻った。

七時、スペードは電話のところまで行き、エフィ・ペリンの家に電話した。「もしもし、ミセス・ペリン?……スペードです。エフィと話がしたいんですが。お願いできますか……はい、そうです……ありがとう」そう言って、彼は『エン・キューバ』の中の二節《ふたふし》を口笛で吹いた。「ハロー、エンジェル。起こしちまってすまん……そう、すごく急いでるんだ。頼みがある。郵便局に行っておれたちが使ってるホランド名義の私書箱に、おれが表書きした封筒が届いてるはずだ。その封筒の中に〈ピックウィック・ステージ〉バスターミナルの手荷物預かり所の預かり証がはいってる——昨日おれたちが手にした品物の預かり証だ。そいつを受け出して、おれのアパートメントに届けてくれないか——今すぐかだって? ああ、今すぐだ。おれは家にいる……それでこそおれのエフィ・ペリンだ——急いでくれ……じゃあ」

八時十分まえ、建物の玄関の呼び鈴が鳴った。スペードは呼び鈴に応じるボタンがあるところまで行って、そのボタンを押し、建物の玄関のドアを解錠した。ガットマンは本を置くと、笑みを浮かべて立ち上がった。「ドアまでお供してもよろしいですかな?」

「お好きに」とスペードは言った。

ガットマンはアパートメントの玄関までついてきた。スペードはドアを開けた。ややあって、エフィ・ペリンが茶色の紙包みを持ってエレヴェーターから降りてきた。そのボーイッシュな顔は明るく生き生きとしていた。小走りと言ってもいいほど足早にやってきた。ちらりと一瞥《いちべつ》したあとはガットマンには見向きもしなかった。スペードににっこりと微笑みかけて、包みを渡した。

彼は受け取って言った。「ありがとう、おれのレイディ。それとすまん、休日を台無しにしちまって。だけど、これは――」

「あなたに休みの日を台無しにされるのはこれが初めてじゃないわ」と彼女は笑いながら言った。そのあと彼女を部屋に入れるつもりが彼にないことを見て取ると、続けて言った。「ほかにご用は？」

彼は首を振って言った。「ない。ありがとう」

彼女は「じゃあね」と言って、エレヴェーターに戻っていった。

スペードはドアを閉め、包みを持って居間に戻った。ガットマンは顔を真っ赤にしていた。頬が震えていた。スペードが包みをテーブルに置くと、カイロとブリジッド・オショーネシーもやってきた。ふたりとも興奮していた。若い男も起き上がった。青白い顔を強ばらせていた。が、ソファから離れることはなく、カールした睫毛の奥からほかの四人を見ていた。

テーブルから離れてスペードは言った。「ほら、あんたのだ」

ガットマンは肥った指でひもと包み紙と詰めものを手早く取り除くと、黒い鳥をその手に握りしめた。「ああ」と言った声はしゃがれていた。「十七年かけてやっと手にはいった！」眼は潤んでいた。

カイロは赤い唇を舐め、両手を握り合わせていた。ブリジッドは下唇を噛んでいた。彼女もカイロもガットマンもスペードも若い男もみな、息づかいが深くなっていた。ひんやりとした部屋の空気は濃い煙草の煙によどんでいた。

ガットマンは鳥をテーブルに戻すと、ポケットをまさぐった。「これにまちがいない」そう言って言い添えた。「それでも確かめないと」丸い頬に汗が光った。金《きん》のポケットナイフの刃を出す手が震えていた。

カイロとブリジッドは彼のそばに立っていた。スペードは彼らからいくぶんうしろに立っていた。テーブルに集まった三人も若い男も見渡せる位置に。

ガットマンは鳥を逆さにすると、台座の端をナイフで削った。黒いエナメルの小片が丸まって剝がれ、黒ずんだ金属があらわになった。ガットマンはその金属もナイフで削った。同じように金属の小片が剝がれた。が、その小片の内側と、小片が削り取られたあとの像の細長い平面も変わらなかった。鉛の柔らかな灰色の光を放っていた。

ガットマンが歯の隙間から息を洩らした。妙な音がした。血がたぎって顔がふくらんでいた。鳥をひっくり返すと、鳥の頭をナイフで切りつけた。彼のナイフの刃があらわにしたのはまたしても鉛だった。ガットマンはナイフと鳥を乱暴にテーブルに放り出し、振り向いてスペードと向かい合った。「偽物だ」声がしゃがれていた。

スペードは黙ってゆっくりとうなずいた。その顔から興奮はとっくに失せていた。それでも、ブリジッド・オショーネシーの手首をつかんだ動きはゆっくりとはほど遠かった。彼女を引き寄せると、もう一方の手で顎をつかみ、乱暴に持ち上げた。「よかろう」彼女の顔にことばを注ぎ込むようにうなった。「きみもきみ自身のささやかなジョークを愉しみたかったわけだ。さあ、話してもらおうか」

彼女は叫んだ。「ちがうわ、サム、ちがう！　それは確かにわたしがケミドフから受け取ったものよ。誓って――」

ジョエル・カイロがスペードとガットマンのあいだに割り込んできて、甲高い声で思いつくまま早口でことばを発しはじめた。「やっぱりだ！　やっぱりだ！　あのロシア人にしてやられたんだ！　こっちが馬鹿だった！　あいつのことをとんだ馬鹿者だと思っていたけど、ほんとはこっちが馬鹿扱いされてたんだ！」涙がレヴァント人の頰を伝った。手足を振りまわしていた。まるでダンスでも踊っているかのように。「あんたのへまだ！」とガットマンに向かって怒鳴った。「彼から金で買おうなんて言ったのがそもそものまちがいだった！　あいつに像の値打ちを教えてしまった。それであいつは偽物をつくらせたんだ！　いとも簡単に盗めたわけがこれでやっとわかったよ！　そのあとあいつはこの私に像の行方を追わせて、世界じゅう駆けずりまわらせさえした。得々として。無理もない、私に追わせたのは偽物だったんだから。このヌケ作！　このでぶの大馬鹿者！」そこまで言うと、手で顔を覆い、そのあともぶつぶつ言いつづけた。

　ガットマンはあんぐりと口を開けていた。虚ろな眼を何度もしばたたいていた。が、ひとつ身震いをしたあとは――身震いで動いたあちこちの球根が動きを止めたときには――また陽気な肥った男に戻っていた。「まあまあ、ミスター・カイロ」いたって明るい口調だった。「そんなに嘆くことはありませんよ。誰しもときには過《あやま》つものです。しかし、誰より痛手を受けたのはこの私です。言うまでもないでしょうが。確かに、あのロシア人にしてやられたのです。それには疑問の余地がありません。で、ミスター・カイロ、どうなさいます？　ここに突っ立って涙を流して、互いに罵り合いますか？　それとも」――彼は間《ま》を置いて、笑みを浮かべた。無邪気な天使のように――「それともコンスタンティノープルに行きますか？」

　カイロは顔から手を離した。眼が飛び出ていた。つっかえつっかえ彼は言った。「あ、あ、あなたは――？」ガットマンの言ったことが充分わかると、驚きにことばをなくした。

　ガットマンはその肉づきのいい手を叩いた。眼がきらきらと光っていた。咽喉に響くその声はむしろ満足げだった。「十七年間、私はあの小さなものを求め、手に入れようとしてきました。この探求のためあと一年必要になったとしてもたった」――計算しているのか、彼の唇が動いた――「五パーセント足す一七分の一五パーセント時間が増えるだけです」

　レヴァント人はくすくす笑いだし、大きな声をあげた。「お供します！」

　スペードはいきなりブリジッドの手首を放して部屋を見まわした。若い男の姿がなかった。スペードは玄関ホールにはいった。玄関のドアが開いたままになっていた。彼は不満げに口をゆがめ、ドアを閉めて居間に戻った。そして、ドア枠にもたれ、ガットマンとカイロを眺めた。ガットマンをかなり長いこと不快げに見つづけ、ガットマンの口調を真似て、満足げに咽喉を鳴らして言った。「これはこれは、ミスター・ガットマン、私といたしましてはこう申し上げざるをえませんな、あなたさま方はほんとうにすばらしい盗人《ぬすっと》でいらっしゃると！」

ガットマンはさも嬉しそうに笑った。「そんな自慢できるようなことは何もありません。いや、ほんとうに。しかし、われわれの誰かが死んだわけでもありません。少しあと戻りしなければならないからと言って、世界の終わりが来たなどと考えなければならない謂《い》われもありません」そう言うと、すべすべして肉の盛り上がったピンクの手のひらを上にして、左手をスペードのまえに差し出した。「ミスター・スペード、あの封筒は返していただかなくてはなりません」

スペードは動かなかった。表情も変えなかった。ただ言った。「こっちは約束を果たしたんだぜ。あんたはブツを手に入れた。それがめあてのものじゃなかったのはあんたの不運であって、おれの不運じゃない」

「いやいや、ミスター・スペード」とガットマンは人が人を手なずけようとするときの声音で言った。「私たちみんなが失敗したのです。ひとりだけにその失敗の責任が押しつけられるのは理不尽というものです。それに――」彼はうしろから右手を出した。その手には金と銀と真珠層を象嵌《ぞうがん》した、やけに装飾的な小型の拳銃が握られていた。「つまるところ、ミスター・スペード、私の一万ドルは返してもらわねばならないと申し上げているのです」

スペードは顔色ひとつ変えなかった。肩をすくめ、ポケットから封筒を取り出した。そして、ガットマンに差し出し、そこでふとためらい、封筒を開けると中から一枚千ドル札を抜き取ってズボンのポケットに入れた。あとは垂れ蓋を封筒の中に折り込み、ガットマンに渡して言った。「これはおれが使った時間と経費の分だ」

ガットマンはいっとき考えたあと、スペードと同じように肩をすくめ、封筒を受け取って言った。「さて、ミスター・スペード、それでは私たちはここであなたにお別れを言わなければなりません。ただし」――眼のまわりのたるんだ肉に皺ができた――「私たちと一緒にあなたもコンスタンティノープルに行って、この探求をともになさりたいと思われるなら話はちがってきますが。いらっしゃいませんか？　いや、わかりました、ミスター・スペード、正直に申しますと、私としては一緒に来てほしかったんですがね。なぜなら、私はあなたが好きだからです。私は臨機の才と決断の力を持つ人間が好きなんです。そう、あなたは正しい決断をくだすことのできるお方です。それがわかっているから、こうしてさようならが言えるのです。私たちの探求に関する詳細は秘密のままにしておくのが最善策だと、きっとあなたも決断なさることがわかっているからこそ。それにここ数日のあいだに起きた法的な問題は、私たちだけでなくあなたとミス・オショーネシーにも関わる問題です。あなたは鋭いお方だ。きっとそういうこともきちんとご理解なさっておられるものと確信しております」

「ああ、わかってる」とスペードは応じて言った。

「だろうと思いました。もうひとつ、代案がなくなってしまいましたが、貧乏くじを引かせる男がいなくても、あなたなら警察にうまく対処していただけることも確信しております」

「ああ、なんとかするよ」とスペードは答えた。

「だろうと思いました。では、ミスター・スペード、別れのことばは短いにかぎります、アデュー」そう言うと、肥満体を折って一礼した。「あなたにも、ミス・オショーネシー、アデュー。あの珍鳥《ララ・アビス》は置いていきましょう、ささやかな記念の品として」

20　やつらに首を吊られたら

キャスパー・ガットマンとジョエル・カイロが出ていったあと、スペードは開けられたままの居間のドアノブを丸々五分もじっと見つめていた。寄せられた眉根の下でその眼はどこまでも暗かった。眉間には赤くて深い皺ができていた。口はすねたようにだらしなくとがっていた。そんな口元を引きしめ、強ばったVの字をつくると、電話のところまで行った。ブリジッド・オショーネシーのほうはまったく見ていなかった。彼女のほうはテーブルのそばに立ち、不安な眼で彼を見ていた。

彼は電話機を棚から取り上げてまた棚に戻し、上体を屈めて、棚の隅からぶら下がっている電話帳を調べた。目的のページが出てくるまですばやくめくり、欄の上から下へ指を走らせると上体を起こして、また棚から電話機を取り上げた。そして、番号を告げた。

「もしもし、ポルハウス部長刑事はいますか？……呼んでもらえますか？　サミュエル・スペードという者です……」彼は宙を見つめて待った。「もしもし、トムか、あんたにあげたいものがある……ああ、たっぷりと。こういうことだ。サーズビーとジャコビを撃ったのはウィルマー・クックという若造だ」彼はウィルマーの人相風体を詳細に伝えた。「キャスパー・ガットマンという男の手下だ」今度はガットマンの人相風体を伝えた。「あんたがおれのところで会ったカイロというのもやつらの仲間だ……そうだ、そういうことだ……ガットマンは〈アレグザンドリア・ホテル〉の一二－C号室にいる。あるいは、いた、か。ついさっきまでおれのところにいて、今は街からとんずらしようとしてる。早く手を打ったほうがいいけど、たぶん向こうはそんなに焦ってはいないはずだ……少女もひとり関わってる。ガットマンの娘だ」彼はリア・ガットマンの人相風体を伝えた。「若造を捕まえるときには気をつけたほうがよさそうだ。銃にかけちゃなかなかの腕をしてるみたいだから……そうだ、トム、あんたに渡せるブツもある。ウィルマーが使った拳銃も……そうだ。すぐ取りかかってくれ。へまするなよ！」

スペードは受話器をおもむろに電話機に戻し、電話機も棚に戻した。そして、唇を湿らせ、両手を見た。手のひらが湿っていた。ぶ厚い胸を空気で満たした。強ばった上瞼と下瞼の隙間で眼が光った。振り向き、すばやく大きな三歩で居間に戻った。

スペードが不意に戻ってきたので、ブリジッド・オショーネシーは小さな笑い声とも喘ぎ声とも取れる息を洩らした。

スペードは彼女にかなり近づいて、面と向かい合った。背が高く、骨格も大きく、筋肉もぶ厚いスペードが言った。冷たい笑みを浮かべ、顎と眼を強ばらせて。「捕まったらやつらはしゃべるだろう――おれたちのことを。おれたちは今、ダイナマイトの上に坐ってるようなもんだ。警察に対処する用意をするのにあと数分もない。全部話してくれ――それも手早く。そもそもガットマンがきみとカイロをコンスタンティノープルに遣《や》ったんだな？」

彼女はしゃべりかけ、ためらい、唇を噛んだ。

彼は彼女の肩に片手を置いて言った。「もたもたするな、話せよ！　こっちもこの件にはどっぷりはまってるんだ。きみと一緒に。もうごまかしはなしだ。話せよ。やつがきみをコンスタンティノープルに遣ったんだな？」

「え――ええ。彼に送り込まれたのよ。ジョーとは現地で会って、わたしから頼んだの。手伝ってくれるように。そうしてわたしたち――」

「ちょっと待った。きみがカイロに頼んだ？　ケミドフからブツを盗む手伝いを？」

「ええ」

「ガットマンのために？」

彼女はまたためらった。怒りもあらわなスペードの厳しい視線にさらされ、身をくねらせるようにし、唾を呑み込み、気を落ち着かせて言った。「いいえ。そのときはもう自分たちのものにしようと思っていた」

「なるほど。それで？」

「そのあと、ええ、そうよ、わたしはジョーがわたしを裏切るんじゃないかって思って、怖くなってフロイド・サーズビーに助けを求めたのよ」

「で、やつは助けてくれた。それで？」

「わたしたちはそれを手に入れて、香港に行った」

「カイロも一緒にか？　それともそのときにはもうお払い箱にしてたのか？」

「ええ。コンスタンティノープルで別れたわ。留置場に置き去りにして。小切手のこととかに関することで」

「勾留《こうりゅう》されるようきみがカイロをはめたのか？」

　彼女は恥じ入るような顔でスペードを見てから、蚊の鳴くような声で言った。「そうよ」

「なるほど。いずれにしろ、きみとサーズビーは鳥を持って香港に行った」

「そう。でも――彼のことはあまりよく知らなかった――信用できるかどうかわからなかった。それでジャコビ船長に出会って彼の船がここに向けて出航することを知って、彼に頼んだのよ、包みを運んでくれるよう。鳥を。フロイドを信用できるかどうかわからなかったから。ジョーも。ガットマンの下で働いてる誰かがわたしたちの乗った船に乗り込んでくるかもしれなかった。だから、そうするのが一番安全な方法に思えたのよ」

「わかった。で、きみとサーズビーはジャコビの船より早くこっちに着く船に乗った。それからどうした？」

「それから――わたしはガットマンが怖かった。彼は人を知ってた――伝手《つて》があった、あらゆるところに。だからわたしたちがやったことはいずれ彼に知られるだろうと思った。香港からサンフランシスコに向かったことも。彼はそのときニューヨークにいたんだけれど、わたしたちの動向を電報で知ったら、わたしたちがこっちに着く頃か、彼のほうがさきにこっちに着いてしまうんじゃないかと思った。実際、そうだった。こっちに着いたときにはわたしはまだそのことを知らなかったわけだけれど。いずれにしろ、彼が怖かった。でも、ジャコビ船長の船が着くのを待たなくちゃならなくて、わたしはそのまえにガットマンに見つかるのが怖かった。あるいは、ガットマンがフロイドを見つけて、お金で彼を裏切らせることも。それであなたのオフィスに行って、フロイドを見張っていてくれるように頼んだのよ——」

「嘘をつくなよ」とスペードは言った。「きみはサーズビーを意のままに操ってた。それは自分でもちゃんとわかってた。サーズビーは女に弱い男だった。それはやつの警察記録が物語ってる。やつが警察の世話になったのは全部女がらみだ。ヌケ作はいつまで経ってもヌケ作なんだよ。きみはやつの警察記録までは知らなかったかもしれないが。やつを完全にコントロールできてることは自分でもわかってた」

彼女は顔を赤らめ、おずおずと彼を見た。

彼は言った。「お宝を持ってジャコビがサンフランシスコに着くまえにきみはサーズビーを排除したかった。どういう計画だったんだ？」

「わたしは——わたしはフロイドが何かトラブルに巻き込まれて、あるギャンブラーとアメリカを出て香港に来たことを知っていた。それがなんなのかは知らなかったけど、でも、それが深刻なことなら、アメリカに帰ってきて、誰かに見張られていると気づいたら、きっとそのトラブルのせいだと考えると思った。それで怖くなって逃げ出してくれるんじゃないかと。まさかあんなことになるなんて――」

「きみはサーズビーに尾《つ》けられていることをわざと教えた」とスペードはきっぱりと言った。「マイルズは頭に脳みそがいっぱい詰まってる男じゃなかった。だけど、尾行した最初の夜に見つかってしまうほど能無しの探偵でもなかった」

「フロイドに話したわ、ええ。あの夜、フロイドと散歩に出たときに、わたしがミスター・アーチャーを指差して教えたのよ」彼女はすすり泣いた。「でも、サム、信じて、どうか。フロイドがミスター・アーチャーを殺すなんてわかってたら、そんなことは絶対にしなかったわ。フロイドは怖がって、きっとこの街を出ていくって思ったのよ。彼があんなふうにミスター・アーチャーを撃つなんて思ってもみなかった」

スペードは口元にオオカミのような笑みを浮かべた。が、眼は少しも笑っていなかった。彼は言った。「サーズビーがあんな真似をするとは思いもしなかったというなら、その考えはまちがってなかったよ、エンジェル」

若い女は心底驚いたように顔を起こした。

スペードは言った。「サーズビーはアーチャーを撃ったりしなかった」

信じられないことを耳にしたような表情が驚き顔に加わった。

スペードは言った。「マイルズは頭に脳みそがいっぱい詰まってる男じゃなかった。だけど、冗談じゃない！　何年も経験は積んでた。尾けてる相手に気づかれた経験なら今までの探偵人生でだってあった。そんな探偵が銃は腰のうしろに差したまま、コートのボタンもとめたまま、袋小路にのこのこついていくか？　ありえない。あいつはどこにでもいる馬鹿だったよ。だけど、そこまで馬鹿じゃなかった。あの路地から出るには入口以外、柵をまたいで斜面を降りるしかない。それは立体交差になってるブッシュ通りの端から見える。サーズビーが危険なやつだってことはきみが教えてくれた。しかし、サーズビーもあまり頭の切れるやつじゃなかった。それもきみが言ったことだ。だから、アーチャーをことば巧みに騙して路地に連れ込んだとは思えない。腕ずくでやったとも。アーチャーはヌケ作だった。だけど、それほどヌケ作だったわけでもない」

彼は舌で唇の内側を舐めると、むしろ愛おしげな笑みを彼女に向けて言った。「それでもきみとならのこのこついていっただろうよ、エンジェル。ほかには誰もいないことがわかっていたらなおさら。きみは依頼人だ。依頼人に尾行を中断してもいいと言われたら、普通誰でも素直に従うだろう。あいつを捕まえ、あそこに誘い込めば、あいつはまちがいなくきみについていっただろう。そういうことにかけちゃそれほどの馬鹿だった。頭のてっぺんから爪先まできみを眺めまわして、唇を舐めて、口が裂けるほどの笑みを浮かべたことだろう。あの夜、暗がりの中、きみとしちゃいくらでも好きなだけ彼に近づけた。そこまで近づいて、サーズビーから手に入れた銃でアーチャーの体に風穴をあけた」

ブリジッド・オショーネシーはスペードからあとずさり、テーブルにぶつかって止まった。そして、怯えた眼で彼を見て叫んだ。「やめて――そんなことを言わないで、サム！　わたしがやってないことはわかってるくせに！　そんなことわかって——」

「やめろよ」彼は腕時計を見た。「警察はもう今にもやってくる。おれたちはダイナマイトの上に坐ってるんだ。話せよ！」

彼女は手の甲を額にあてた。「どうしてあなたはそんな恐ろしいことをわたしのせいに——？」

「やめろって」とスペードは苛立った低い声で言った。「おれたちは学芸会をやってるんじゃないんだ。よく聞け。おれたちはふたりとも今、絞首台の下に並んで立たされてるんだ」彼は彼女の手首をつかむと、自分のまえに直立させた。「話せ！」

「わたしは——わたしは——どうしてわかったの、彼が舌なめずりをしてわたしを眺めまわしたなんて——？」

スペードはがさつな笑い声をあげた。「そりゃマイルズという男を知ってるからさ。そんなことはどうでもいい。どうしてあいつを撃った？」

彼女は手首をひねると、スペードの指から逃れ、両手を彼の首のうしろにまわし、彼の頭を引き寄せた。彼の唇が自分の唇に合わさるまで。さらに彼女は膝から胸までぴたりと体を合わせた。彼は彼女の肩に腕をまわしてしっかりと抱いた。黒い睫毛の瞼がビロードのようにすべらかな眼の上に半分降りた。彼女の声はかすれ、脈打っていた。「あんなつもりじゃなかった、最初は。ほんとうに。さっき言ったことに嘘はないわ。でも、フロイドが少しも怖がらなくて、それでわたしとしては——」

スペードは彼女の肩を平手で叩いて言った。「嘘を言うなよ。きみはマイルズとおれにおれたちのどちらかが直接引き受けてくれと言った。きみとしちゃ尾行者が誰なのか知っておく必要があった。同時に、自分のことをそいつに知っておいてもらう必要もあった。そいつが大人しくきみについていくように。銃はその日——その夜か——サーズビーから手に入れてあった。〈コロネット〉のアパートメントもすでに借りてあった。荷物は全部そっちに置かれていた。だから、ホテルにチェックインしたときには大した荷物はなかった。きみのアパートメントを家捜ししたら、きみがそこを借りたとおれに言った日より、五日も六日も早い日付のレシートが出てきた」

　彼女は唾を呑み込んでどうにか気持ちを落ち着かせると、慎ましい声音で言った。「ええ、嘘よ、サム。あなたの言うとおりよ。もしフロイドが——あなたの顔を見ながらこんなことは話せないわ、サム」彼女は互いの頬と頬が触れ合うまで、スペードの頭を下げさせた。そして、口をスペードの耳に寄せて囁いた。「フロイドが簡単に怖がるような人じゃないことはわかっていた。でも、誰かに尾《つ》けられてるとわかったら、彼は——ああ、サム、わたしには言えない！」彼女はすすり泣きながら彼にしがみついた。

　スペードがかわりに言った。「きみはサーズビーが逆にアーチャーに襲いかかるんじゃないかと思った。それでうまくいけば、どっちかが死ぬことになるかもしれないと。サーズビーが死ねば、それですんなり片がつく。アーチャーが死ねば、サーズビーを警察に売って、厄介払いができる。そういうすじ書きだったんだろ？」

「かもしれない」

「しかし、サーズビーに立ち向かう気がないとわかると、サーズビーから銃を借りて自分でアーチャーを始末した。ちがうか?」

「それでも充分正確だ。最初からそういう計画だったんだろ、サーズビーに殺人を犯させ、やつを警察に売るつもりだったんだろ?」

「ちがわない――すごく正確とは言えないけど」

「ジャコビ船長が鷹を持ってやってきて、そのあとしばらく経つまで、彼をどこかに閉じ込めておきたかっただけよ。でも――」

「でも、ガットマンがもうこっちに来ていて、きみを捜していることは知らなかった。考えてもいなかった。もしわかってたら、ボディガードをお払い箱にしようなんて思うわけがないものな。いずれにしろ、きみはサーズビーが撃たれたことを聞くなり、ガットマンがこっちに来てることを悟った。それでまたボディガードが必要になって、おれのところに戻ってきた。ちがうか?」

「ちがわない。でも、ああ――ダーリン!――それだけじゃなかったわ。遅かれ早かれ戻ってきたわ。初めてあなたに会ったときから、わたしにはわかったの――」

スペードはやさしく言った。「おれのエンジェル! 運がよけりゃ、サンクウェンティンで二十年もお務めすりゃ出てこられる。そのときまた来てくれ」

何を言われたのかわからず、彼女は頰を離すと、彼の顔がよく見えるまで頭をうしろに引いた。

スペードの顔は青白かった。彼はまたやさしく言った。「心底願ってるよ、ダーリン、やつらにこの可愛い首を吊るされたりしないことだけを」そう言って、彼は両手を彼女の首のところまでやって咽喉を撫でた。

彼女はすばやく彼の手から逃れると、背中をテーブルにぶつけて屈み込み、両手を広げて咽喉を覆った。げっそりとし、狂気じみた眼をしていた。乾いた口を開けたり閉じたりしていた。干からびた小声で言った。「あなたにはそんなこと――」それ以上はことばが出てこなかった。

青白かったスペードの顔色が今は黄味を帯びていた。口元には笑みが浮かび、きらきら光る眼のまわりにも笑い皺ができていた。彼は言った。その声はおだやかでやさしかった。「ああ、きみを刑務所送りにするつもりだ。でも、たぶん終身刑ですむんじゃないかな。つまり、二十年も経てばまたシャバに出られるということだ。きみがおれのエンジェルなのは変わらない。待ってるよ」彼はそこで咳払いをした。「万一やつらに首を吊られちまっても、きみのことは忘れないよ」

彼女は腕をだらりと垂らし、背すじを伸ばして立った。心配事など何もないような平然とした顔をしていた。ただ、その眼には曖昧な光がかすかに宿っていた。スペードに微笑み返して、彼女もやさしい声音で言った。「やめて、サム、冗談でもそんなことは言わないで。ああ、ほんとうにびっくりしたわ！　さっきは一瞬、ほんとだと思っちゃった、あなたがほんとうに――あなたは予測もつかない突拍子もないことをよくする人だから。それは自分でもわかってるでしょ？――」そこで声がとぎれた。彼女は顔をまえに突き出し、スペードの眼の奥をのぞき込んだ。頬と口のまわりの筋肉が震え、恐怖がまた彼女の眼に戻ってきた。「なんなの――サム！」彼女は片手をまた咽喉にやった。それまでの姿勢が崩れた。

スペードは声をあげて笑った。黄味を帯びた青白い顔は汗で濡れていた。まだ笑みは浮かべていたが、声にやさしさを添えることはできなかった。しゃがれ声で彼は言った。「これは真面目な話だ。きみに引き受けてもらう。やつらが警察に話したら、アーチャー殺しについてはおれたちのどちらかが引き受けなきゃならない。おれが引き受けたら、まちがいなく吊るされるだろう。きみなら死刑にはならないかもしれない。これでいいかな？」

「でも――でも、サム、そんなこと、あなたにできるわけがない！　わたしたち、あんなふうになったのに。できるわけが――」

「できるよ」

彼女は震える息を長々と吸ってから言った。「わたしとは遊びだったの？　わたしのことを気にかけているふりだけしていたの――こんなふうにわたしをはめるために？　わたしのことなんかまるで気にかけてなかったの？　わたしのことなんか愛して――なかったの？　愛してないの？」

「いや、愛してると思う」とスペードは言った。「だけど、それがなんなんだ？」笑みを保っている筋肉がみみず腫れのようにふくれ上がった。「おれはサーズビーじゃない。ジャコビでもない。きみの道化を演じるつもりはないよ」

「そんなんじゃない」と彼女は言った。眼に涙があふれてきた。「不公平よ。卑劣すぎる。わたしたちがそんなんじゃないってことはあなただってわかってるのに。そうじゃないとは言わせない」

「いや、いくらでも言えるさ」とスペードは言った。「きみは質問の口を封じるためにおれのベッドに転がり込んできた。昨日はガットマンの手先となって、助けを求める偽電話でおれをいっとき舞台の外に追いやった。ゆうべはやつらとここに来て、わざわざ外でおれを待って、連れだって中にはいった。だから罠が弾けたときにはおれの腕の中にいた。おれとしちゃ、たとえ銃を持っていても——やつらに抵抗したくても——銃に手を伸ばすことができなかった。いずれにしろ、結局のところ、やつらはきみを一緒に連れていかなかった。その理由はひとつしかない。ガットマンにはちゃんとわかってるからさ。きみという女は、やむをえないときしか、それも短いあいだしか、信用できないことが。さらにやつはおれもまたきみがこれまで意のままに操ってきたヌケ作どもみたいになると思った。そんなおれがきみを痛めつけるわけがない。同様に、やつを痛めつけられるわけもない。そう踏んだのさ」

ブリジッド・オショーネシーはまばたきをして涙を払った。まえに一歩出て、彼に近づき、彼の眼を見た。まっすぐに尊大に。「あなたはわたしのことを嘘つきって言った。でも、今はあなたが嘘をついてる。心の奥底でもわからないと言うのなら。これまでどんなことをしてきたにしろ、わたしはあなたを愛してる。そんなこともわからないと言うのなら、あなたは嘘をついている」

スペードはふざけていきなり短い一礼をしてみせた。眼は血走ってきていたが、汗に濡れて黄味を帯びた顔にも、その顔に貼りついた笑みにも変わりはなかった。「かもしれない」と彼は言った。「だからなんなんだ？　だからきみを信じなきゃいけないのか？　おれの前任者、サーズビーに素敵な罠を仕掛けたきみを？　マイルズを殺したきみを？　きみはマイルズにはなんの恨みもなかった。なのにサーズビーを罪に陥れるだけのために、まるでハエでも叩くみたいに冷血に始末した。そんなきみを信じる？　ガットマンも、カイロも、サーズビーも裏切ったきみを？　ひとり、ふたり、三人も裏切ったきみを？　出会って以来、続けて三十分すらおれに正直じゃなかったきみを？　どうしてそんなきみを信じなきゃならない？　それは無理だよ、ダーリン。たとえ信用できても信用しない。どうしてしなきゃならない？」

下から彼の眼を見上げる彼女の眼は揺るぎなかった。声も揺るぎなかった。「どうしてあなたはわたしを信じなくちゃならないのか？　わたしとのことが遊びだったのなら、わたしを愛してないなら、今の質問に答はないわね。もしそうなら、答は必要ないわね」

血走った眼がさらに血走り、ずっと貼りついていた笑みも今は消え、ぞっとするようなしかめ面になっていた。かすれた空咳をして、彼は言った。「演説はもうなんの役にも立たない」そう言って彼女の肩に手を置いた。その手は震え、引き攣りそうにさえなっていた。「誰が誰を愛していようとどうでもいいことだ。きみに操られるまぬけになろうとは思わない。ほかに何人いるにしろ、サーズビーがたどった道を歩こうとは思わない。きみはマイルズを殺した。その罪で刑務所に行くことになる。ほかの連中をあのまま逃がして、できるだけ警察を遠ざけておくこともできなくはなかった。でも、もう遅すぎる。おれにはもうきみを守ることはできない。できたとしても守る気もない」

彼女は肩に置かれた彼の手に自分の手を重ねて囁いた。「だったら守らなくていいわ。でも、わたしを傷つけないで。今すぐ逃がして」

「駄目だ」とスペードは言った。「警察が来たときにきみを引き渡せなかったら、おれも終わる。おれがほかのやつらと一緒にならずにすむにはこれしかない」

「そんなこと、ほんとにわたしにするつもりじゃないわよね？」

「おれはきみに操られるまぬけにはならない」

「そんなふうに言わないで。お願いだから」彼女は肩に置かれた彼の手を取り、自分の顔に押しあてた。「どうしてそんな真似をわたしにしなくちゃならないの、サム？　ミスター・アーチャーはあなたにとってそれほどの人でもなんでも――？」

「マイルズは」とスペードはしゃがれ声で言った。「クズ野郎だった。それは一緒に仕事を始めて一週間でわかったよ。だから互いに約束した一年が過ぎたら、即刻お払い箱にするつもりだった。きみはあいつを殺すことでおれにどんな害も及ぼしてないよ」

「だったらどうして？」

スペードは彼女につかまれた手を引っ込めた。もう笑みを浮かべてもいなければしかめ面をしてもいなかった。汗に濡れ、黄味を帯びた顔には深くいかめしい皺が刻まれていた。その眼は狂おしいほど熱を帯びていた。彼は言った。「よく聞け。こんな言い合いをしていてもなんの意味もないが――きみにはおれのことが絶対に理解できないだろうが――一度だけ言ってやる。それで終わりだ。いいか、相棒が殺されたら、その片割れは何かしなきゃいけないんだ。その相棒のことをどう思っていようと関係ない。そいつは相棒なんだから。何かしなきゃいけないんだ。おれたちはたまたまそういう商売をしていた。それが二番目だ。同じ組織の仲間が殺されて、殺したやつが逃げおおせるなんていうのは最悪なんだよ。組織にとって。ありとあらゆるところにいるありとあらゆる探偵にとって。誰にとっても。三番目はこれだ。そんな探偵であるおれに、追いつめた悪党をそのまま逃がせと言うのは、ネズミを捕まえた犬に獲物を逃がせと言うのと変わらない。もちろんそれはできないことじゃない。ああ、そのとおりだ。ときにそういうこともしないわけじゃない。しかし、それは自然に反することだ。きみを逃がす唯一の方法はガットマンとカイロとあの若造と一緒に行かせることだった。それは――」

「本気で言ってるんじゃないわよね」と彼女は言った。「今あなたの言ったことがわたしを――刑務所送りにする立派な理由だなんて、そんなことをわたしに信じさせようだなんて、ほんとうに思ってるわけじゃないわよね？」

「最後までしゃべらせてくれ。そうしたらおれもきみの話を聞くよ。四番目は、おれがほんとうは何をしたがっていようと関係ないということだ。きみを逃がすなどそもそも不可能だということだ。そんなことをしたら、おれもほかのやつらと一緒に絞首台行きになる。お次は、おれにはきみを信じる理由がこの世にひとつもないということだ。きみを逃がしても、おれは罪に問われなかったとする。しかし、その結果、きみはおれの弱みを握ることになる。使いたくなればいつでも使える弱みを。これで理由は五つか。六番目の理由はおれもきみの弱みを握ってるからだ。きみがそういう相手の体にいつ風穴をあけようと思ってもおかしくない。七番目の理由は、百にひとつの確率でも、きみがおれをカモにしていたなどとは、思うだけでも胸くそ悪いからだ。八番目は――もういいか。今言ったような理由が全部天秤の片方の皿にのってる。その中には大して重みのない理由もあるだろう。それについちゃ反論しないよ。だけど、もう一方の皿には何がある？　あるのはもしかしたらきみがおれを愛しているかもしれず、もしかしたらおれもきみを愛してるかもしれないという事実だけだ」

「あなただって自分でわかってるはずよ」と彼女はか細い声で言った。「愛してるか愛してないかなんて」

「いや。きみに夢中になるのは簡単だよ」スペードはそう言って、飢えた眼を彼女の髪から足にまで移し、また眼に戻した。「しかし、それが結局何になるのか、おれにはわからない。そもそもわかってるやつなんているのか？　いや、おれにはわかってるんだとしよう。だからと言って、それが何になる？　ひと月後にはもうわからなくなってるかもしれない。まえにもこういうことは経験してる――ひと月続いたことはこれまでにもあったよ。だけど、そのあとは？　きみにいいカモにされたと思うかもしれない。それよりなにより、きみをこのまま逃がしたら、おれは刑務所送りになるかもしれない。そんなことになれば、まぬけもいいところだ。確かに、きみを刑務所送りにしたら、あとで死ぬほど後悔するだろう。眠れない夜もあるかもしれない。だけど、時間は過ぎる。よく聞け」彼は彼女の両肩をつかみ、彼女をのけぞらせた。

そして、その上に覆いかぶさるようにして続けた。「おれが長々としゃべったことがわからないなら、忘れてくれ。言い直そう――おれがきみの願いを聞き入れないのは、きみの言うことを全身全霊で聞き入れたがってるからだ。あとはどうなろうと知るかとでもうそぶいて、それを実行したがってるからだ。それと、くそ、きみがそのことをあてにしてるからだ。おれがそうするのを。これまでの男たちと同じようにするのを」彼は彼女の肩から手を離し、だらりと脇に垂らした。

彼女は彼の頬を両手でつかむと、また彼の顔を引き寄せて言った。「わたしを見て。正直に言って。鷹が本物でちゃんとお金を払ってもらえていても、あなたはわたしに同じことをした?」

「そんなことに今どんな意味がある? おれのことをそんなに悪党だと決めつけないほうがいい、見た目はそう見えても。この商売じゃ悪評がプラスに働くこともあるんだよ――実入りのいい仕事を引き受けちゃ、敵と金で話をつけてるなんて悪評が」

彼女は彼を見た。が、何も言わなかった。

彼は肩をいくらか揺らして言った。「大金は天秤のきみの側の皿にのる重りのひとつにはなっていただろうよ」

彼女は自分の顔を彼の頬に近づけた。口を少し開けて唇をわずかに突き出した。そして囁いた。「わたしを愛してるなら、そっちのお皿にはもう何も要らないはずよ」

スペードは歯と歯を合わせ、その隙間から言った。「おれはきみのカモにはならない」

彼女は口を彼の口にゆっくりと合わせると、腕を彼にまわして、彼の腕の中にはいった。呼び鈴がなったとき、彼女は彼に抱かれていた。

スペードはブリジッド・オショーネシーに左腕をまわして玄関のドアを開けた。ダンディ警部補とトム・ポルハウス部長刑事とほかに刑事がふたり立っていた。

スペードは言った。「やあ、トム。やつらを捕まえたか?」

ポルハウスは言った。「ああ、捕まえた」

「すばらしい。はいってくれ。もうひとりいる」そう言って、スペードは若い女をまえに差し出した。「マイルズ殺しの犯人だ。証拠もある。若造の銃にカイロの銃に、今回の件のそもそもの発端となった黒い小さな像だ。それにおれを買収しようとした千ドル札が一枚」彼はそこでダンディを見て、眉根を寄せると、上体をまえに倒して警部補の顔をわざとのぞき込んだ。そして、いきなり笑いだした。「おいおい、トム、あんたの可愛い相棒はどうしちまったんだ? 失恋でもしたみたいな顔をしてるぞ」そう言ってまた一笑いした。「いやはやなんとも! まちがいないね。ガットマンがゲロしたとき、とうとうおれのしっぽをつかんだと思ったんだろ、ダンディ?」

「やめとけ、サム」とトムが不機嫌そうに言った。「おれたちはこれっぽっちも思っちゃ――」

「このご仁が思わないわけがないだろうが」とスペードはなおも愉快そうに言った。「それはもう舌なめずりして来たことだろうよ。もうちょい頭があれば、おれがガットマンに一杯食わせたことぐらいわかりそうなものなのに」

「やめとけって言っただろ?」とトムがまた言った。気まずそうに横目で上司を見ながら。

「いずれにしろ、話はカイロから聞いた。ガットマンは死んだよ。おれたちが行ったときには、もうあの若造が彼を撃ったあとだった」

スペードはうなずいて言った。「ガットマンもそれぐらい予測できただろうに」


月曜日の朝九時すぎにスペードがオフィスにはいると、エフィ・ペリンは新聞を置いて彼の椅子から飛び上がった。

彼は言った。「おはよう、おれのエンジェル」

「これって――新聞に書いてあることって――ほんとうのことなの?」と彼女は尋ねた。

「ほんとうのことですとも、奥方さま」彼は帽子を机に置いて椅子に坐った。顔色は冴えなかったが、顔つきは精悍《せいかん》で陽気にさえ見えた。まだ少し血走ってはいたが、眼も澄んでいた。

彼は顔を起こし、にやりとして、からかう口調で言った。「きみの女の勘もそれほどじゃなかったってことだな」

彼女の声はその表情同様、どこか変だった。「あなたがやったの、サム、あなたが彼女を警察に突き出したの?」

彼はうなずいた。「きみのサムは探偵だからね」そう言って、彼女に鋭い眼を向けると、腕をまわして彼女の腰に手を置き、やさしく言った。「彼女がマイルズを殺したんだぜ、エンジェル。こんなふうに簡単に」そう言って、もう一方の手の指をぱちんと鳴らした。

エフィ・ペリンは苦痛から逃れるように彼の腕から離れた。「やめて。お願いだから。わたしに触らないで」と傷ついたように言った。「わかってる、わたしにも。あなたが正しいことは。ええ、正しいことは。でも、触らないで。今は」

スペードの顔色がシャツの襟の色ほどにも白くなった。

オフィスの外のドアががたがたと鳴った。エフィ・ペリンはすばやく振り向くと、受付室に出ていき、プライヴェート・オフィスのドアを閉めた。そして、戻ってくると、うしろ手にドアを閉め、抑揚のない小声で言った。

「アイヴァよ」

スペードは机を見つめ、ほとんどわからないほどかすかにうなずいた。「そうか」そう言って、ひとつ身震いをした。「わかった、通してくれ」

解説

諏訪部浩一

本書は、ダシール・ハメット（一八九四－一九六一）の第三長編にしてハードボイルド探偵小説の最高傑作とも呼ばれる『マルタの鷹』の新訳である。

本文庫には本書と同じく田口俊樹氏が翻訳した第一長編『血の収穫』が収められており、ハメットの経歴については、その解説で吉野仁氏がまとめておられるので詳しい紹介は控えるが、一九二二年に最初の小品を高級文芸誌に載せたハメットは、翌年から伝説的パルプ・マガジン『ブラック・マスク』にピンカートン探偵社勤務の経験を活かした「コンチネンタル・オプもの」を続々と発表して看板作家となった。二六年には原稿料の安さにいったんは文筆の道を諦めようとするも、同誌の三代目編集長ジョーゼフ・T・ショウの熱烈な勧誘に応じて創作を再開、本格的に長編小説を書き始める。幸いなことに、『血の収穫』は連載時から好評を博し、クノップフ社による単行本化（二九年二月）もすぐに決まった。第二長編『デイン家の呪い』の原稿を同社に送った二八年六月には『マルタの鷹』の執筆も進められており、二九年七月に『デイン家の呪い』が刊行されたときにはすでに草稿が完成されていたというのだから、当時のハメットの意欲と充実ぶりがうかがえるだろう。

『マルタの鷹』は二九年九月号から五回にわたり『ブラック・マスク』に分載され、その期間に徹底的に推敲《すいこう》されたものが三〇年二月に単行本として出版された。かなりの自信作であったとはいえ、その華々しい成功は、おそらくはハメットの予想、あるいは期待さえもこえるものであっただろう――「衆目《しゅうもく》の一致するところ、それまでに書かれたアメリカの探偵小説の最高傑作と目《もく》され、最初の一年間に七度増刷された」のである（ダイアン・ジョンスン『ダシール・ハメットの生涯』）。しかも、その高い評価は一過性のものではなかった。本書は三四年にはは当代一流の文学作品と並んで〈モダン・ライブラリー〉に収められたし、その後もアメリカの優れた文学作品を永遠に残すことを目的としたプロジェクトである〈ライブラリー・オヴ・アメリカ〉に（他の長編や代表的短編とあわせて二巻本として）収められるなど、「古典」としての地位を確立していくのである。『血の収穫』の刊行についてやり取りしていたときの編集者に宛てた手紙で、ハメットは「いつか誰かが探偵小説を〈文学〉にしようと試みるでしょう」と述べていたが、出版からまもなく百年となろうという現在、彼の野心は見事に実を結んだと断言してよいはずだ。

パルプ誌に掲載された作品がアメリカ文学を代表する古典と目されるに至ったことには歴史の皮肉も感じられるが、ここで強調しておきたいのは、『マルタの鷹』（に代表されるハメット作品）は、ハードボイルド探偵小説として書かれたにもかかわらずではなく、まさしくそれゆえに、かくも高い文学的評価を得たという点である。レイモンド・チャンドラーは有名な評論「単純な殺人芸術」において、「ハメットは単に死体を提供するのではなく、理由があって殺人を犯す人々に殺人を取り戻してやった」と書いている。つまりハメットはパズル化が進む「イギリス的」な探偵小説に「リアリズム」を導入したというわけだが、重要なのは、そうして生まれたハードボイルド小説が、形式的にも内容的にも一貫して「アメリカ的」であったということである。

文学上の革新とは歴史的な必然性を帯びるものであり、その「必然性」を引き受けられる一流の作家だけが「革新者」となることができる。日本人としては、ハメットと同年に生まれた江戸川乱歩が、同時期に探偵小説の「日本的」な刷新を、いわゆる「エロ・グロ」の書き手として果たしたことも比較文化論的に考えてみたくなるところだが、ともあれハメットがリアリズム的に描こうとした「現実」とは、第一次世界大戦後の頽廃的なアメリカ社会だった。そこでは人々は悲惨な戦争の記憶を（あるいは次の戦争への予感を）抑圧するかのようにジャズ・エイジの狂躁に身をゆだね、古いモラルは急速に失われていった。とりわけ象徴的なのは禁酒法（一九二〇－三三）で、販売は禁止しても飲酒は禁止しないこの「ザル法」は、『血の収穫』で描かれるようなギャングの跋扈《ばっこ》をもたらしもして、「法」の権威を地に堕としたのだった。

ハードボイルド小説は、そのような時代に相応《ふさわ》しいスタイルとして見出された。そのことは、W・R・バーネット『リトル・シーザー』（一九二九）やジェイムズ・M・ケイン『郵便配達は二度ベルを鳴らす』（一九三四）といった、犯罪小説系のハードボイルド小説――今日では「ノワール小説」と呼ばれるのが一般的であるが――が同時代に盛んに書かれたことからも確認されるだろう。そうした作品において、犯罪者である主人公は腐敗した社会の産物（にして犠牲者）として提示される存在であり、だから作者は主人公にいわば好きなだけ「非情」に振る舞わせることができた。そこでは主人公が見下げ果てた卑劣漢や欲にまみれた悪人であっても構わないのであって、そのような初期ノワール小説の創作原理とは、かなり単純なものであったといっていい。

このように考えてきて気づかされるのは、同じように「ハードボイルド小説」と呼ばれるものであっても、「探偵小説」であることが作品のあり方をずっと複雑なものにする（はず）ということである。その最大の理由は、主人公＝探偵の立ち位置が不透明化することにあるだろう。「探偵小説」である以上、犯罪者を追いつめる主人公は正義の側にいると一応は措定《そてい》されるはずだが、「リアリズム小説」である以上、主人公は「普通の人間」であり、それはすなわち、犯罪を生み出す社会と比べて――少なくとも本質的には――よくも悪くもないということである。そこでは善悪の境界線は絶対的なものではなく、だから『血の収穫』の場合であれば、物語の進行にともない、オプは自分が殺人を楽しむようになってしまうことを恐れるようになるわけだ。

ハメットがこの問題を詩学的に重要なものと見なしていたことは、「オプもの」を一人称小説として書いていた彼が、（他のほとんどのハードボイルド作家とは異なり）三人称小説へと移行し、主人公が何を考えているのかをわかりにくくしたことからもうかがえるだろう。美女による肉親の捜索依頼という、伝統的探偵小説における定番的な始まり方をする『マルタの鷹』は――ここからは「ネタバレ」を含むことになるのでお気をつけいただきたい――ほどなくして曲者《くせもの》ぞろいのタフな人物達が繰り広げる、財宝をめぐる虚々実々の争奪戦となるが、登場する犯罪者達はそろって主人公サム・スペードの「非情さ」に圧倒される。スペードの活躍に胸を踊らせる読者にしても、犯罪者達との交渉の場における彼が、殺人の罪を負わせる生贄《いけにえ》を警察に突き出すことを強硬に主張し、それに躊躇する面々を「これがあんたらの初めての盗みなのか?」と嘲笑するに至っては、誰がいちばんひどい悪党なのかわからなくなるのではないだろうか。

もちろん、というべきか、スペードは最後には事件を解決し、彼の非情な言動にはそれなりの理由があったことが明らかにはなる。その「理由」とは「探偵」としての職業倫理であると、ひとまずはいえそうに思えるかもしれない。犯罪者と同じリアリズム的地平にいる主人公が自らを差異化する根拠は、探偵としての自意識にこそあるといえそうに思えるからである。実際、最終章の彼は、パートナーを殺したブリジッド・オショーネシーに向かって、そして献身的な秘書エフィ・ペリンに向かって、自分はあくまで探偵なのだと繰り返していう——そういわずにはいられないのだ。ハードボイルド探偵にとって探偵としてのアイデンティティとは、伝統的探偵小説の「名探偵」にとってより、はるかに「リアル」で切実な問題なのである。

そのように考えてみると、次作『ガラスの鍵』(一九三一)の主人公ネド・ボーモンが「探偵」ではなく賭博師とされていることは、ハメットがハードボイルド探偵小説よりもさらに「ハード」で不透明な領域に進んだことを示すように思えてくるが、その徴候は——いや、徴候以上のものが——『マルタの鷹』にも見られるというべきだろう。自分は探偵なのだというスペードの言葉はブリジッドにもエフィにも届かないのだし、さらにいえば、スペード自身がその言葉を信じきれていないようにさえ思えるのだ——愛しているなら見逃してと懇願する「宿命の女《ファム・ファタール》」に対し、スペードはそうできないさまざまな「理由」を口にするが、最終的には、自分がそうしないのはそうしたいと思ってしまっているからだとしかいえないのだから。

このようにして、非情でなければサヴァイヴできない世界に住む探偵が、「探偵」であることを非情さの「言い訳」にできない地点に追い込まれ、傷つきやすい「人間」としての自意識をむき出しにしてしまうところまで描いてしまった『マルタの鷹』は、ハードボイルド探偵小説を完成させると同時にその臨界点を示すような——ジャンル自体を脱構築するような——傑作となった。こうした達成が可能となったのは、我を忘れることを自らに許せなかったスペードと同様に、ハメットが自分のやっていることを常に醒めた目で見つめる人間だったからだろう。

そうした——ハードボイルドな——目を持つというのが、幸せなことなのかどうかはわからない。ハメットが第五長編『影なき男』(一九三四)を最後に小説を書けなくなったのも、マッカーシズムで投獄されることになったのも、そのためだといえそうに思えるし、作品を人生に投影してよければ、『マルタの鷹』の苦い結末は、この作家にとって孤独が宿命であったことを示しているように思えてしまう。だがそれでも、ハメットがハメットであったことを、彼の読者は肯定するべきだろう。ダシール・ハメットは自分自身を騙さない/騙せない人間だったのであり、その証が『マルタの鷹』を頂点とする五つの小説だったのである。

訳者紹介 1950年生まれ。早稲田大学第一文学部卒。英米文学翻訳家。主な訳書、C・ライス「第四の郵便配達夫」、R・マクドナルド「動く標的」、R・チャンドラー「長い別れ」、D・ハメット「血の収穫」、L・ブロック「死への祈り」他多数。

マルタの鷹

2025年4月30日　初版

著　者　ダシール・ハメット

訳　者　田《た》口《ぐち》俊《とし》樹《き》

発行所　(株)東京創元社
代表者　渋谷健太郎

162-0814 東京都新宿区新小川町1-5
電　話　03・3268・8231-営業部
03・3268・8201-代　表
URL　https://www.tsogen.co.jp
組　版　フ ォ レ ス ト
暁 印 刷 ・ 本 間 製 本

乱丁・落丁本は、ご面倒ですが小社までご送付ください。送料小社負担にてお取替えいたします。

ISBN978-4-488-13007-7　C0197